CHRISTINA PERTL

KEIN LAND IN SICHT

EIN KRIMI FÜR SARAH PETERS

HOFFMANN UND CAMPE

Songzitat auf S. 8/9: Queen, *Bohemian Rhapsody*,
Text: Freddy Mercury, © Queen Productions Ltd.

Songzitat auf S. 62: Metallica, *Enter Sandmann*,
Text: James Hetfield, Lars Ulrich,
Kirk L. Hammett, ©℗ 1991 Metallica

Copyright © 2024 Hoffmann und Campe Verlag, Hamburg
www.hoffmann-und-campe.de
Umschlaggestaltung: © zero media, München
Umschlagabbildung: FinePic®, München
Satz: Dörlemann Satz, Lemförde
Gesetzt aus der Minion Pro
Druck und Bindung: CPI books GmbH, Leck
Printed in Germany
ISBN 978-3-455-01819-6

Die automatisierte Analyse des Werkes, um daraus Informationen insbesondere
über Muster, Trends und Korrelationen gemäß
§ 44b UrhG (»Text und Data Mining«) zu gewinnen, ist untersagt.

Ein Unternehmen der
GANSKE VERLAGSGRUPPE

Für Christoph

PROLOG

Wasser.

Nichts als Wasser, so weit das Auge reicht.

Glitzernd, bis an den Horizont.

Wahrscheinlich bis ans Ende der Welt.

Scheiße.

Sie weiß, was jetzt kommt.

Und dass es unausweichlich ist.

Der Körper hat bereits das Kommando übernommen, der Verstand ist Passagier. Sie kann gerade noch auf die Knie sinken, bevor ihr die Luft wegbleibt und sie der brennende Schmerz in der Brust außer Gefecht setzt. Schon wieder. Das dritte Mal auf dieser verdammten Reise.

Obwohl sie bereits schnappatmet, kommt kaum Sauerstoff in den Lungen an. Die Panik beginnt schon, den Vorhang vor ihren Augen zuzuziehen. Ausgerechnet jetzt, als sie endlich einen Schritt weitergekommen ist. Als endlich ein wenig Licht in das Dunkel gedrungen ist, dorthin, wo einmal ihre Erinnerung war.

Sie kämpft, den flackernden Blick stier auf den schäumenden meterbreiten Streifen gerichtet, den das Schiff hinter sich in den Ozean wirbelt. Die Hände krampfhaft an die kühlen Stahlseile des Geländers geklammert. So fest, dass sich ihre Nägel schmerzhaft in die Handflächen bohren.

Nicht so schlimm.

Nur noch wenige Momente, dann wird sie ohnehin ohnmächtig sein.

Wie unangemessen, hier auf dem *VIP-Deck* 15. Wo sie doch eigentlich für die gute Laune der Passagiere zuständig sein sollte. All inclusive, auch das Dauerlächeln für eine unvergessliche Reise voller guter Laune. »Nicht bewusstlos herumliegen! Ausruhen kannst du dich später!« Das wäre mal ein gelungener Spruch für die Team-Shirts der Entertainment-Crew. Statt »Fun, Fun, Fun – what else?!« oder »Live, Love, Laugh«. Beide Slogans wahre Meisterleistungen aus der Marketingabteilung der Reederei.

Zur Abwechslung ein Funken Wahrheit in dieser polierten Scheinwelt auf hoher See, dem unendlichen Spaßkosmos für die ganze Familie. Nur ein klein wenig Realität, das wär's!

Diese sehnsüchtige Überlegung reißt sie für eine Millisekunde aus dem körpereigenen Shutdown. Gerade lange genug, dass im Hirn das Notstromaggregat angelaufen ist.

Tief einatmen.

Kurz die Luft anhalten. 21, 22, 23.

Langsam ausatmen.

Noch einmal.

Und noch einmal.

So lange, bis sie in Gedanken halb durch *Bohemian Rhapsody* von Queen ist.

I don't wanna die.

I sometimes wish I'd never been born at all ...

So lange dauert es, bis der Schmerz in der Brust endlich ein wenig nachlässt und sich ihr Herzschlag beruhigt. Es ist ein neuer Negativrekord. Und von denen gab es in den vergangenen vier Tagen wahrlich schon genug.

Gierig zieht sie die kalte Meeresluft durch die Nase. Immer und immer wieder.

Any way the wind blows.

DONNERSTAG

Tag 2: Der Albtraum beginnt
La Spezia
Sonnenschein, 33 °C

----- **AM MITTAG** -----

Das böse Erwachen fand exakt um 11:52 Uhr statt, als ihr Handy mit einem lauten Knall auf den Badezimmerboden gedonnert war und das Display zersprang. Kurz nachdem sie versucht hatte sich selbst zu beweisen, dass das alles nicht wahr sein konnte. Ein Albtraum, allenfalls ein schlechter Scherz. Doch dann fand sie einen Personalausweis, und damit war es amtlich: Sie hatte keine Ahnung, was zum Teufel hier eigentlich los war.

»Stephanie Mayrhofer, 10.12.1982, Wohnort: München«. Keine dieser Informationen ergab Sinn. Auch wenn die Dunkelhaarige auf dem Foto eindeutig aussah wie die Frau, die ihr aus dem Badezimmerspiegel entgegenglotzte.

Okay, der Ausweiszwilling hatte die deutlich bessere Frisur – weniger Vogelnest, das an einer Seite klebrig und verfilzt abstand, mehr bemüht gebürstetes Fotostyling. Dazu Augen-Make-up, das sich nicht pandaartig über das halbe Gesicht verteilte. Generell sah die Frau auf dem Foto nicht aus, als hätte sie die Nacht mit ausdauerndem Feiern und danach ebenso ausgiebigem Kotzen verbracht. Aber es gab keinen Zweifel: Die Frau Mayrhofer musste sie sein.

Zwanzig Minuten hatte die derangierte Partykönigin Stephanie zwischen dem Foto und dem Spiegelbild hin- und hergesehen. Und wieder hin. Als könnte die hundertste Wiederholung plötzlich ein anderes Ergebnis bringen, als dass ihr noch übler wurde als ohnehin schon. Dann war ihr das Telefon aus der schwitzigen Hand gerutscht, als sie den Bildschirm wieder entsperren wollte. Eine Weile hatte sie dem Gerät noch belämmert hinterhergestarrt.

Egal. Alles egal.

Denn die Wahrheit war: Sie konnte sich an nichts erinnern.

Nicht daran, wo sie war.

Nicht daran, welche Umstände dazu geführt hatten, dass sie aussah wie Amy Winehouse an einem ihrer schlechteren Tage. Und – das machte ihr wirklich Sorgen – nicht einmal an ihren eigenen Namen.

Stephanie Mayrhofer?

Der Name fühlte sich fremd an. Kalt und kein bisschen vertraut. Kein Teil von ihr. Außerdem musste man den doch bestimmt ständig buchstabieren.»Stephanie mit ph und Mayrhofer ohne e, dafür mit a und y bitte …«.

Und als wäre das alles nicht schon schlimm genug, wollte der Boden unter ihren Füßen einfach nicht aufhören zu wanken. Der Alkohol hatte ihren Körper noch immer fest im Griff. Es flimmerte ihr vor den Augen.

Sie musste sich setzen.

Als Frau M. erschöpft auf den kühlen Fliesenboden neben der Toilette sank, war sie sich trotz aller Erinnerungslücken sicher: Sie hatte schon mal bessere Tage gesehen.

----- AM NACHMITTAG -----

Einige Stunden später sah die Welt nicht viel anders aus. Nach wie vor bestand diese aus den zwei mal drei Metern einer semisauberen weiß und grau gefliesten Nasszelle. Ein Sammelsurium aus Kleidungsstücken und kleinen Klopapierfetzen bedeckte den Boden. Das Abtrennen des Papiers war in den vergangenen Stunden offensichtlich eine Herausforderung gewesen. Dazwischen lag ein kleiner bunter Radiergummi in Form eines Regenbogens. Sie blickte verständnislos auf das bunte Gummiteilchen. Aber hier ergab ja sowieso überhaupt nichts Sinn.

Nach drei Stunden in komatösem Tiefschlaf, eng an den Fuß der Kloschüssel geschmiegt, fühlte sich Stephanie Mayrhofer bereit für einen Ortswechsel. Den Blick in den Spiegel vermied sie bewusst, als sie sich mühselig am Waschbecken hochstemmte und das Badezimmer verließ.

Was zur Hölle …

Stockbetten? War sie nicht ein bisschen zu alt für ein Ferienlager? Hoffentlich hatte sie wenigstens das untere Bett. Süß, wie die Vorhänge in jeder Etage für Privatsphäre sorgen sollten. Hinter der rot-grün-braun gestreiften Clownswand fühlte man sich bestimmt wie in einer eigenen kleinen Suite. Ein Traum!

Sie setzte sich wieder in Bewegung.

Da wummerte plötzlich ohrenbetäubender Lärm durch den kleinen Raum.

Stephanie seufzte schwer und manövrierte ihren unwilligen Körper Richtung Tür. Sie war noch beeinträchtigt genug, um keine Angst zu empfinden. Stattdessen ärgerte sie sich über den Radau. Diesem Blödmann würde sie jetzt mal was erzählen ...

»Sag mal, geht's noch?«, schnauzte sie durch die Tür hinaus, während sie diese schwungvoll aufriss. Ihre Stimme hatte den Marschbefehl jedoch nicht erhalten, deshalb klang das, was ihrem Mund entwich, wie das Keuchen eines hundertjährigen Kettenrauchers. Da wurde ihr gleich wieder ein bisschen schwindelig.

Die Überraschung war auf beiden Seiten der Tür gelungen. Im funktionalen Neonlicht des Flurs stand eine kleine Frau im Zimmermädchen-Outfit: mintgrün, inklusive kleinem, leicht schräg drapiertem Fascinator auf dem Kopf – was man halt so trägt beim Putzen.

»Mayumi – Housekeeping« stand auf dem kleinen Namensschild an ihrer rechten Brusttasche. Vor Schreck waren der zierlichen Asiatin die Shampoo-Fläschchen aus der Hand gepurzelt. Der Anblick des verwelkten Partylooks, der sich ihr auf der Türschwelle präsentierte, hatte ihr die Sprache verschlagen. Sie stand mit offenem Mund da.

Ein Blick nach rechts, einer nach links, es war tatsächlich kein Riesenmensch zu entdecken, der versucht haben könnte auf die Tür einzudreschen. Und das hier war offensichtlich nicht das Caesars Palace: Beiges Holzimitat traf auf abwaschbare Wände und cremeweißes Linoleum, unzählige Türen rechts und links. Popmusik dudelte aus beiden Richtungen – bestimmt Miley, Taylor, Justin oder Harry. Nervte auf jeden Fall.

Stephanie folgte dem gebannten Blick des Zimmermädchens, der ihren Körper hoch- und wieder herunterwanderte.

Der goldene Pailettenrock war bestenfalls ein breiter Gürtel, bedeckte aber immerhin den Großteil ihrer linken Arschbacke. Die Netzstrumpfhose hing ihr in Fetzen von den Knien, und das Iron-Maiden-Shirt trug sie wie eine Schärpe quer über der Brust. Man ahnte die dramatischen Szenen, die sich abgespielt haben mussten, nachdem sie sich zwar aus dem rechten Ärmel hatte befreien können, plötzlich aber in einer ausweglosen Situation gefangen gewesen sein musste. Auf halber Strecke hatte sie den Kampf gegen die Kunstfaser wohl aufgegeben.

»Party halt …«, murmelte Stephanie und wollte gerade rückwärts im Zimmer verschwinden, als etwas ihren Blick fing und sie erstarren ließ.

Ein orangefarbener Rettungsring hing am Ende des unendlich langen Flurs. Darunter war ein riesiger Übersichtsplan eines Schiffes angebracht.

»Nein, bitte nicht.«

Mayumi hielt ihr aufmunternd eines der Shampoo-Fläschchen hin. Nach einer schönen Dusche sah das Leben gleich ganz anders aus. Wusste doch jeder.

»Nein! Bitte! Alles, nur kein Schiff!«, entfuhr es Stephanie plötzlich so lautstark, dass die zarte Mayumi zusammenzuckte und das freundliche Angebot zurückzog. Stephanie machte auf dem Absatz kehrt, die Tür fiel laut ins Schloss.

Leise dudelte auf dem Flur der fröhliche Musikmix weiter.

—

Er musste eingenickt sein. Vielleicht eine Stunde, vielleicht hatte er aber auch einen ganzen Tag lang geschlafen. Er kann es nicht sagen, sein Zeitgefühl ist ihm längst abhandengekommen. Doch der Albtraum, in dem er sich befindet, dauert an.

Es ist stockdunkel. So dunkel, dass selbst nachdem sich seine Augen an die Situation gewöhnt haben, kaum Schemen auszumachen sind. Metallstäbe klappern, und das laute, monotone Motorenbrummen beginnt langsam, ihn in den Wahnsinn zu treiben.

Wie früher das Schnarchen seiner Mutter im Nebenzimmer, das ihn jahrelang jede Nacht geweckt hatte und oft stundenlang nicht mehr einschlafen ließ.

Viel quälender als einst die gekrümmte Nasenscheidewand seiner Mutter ist aber die Kälte, die sich mittlerweile ihren Weg tief in seine Knochen gebahnt hat und ihn unkontrollierbar zittern lässt. Er hat es aufgegeben, dagegen anzukämpfen. Finger und Zehen kribbeln und schmerzen, die fehlende Bewegung trägt ihren Teil dazu bei.

Der Käfig, in den sie ihn gesperrt haben, ist weder lang noch hoch genug für einen erwachsenen Mann. Schon gar nicht für einen von seiner Statur. Eineinhalb mal ein Meter würde er schätzen. Mehr als eine gebückte Hocke lässt die Höhe nicht zu. Nachdem ihm mittlerweile alle Gliedmaßen gleichermaßen schmerzen und jede Position ohnehin nach fünf Minuten unerträglich wird, verbringt er die meiste Zeit in einer ergebenen Fötushaltung. Mit den Armen umklammert er fest die Knie und versucht durch abwechselnde An- und Entspannung zumindest ein wenig Blut in die Muskeln zu pumpen. Jedes Mal, wenn dabei seine Oberschenkel gegen den Bauchansatz drücken, muss er an die teuflischen Plunderteilchen denken, denen er diesen zu verdanken hat.

Was würde er jetzt für einen Bissen geben! Quarkfüllung, Marmelade, Schokolade, mit oder ohne Zuckerguss ... er wäre nicht wählerisch. Sein Magen krampft sich schmerzhaft zusammen, im Mund sammelt sich Speichel.

Wie lange es wohl her ist, seitdem er zum letzten Mal etwas gegessen hat? Es müssen diese salzigen Erdnüsse an der Bar gewesen sein. Er hat mal gelesen, dass ein Mensch bis zu 80 Tage ohne Nahrung überleben kann. Das erscheint ihm verrückt. Aber so lange ist es bei ihm wohl noch nicht her.

Was ihn allerdings noch mehr quält als der Hunger, ist der Gedanke an die weitaus wichtigere Info aus dem schlauen Artikel über Fasten und Diäten: Ohne Wasser könne man nur drei Tage überleben. Er hat die Befürchtung, dass er gerade dabei ist, diesen Fakt im Selbsttest zu überprüfen. Der Gedanke daran lässt ihn mehrmals reflexartig schlucken – weg ist der Speichel, der sich eben noch dort gesammelt hat, und er spürt, wie sein Mund austrocknet. Er versucht sich darauf zu konzentrieren, dass es noch keine drei Tage sind, seitdem sie ihn eingesperrt haben. So weit ist er sich sicher. Aber je mehr Zeit vergeht, desto schwerer fällt es ihm, der blanken Panik keinen Raum zu geben.

Er ist nicht naiv.

Wie oft hatte Sarah ihm gesagt, er sei ein hoffnungsloser Pessimist. Sein Glas sei nicht halb leer, er habe nicht einmal eines, hatte sie ihn geneckt. Wie gerne würde er noch einmal mit ihr darüber diskutieren. Am liebsten mit einem kühlen Bier in der Hand und der passenden Musik. Er vermisst sie und wieder einmal ärgert er sich über die vielen verschwendeten Momente, in denen sie so getan hatten, als könnten sie einander nicht leiden. Dabei war von Anfang an das Gegenteil der Fall gewesen. Zumindest von seiner Seite aus.

Er schüttelt den Kopf über die eigene Dummheit und die Gedanken, die so fehl am Platz sind.

Er weiß, dass die Wahrscheinlichkeit, in diesem Käfig zu sterben, hoch ist. Sehr hoch sogar.

Wenn es nur um ihn allein ginge, hätte er vielleicht schon aufgegeben.

Aber er ist nicht allein.

Da sind noch die Kinder.

----- SPÄTER AM NACHMITTAG -----

Nein.

Nein.

Und nochmals: Nein!

Erinnerungsverlust hin, Katerstimmung her, aber in einer Sache war sie sich sicher. Zu einhundert Prozent.

SIE HASSTE KREUZFAHRTEN.

Angewidert starrte sie auf den Prospekt, den sie auf dem kleinen Schreibtisch in der Kabine entdeckt hatte. »Willkommen auf Ihrer Traumreise 2023« lautete der Titel der Broschüre, die über das Schiff informierte: 16 Decks, 5000 Passagiere, 3000 Quadratmeter Wellness-Bereich, 15 Restaurants, Fitness, Casino, *Kids Club*, Kreativwerkstatt, Tattoo-Studio – sogar einen verdammten Streichelzoo gab es an Bord der *Freedom of Spirit,* auf der sie sich offensichtlich befand. Davon hatten die Meerschweine bestimmt ihr Leben lang geträumt – endlich einmal dem eigenen Namen gerecht werden. Sie warf die Broschüre wütend in den Müll. Die Abneigung gegen diesen Ort schien tief verwurzelt. Wenn sie bloß wüsste, warum.

Das Karussell aus Wut und Panik begann sich schneller zu drehen. Für einen kurzen Moment wurde ihr schwarz vor Augen. Ein lautes Rauschen in den Ohren. Grüß Gott, der Kreislauf! Lieber hinsetzen.

Das Bild eines leblosen Mädchenkörpers im Wasser tauchte auf, ein diffuser Erinnerungsfetzen, der ihr einen kalten Schauer über den Rücken laufen ließ. Sie hatte sie gekannt. Gut gekannt. Mehr wusste sie nicht.

Hilflosigkeit und blanke Angst.

Sie schnappte nach Luft, fühlte noch einmal in sich hinein. Kam da noch etwas? Eine weitere Erinnerung? Irgendwas? Fehlanzeige. Sie sah sich um, suchte vergeblich nach einem Fenster. Dort an der Wand, wo man eines vermuten würde, hing zumindest ein Poster von einem Fenster mit Sonnenuntergang. Sehr witzig. Stephanie setzte sich auf das untere Bett und sackte in sich zusammen. Dabei hatte sie es gerade sogar geschafft zu duschen, ohne sich dabei zu übergeben. Nach der Begegnung mit Mayumi und der Erkenntnis, dass der Boden unter ihren Füßen nicht ohne Grund schwankte, musste sie die Kontrolle über sich selbst wiedererlangen. Oder es zumindest versuchen. Nun war sie zwar optisch ein neuer Mensch, die Fragen in ihrem Kopf blieben aber die alten.

Wer war sie?

Was machte sie hier?

Und – verdammt noch mal – wie war sie hier gelandet?

Sie fühlte sich wie in diesem Weltraumfilm gefangen, in dem Sandra Bullock allein und hoffnungslos durch das Universum kreiste. Komisch, dass sie sich gerade daran erinnerte.

Sandra Bullock: Ja, klar! Schauspielerin, Ende fünfzig, deutsche Wurzeln, Kumpeltyp.

Eigenes Spiegelbild: Frau mit Kater und widerspenstigem Haar. Weitere Infos: Fehlanzeige.

Ein leises Klopfen riss sie aus den trüben Gedanken.

Sie blickte fragend Richtung Tür, als hätte sie nicht damit gerechnet, dass dieses rechteckige Loch in der Wand tatsächlich irgendwo hinführte.

Noch einmal klopfte es.

Stephanie räusperte sich.

»Ja?« Ihre Stimme krächzte, machte aber schon besser mit als vorhin. »Wer ist da?«

»Ich bin's. Komm, lass mich endlich rein. Hab die Karte vergessen.«

Langsam ging sie Richtung Tür. Die weibliche Stimme klang nicht bedrohlich. Ungeduldig ja, aber weniger nach Axtmörderin, als nach einer nervigen Schwester.

Ungeduldiges Pochen.

»Beeil dich! Sonst sieht mich noch jemand!«

Ihr Herz schlug schneller. Wer auch immer da vor ihrer Zimmertür stand, die Person schien sie zu kennen. Vielleicht konnte die Frau ihr sagen, was das hier alles sollte und wer genau sie eigentlich war.

Vorsichtig drückte sie die Klinke hinunter und konnte sich gerade noch rechtzeitig vor der Tür retten, die ruckartig aufgestoßen wurde.

»Na, endlich!«

Eine Blondine, Mitte zwanzig, drängte sich herein, und ihre Erscheinung warf neue Fragen auf.

Sie trug ein weiß-blaues Dirndl, geflochtene Zöpfe und gestrickte Strümpfe zu knallroten Lackpumps. Das Auffälligste war aber nicht das zünftige Outfit auf hoher See, sondern die Prosciutto-Haxe, die sie wie eine Trophäe mit beiden Händen über ihrem Kopf in die Luft stemmte.

»Da ist das Ding! Damit hast du nicht gerechnet, was?«

»Nein. Wirklich nicht.«

Eine Erinnerung formte sich in Stephanie Mayrhofers Bewusstsein: ein großes Bierzelt. Bunte Bänder, die von der Decke hängen. Gedränge und laute Musik. Klirrende Bierkrüge. Hüte, Lederhosen und wehende Dirndlschürzen. Zu viele große Menschen, die ihr Angst machten. Und dann endlich zwei starke Arme, die sie hochhoben.

Stephanie Mayrhofer versuchte ihren Gedanken weiter nachzuspüren, aber da kam nichts mehr.

Nun konnte sie nicht aufhören, auf den Schinken zu starren. Was zum Teufel war das hier für ein Theater? Und warum fing ihr Magen zu knurren an? Und wie sollten sie das Ding anschneiden ohne den passenden Säbel? Oder hatte sie den auch dabei? Sie lehnte sich zur Seite, um zu sehen, ob sich hinter dem Rücken der euphorischen Dame ein Messer befand, das am Dirndl baumelte. Es war keines zu sehen.

»Hättest du nicht gedacht, dass ich das wirklich mache, oder? Aber ich hab's dir ja gesagt: Vor mir ist nichts sicher!«

Stephanie grub die Hände tief in die Taschen ihres Bademantels und zog die Schultern hoch. Sie war vollkommen ratlos und wusste nicht, welche Frage sie zuerst beantworten beziehungsweise stellen sollte. Immerhin hatte sie für einen Moment vergessen, dass sie sich auf einem Schiff befand.

»Was ist denn mit dir los?«

Der Blick der Schinken-Prinzessin wirkte verärgert. Es war offensichtlich, dass sie sich eine andere Reaktion erwartet hatte. Sie legte die Stirn in Falten und musterte ihr Gegenüber.

»Geht's dir nicht gut? Siehst scheiße aus.«

»Danke.«

»War ein bisschen viel gestern. Aber es hat ja keiner gesagt, dass du den ganzen Schnaps allein trinken musst, du alte Rockerbraut!« Sie lachte lauthals über ihren Scherz. Als sie bemerkte, dass sie allein lachte, runzelte sie wieder die Stirn. »Spaßbremse. Betrunken hast du mir besser gefallen. Wenn ich das gewusst hätte ...«

Sie sah sich suchend im beengten Zimmer nach einem Platz um, wo sie ihr Diebesgut ablegen konnte. Ohne Erfolg.

»Mensch, das war doch alles deine Idee: ›Lass uns etwas aus der Küche mopsen, etwas ganz Großes!‹« Sie äffte eine betrunkene Frauenstimme nach, während sie mit der Haxe in der Kabine herumwanderte.

Resigniert legte sie das große fettige Schweinebein auf das schmale Lack-Sideboard unter dem kleinen Flachbildschirm. Unzufrieden sah sie auf ihre Hände, die sie schließlich seufzend an ihrem Rock abwischte, bevor sie wieder kehrtmachte. Auf dem Weg Richtung Tür drehte sie sich noch mal um.

»Solltest dich beeilen! Tisch sieben wartet auf dich. Und vergiss nicht dein Düüürndl. Hollereidülïööööö!« Mit einem kleinen Knicks war sie aus der Kabine verschwunden. Ein lautes »Yeah« ertönte auf dem Flur, gefolgt von Gelächter. Die Dame war offenbar beliebt bei ihren Nachbarn.

»Aber …« Stephanie machte einen schnellen Schritt nach vorne. Nicht schnell genug. Die Tür fiel vor ihrer Nase ins Schloss. »… der Prosciutto …«

Der Geruch des Rohschinkens verursachte eine Kombination aus Hunger und Brechreiz. Lieber einen anderen Platz für die Delikatesse suchen.

Sie öffnete die Tür des Kleiderschranks, da müsste das Ding doch reinpassen. Sieh an! Da hing tatsächlich ein Dirndl. Das gleiche Modell, das ihre fröhliche Freundin getragen hatte. Partnerlook, wirklich? Sie wollte gerade nach dem karierten Rock greifen, als eine schwarze Lederjacke ihren Blick festhielt. Die würde ihr schon eher gefallen. Aus der rechten Tasche baumelte ein Schlüsselband mit einem Ausweis daran. Das Foto darauf war das Gleiche wie auf ihrem Personalausweis.

Darunter stand:
Stephanie Mayrhofer.
Team Animation.
Your Fun is my Job!
Ihr wurde wieder übel.
Nein!
Ganz bestimmt nicht!
Auf keinen Fall!
Irgendetwas musste in ihrem bisherigen Leben grob schiefgelaufen sein, sonst wäre sie nicht in dieser Situation. Offensichtlich wartete außerdem ein ganzer Tisch auf ihr Erscheinen, ein sehr unbehagliches Gefühl.

Zwanzig Minuten später stand ihr der Schock immer noch ins Gesicht geschrieben, als sie vor dem Spiegel mit der Schleife der Dirndlschürze kämpfte. Sie meinte sich zu erinnern, dass diese auf der rechten Seite getragen werden sollte, wenn man nicht angesprochen werden wollte. Und angesprochen werden wollte sie um keinen Preis.

Linke Seite gesprächsbereit, rechts vergiss es – sie war sich sicher. Warum kam ihr dieses ganze Trachten-Outfit bloß so vertraut vor?

Aber eigentlich sah sie gar nicht schlecht aus, musste sie nach einem prüfenden Blick in den Spiegel zugeben. Die überschminkten Augenringe und das Rouge auf den blassen Wangen erweckten glatt den Eindruck, als hätte sie sich im Griff. Ha!

Ob sie sich oft so kleidete? Auf ihrem Ausweis stand, dass sie in München wohnte, der Hauptstadt der Dirndl und Lederhosen. Trotzdem fühlte sie sich kostümiert. Viel lieber wäre sie in die ausgewaschenen Jeans und den schwarzen Kapuzenpullover geschlüpft, die sie im Kleiderschrank entdeckt hatte. Das größte Kopfzerbrechen bereiteten ihr aber die roten High Heels, die neben den ausgelatschten Turnschuhen standen.

Sorry, Leute, aber das geht zu weit.

Hier war sie dann doch erreicht, die unverrückbare Grenze ihrer Kompromissbereitschaft. Partnerlook hin, Gedächtnislücke her. Mit diesem gemeingefährlichen Schuhwerk würde sie keinen Schritt laufen können.

Schon gar nicht heute.

Bevor sie das Chaos in der winzigen Doppelkabine verließ, schnappte sie sich ihren Mitarbeiterausweis. »Your Fun is my Job! Yeah!«, äffte sie leise in den Spiegel. Wieder Unbehagen, als sie den Satz das zweite Mal las, und auch die Frage von vorhin drängte sich erneut auf: Was war da schiefgelaufen, dass sie auf einem Kreuzfahrtschiff den Hampelmann für andere Menschen gab?

Sie machte sich auf den Weg, um es herauszufinden.

—

Was hat ihn eigentlich verraten?
Diese Frage kreist in seinem Kopf. Unaufhörlich.
»Du hättest keine Fragen stellen sollen«, hatte Il Bello *zu ihm gesagt, bevor er ihm mit dem Griff seiner Pistole eins überzog. Der schlanke Typ machte seinem Spitznamen alle Ehre. Er hatte die Aura eines Menschen, der haargenau weiß, dass er gut aussieht: Selbstbewusstsein gepaart mit Arroganz. Sein breites Grinsen gab den Blick auf zwei perfekte, perlweiße Zahnreihen frei.* Was für ein zurechtgemachtes Arschloch, *hatte er noch gedacht, bevor er das Bewusstsein verlor. Den grellen Schmerz in der Schläfe spürt er immer noch, wenn er daran denkt. Eine Kruste hat sich am Haaransatz über seinem linken Ohr gebildet. Der metallische Geschmack im Mund ist ihm geblieben. Wahrscheinlich hat er sich in die Zunge gebissen, als er auf den Boden geknallt ist.*

Dabei hat er sich wirklich bemüht, glaubhaft in diese Scheißrolle zu schlüpfen: Bernd Krammer, Servicekraft an Bord. Er hätte lieber hinter den Kulissen als Spüler oder im Lager gearbeitet, aber da wäre er zu sehr aufgefallen. Dort arbeiten keine weißen Europäer, wurde er belehrt. Also Service. Er stellte sich gar nicht so blöd an, hatte schließlich während seiner Ausbildung lange genug kellnern müssen, um über die Runden zu kommen. Wie er es hasste, heute wie damals. Aber die Tarnung war perfekt gewesen. Sogar bei der Polonaise hat er mitgemacht. Mit einem gequälten Lächeln im Gesicht!

»Endlich mal wieder ein Knackarsch«, hatte die bunt geschminkte Helga gerufen und ihm gleich an selbigen gelangt. Er war zwar kein Polonaisen-Experte, aber dort gehörten die Hände sicher nicht hin.

Ines, am Kopf der Tanzschlange, hatte die Augen verdreht. Sie war nett. Zuvor hatte sie ihm stark angetrunken ihre Geschichte erzählt. Dass sie ursprünglich mal Erzieherin gewesen war, den Job aber nicht mehr ausgehalten hatte. Das hier war auch nicht viel besser, eigentlich auch Kindergarten, aber wenigstens die Bezahlung stimmte. Außerdem fehlte ihr ohnehin der Mut zur Veränderung. Woanders war es ja vielleicht genauso mies. So weit war sie ihm sympathisch – ein Glas-halb-leer-Typ wie er.

»Hallo?«

Ein Flüstern ganz dicht neben seinem Kopf. Vor Schreck reißt er den Oberkörper hoch und schlägt genau mit der Platzwunde oben am Eisenkäfig an. Es blitzt vor seinen Augen. Ein lauter Schmerzensschrei, begleitet vom Scheppern des Gestänges. Dann ist es wieder still – abgesehen vom gleichmäßigen, unendlichen Brummen der Motoren.

»Wer bist du?«

Eine Kinderstimme flüstert. Gebrochenes Deutsch.

Er rutscht mit dem Rücken ans Gitter und setzt sich so weit auf, wie der Käfig es erlaubt. Plötzlich sind alle Sinne hellwach.

»Michael. Ich bin Michael.«

»Hilfe.«

Plötzlich spürt er eine Berührung an seiner rechten Hand. Er zuckt zusammen und zieht die Hand weg. Nur für einen Moment. Dann tastet er mit den Fingern in der Dunkelheit die Wand seines Gefängnisses ab und findet sie: eine kleine kalte Kinderhand, die seine fest umklammert.

»Nicht lassen allein. Bitte!«

Eine Träne läuft ihm über das heiße, zugeschwollene Gesicht. Dann leises Schluchzen.

Auf beiden Seiten des Käfigs.

----- AM ABEND -----

Es wurde so schlimm, wie sie es erwartet hatte.

Ein Verkleidungsdrama vor weiß-blauer Kulisse, von Umtata-Musik und überzogen zünftiger Heiterkeit begleitet – dazu Weißwürste, Brezen und wilde Versuche, den bayerischen Dialekt zu imitieren. Sie hatte dabei irgendeinen Hanswurst vor dem geistigen Auge gehabt, der seiner Wiebke-Jacqueline zuprostete: »Angezapft ist es, Schneggi! Lass' ma dat Chicken probieren! Yeah!«

Die Realität hielt ihrer Phantasie stand. Aber das Chicken schmeckte.

Nachdem sie es aus dem sterilen Labyrinth des »Crew Only«-Bereichs herausgeschafft hatte – leicht zu erkennen am plötzlichen Auftauchen von anderen Farben als dem Beige und Braun der Crewkabinen sowie dem »Hier beginnt die Smiling-Zone – Bitte lächeln!«-Schild am Ausgang –, blieb sie wie angewurzelt stehen.

Dieser Anblick überwältigte sie. Die orangene Brandschutztür, von außen edel mattschwarz lackiert und mit einer gemusterten Tapete überzogen, hatte sie in einem Einkaufszentrum ausgespuckt. Ein offener Platz mit einer Glaskuppel darüber bildete das Zentrum der kleinen Stadtpromenade, die von riesigen Bäumen gesäumt wurde. Der Boden war aufwendig mit Mosaiken gefliest, auf drei Stockwerken reihten sich Boutiquen, Restaurants und Shops aneinander. Alles sah hochwertig und blitzsauber aus, und ein feiner Sprühnebel aus Wasserdampf, der von der Decke schwebte, sorgte dafür, dass es unter dem Glasdach angenehm kühl blieb. Wie heiß es tatsächlich war, bekam man am Ende der Ladenzeilen mit:

Hinter dem letzten Shop des Einkaufszentrums, dem Tattoo-Studio, begann die Schlange der Badehosenträger, die sich an der beeindruckenden Wasserrutsche anstellten. Im Minutentakt sah man vor dem wolkenlosen Sommerhimmel Menschen durch die Spiralen und Windungen der durchsichtigen Röhre flitzen, die rings um das halbe Schiff zu laufen schien. Schwindelgefühl, willkommen zurück!

»Schneeell, Justin! Amoi no bevor ma gehn miaßn!«, kreischte ein kleines Mädchen in einem rosaroten Minnie-Maus-Badeanzug.

Stephanie Mayrhofer hatte vor einem bunten Übersichtsplan Wurzeln geschlagen, den sie zu entschlüsseln versuchte. Verzweifelt hielt sie nach einem abgewetzten roten Sticker Ausschau, auf dem »You are here« stand. Den gab es aber nicht. Stattdessen sprach eine sanfte Frauenstimme mit ihr: »Wo wollen Sie hin? Where do you want to go? Où veux-tu aller?«

Ja, wenn sie das wüsste …

Schließlich beschloss sie, einfach jenen Menschen zu folgen, die in dem, was sie für bayerische Tracht hielten, an ihr vorbeiliefen – glitzernde Mieder, raschelnde Blümchenröcke in Neonfarben und aufgetürmte Flechtfrisuren. Sie versuchte ihre Abneigung gegen den Almauftrieb so gut es ging zu verbergen und zog eine Miene, die sie als ein freundliches Gesicht einstufte. Ihr rechtes Augenlid zuckte dabei unaufhörlich.

»Wo geht es denn hin, die Herren? Where are you going?«, fragte sie die beiden in den knallengen roten Plastiklederhosen vor sich. Beim dritten Anlauf glaubte sie so etwas wie *Dinner Club, Deck 13* verstanden zu haben. Das lallende Gelächter machte es nicht einfacher, ihr betrunkenes Deutsch zu entschlüsseln.

Sie murmelte etwas wie »Thank you«, könnte aber auch »Danke für nichts« gewesen sein, und ließ die beiden vor den mannshohen Figuren stehen, die vor den Toren des *Kids Club* wachten. Es waren Freddy, Maddie und Teddy, die drei Maskottchen der Schiffsflotte. Freddy war ein frecher bunter Papagei, der es liebte, mit den Kindern kleine Späße zu treiben. Seine Superkraft war sein Humor, mit dem er in nur einem Flügelschlag allen ein Lächeln ins Gesicht zaubern konnte. Maddie, das wissbegierige Delfinmädchen, wusste alles über das Meer und seine Bewohner. Ihre Superkraft war ihre Intelligenz. Und Teddy – na ja –, der war ein kuscheliger Bär. Da war der teuer bezahlten Marketingagentur am Ende ein wenig die Luft ausgegangen. Den Kindern war es egal. Das lustige Trio tauchte überall auf dem Schiff auf, vom Kinderbüfett bis zur Freefall-Wasserrutsche, vom Teenie-Fernsehkanal bis zur täglichen Tanzeinlage der drei schwitzenden Maskottchen am *Mega-Pool*. Und selbstverständlich vor dem Eingang zum *Kids Club*, wo die fröhlichen drei an diesem Abend Verstärkung von den zwei betrunkenen Niederländern bekamen. Die waren gerade drauf und dran, sich beim Klettern auf Maddies Rücken ernsthafte Verletzungen zuzuziehen. Stephanie fehlte das Interesse dafür, wie diese Geschichte wohl ausgehen würde.

Stattdessen schloss sie sich einer Familie an, an der Dirndl und Lederhosen nicht wie eine Verkleidung wirkten. Im Stechschritt marschierten sie davon.

»Immer dauert alles ewig mit euch! Gehts weida, Zefix!«, motzte der Vater an der Spitze der bayerischen Karawane, in der tatsächlich niemand den Eindruck vermittelte, als hätte er auch nur einen Funken *Fun, Fun, Fun – what else?*

Nicht die Pubertierende mit dem Handy vor dem gelangweilten Gesicht. Nicht der Grundschüler, der offensichtlich einen Gehfehler hatte, weil er sich nicht fortbewegen konnte, ohne seine Sneakers geräuschvoll über den Teppichboden schlurfen zu lassen. Nicht das Kleinkind, das lauthals brüllte, während es versuchte sich aus dem Arm der erschöpft aussehenden Mutter mit der struppigen Kurzhaarfrisur zu winden. Und der Brummbär in der Strickjacke, dem bei jedem zweiten Schritt die Wadlwärmer verrutschten, natürlich auch nicht.

Stephanie Mayrhofer fühlte sich erstmals nicht komplett fehl am Platz, sondern eigentümlich sicher. Sie hielt Schritt.

Sie wanderten durch Flure, nahmen Aufzüge in andere Geschosse, die sich nur durch unterschiedliche Farbnuancen, Raumdüfte und die Musikauswahl auseinanderhalten ließen, bogen rechts und wieder links ab. Stephanie hatte zwar keine Uhr dabei, war aber fest davon überzeugt, dass ziemlich genau drei Jahre vergangen sein mussten, als sie zum ersten Mal das Gefühl beschlich, dass sie gleich wieder an ihrer Kabine vorbeigelaufen sein müssten.

Hätte ihr Reiseführer, auf dessen kleinem Filzhut eine neckische Feder den Takt angab, nur für einen Moment angehalten, hätte sie öffentlich an seiner Orientierung gezweifelt. Weil er aber gar so zielstrebig voranmarschierte, trabte sie brav hinterher.

Und tatsächlich ...

Hinter der hundertsten Biegung, kurz vor der Reise über den Regenbogen kamen sie an: in Bayern.

Ein riesiger runder Bereich erstreckte sich hinter einem begrünten Eingangsbogen, geschmückt mit weiß-blauen Bändern, in die Brezen geknotet waren. Der Blick wanderte unweigerlich als Allererstes in Richtung des Nachthimmels, der sich über ihnen aufspannte. Der *Dinner Club* war ein Multifunktionsbereich, der sich im Heck des Schiffs befand. Er konnte wahlweise als Theaterraum bespielt oder für Gala-Abende genutzt werden, mal mit Überdachung, mal ohne – so wie heute. Wäre es nur nicht so hell gewesen, man hätte versuchen können, die funkelnden Sterne zu zählen, die wie auf einer unendlichen Fototapete rund um das Schiff am wolkenlosen Himmel standen.

Stephanie war beeindruckt und ließ den Blick durch den Club wandern, der heute zum Biergarten umfunktioniert worden war. In der Mitte des Outdoor-Restaurants hatte man eine Bühne aufgebaut, die sich langsam drehte, während die Blaskapelle versuchte den Takt zu halten, obwohl dem Tubisten gerade eine Möwe ins Instrument gekackt hatte. Ringsherum standen zünftige Festzeltgarnituren, liebevoll dekoriert mit Maßkrügen, bayerischen Wimpeln und kleinen Weißwurstschalen in denen noch kleinere Snack-Brezen lagen.

Die Illusion war perfekt. Abgesehen von der salzigen Meeresbrise, die ab und zu daran erinnerte, dass man sich nicht auf der Theresienwiese in München, sondern auf hoher See befand.

»Ja, das ist Kufstein …«, intonierte der Sänger auf der Bühne, der offensichtlich auch keinen guten Orientierungssinn hatte.

»Geht's amoi weida a?«, fragte Stephanies Reiseführer laut. Er hatte das Warten satt, das Hütchen wackelte ungeduldig auf seinem Kopf. Das Gedränge im Eingangsbereich war kurz davor, in eine handfeste Schubserei auszuarten.

»Ja, ja! Komm, Angelika!«, sagte sein Vordermann. Die schlechte Laune hatte nun auch ihn erfasst. Wenn das so weiterging, wartete eine anstrengende Schicht auf das Entertainment-Team. Stephanie Mayrhofer blickte zögerlich in den Biergarten und versuchte sich einen Überblick zu verschaffen.

»Schön, dass du uns auch noch beehrst.«

Sie wandte sich wie in Zeitlupe nach rechts. Noch bevor ihr Blick den jungen Mann in rot-weiß kariertem Hemd und dunkler Lederhose traf, spürte sie etwas: Abneigung. Und das war, bevor sie den überheblichen Gesichtsausdruck hinter der runden Harry-Potter-Brille und das spießige Klemmbrett vor der Brust gesehen hatte.

»Gern«, log sie und wandte sich langsam wieder in die andere Richtung, um zu gehen.

»Eine halbe Stunde zu spät. Und wenn ich dich noch einmal ohne Namensschild außerhalb des Crewbereiches sehe, wird das Konsequenzen haben.« Sie nickte und drehte ihm wieder den Rücken zu. Nichts wie weg.

»Wo willst du denn hin? Tisch sieben ist da lang!« Er zeigte in die entgegengesetzte Richtung, in die auch ihre bayerische Familie marschiert war. Dann schüttelte er missbilligend den Kopf und machte sich eine Notiz auf seinem Spießerblock. Er schrieb in einer Art Code, wilde Abkürzungen, die wohl nur er entziffern konnte. Als er bemerkte, dass sie ihn interessiert beobachtete, ließ er das Klemmbrett ganz langsam sinken und sah sie mit einem Oberlehrerblick an.

»Hast du noch irgendwelche Fragen?«

»Viele. Sehr viele.«

Dann ließ sie ihn mit offenem Mund stehen. Die Fronten waren geklärt und eine Feindschaft fürs Leben geschlossen.

»Bringen wir es hinter uns«, murmelte Stephanie halblaut, als sie Tisch sieben endlich gefunden hatte. Vielleicht nicht die

Begrüßung, die sich die Gäste erwartet hätten, aber so richtig hatte ihr ohnehin niemand zugehört, da alle in die Speisekarten vertieft waren.

»Na, um diese Zeit isst hier bestimmt koana a Weißwurscht! Wo kemma denn do hi? Weißwürscht am Abend … Herrschaftszeiten! Hendl kennts hom!«

Stephanie hatte tatsächlich das Glück, mit ihren bayerischen Freunden den Tisch zu teilen. Sie freute sich und fühlte sich gleich ein bisschen entspannter.

»Schönen guten Abend alle miteinander!«, versuchte sie es noch einmal mit einem etwas konventionelleren Gruß.

Die Gesichter hellten sich auf, nur die beiden Pubertierenden am Tisch, die einander gegenübersaßen, hielten den Blick auf das Handydisplay gerichtet. Immerhin hob das Mädchen im blau-grünen Dirndl verächtlich die rechte Augenbraue – ohne dabei von ihrem Smartphone aufzusehen.

»Wie schön, dass Sie da sind!«, sagte eine freundliche ältere Dame auf der rechten Seite der Sitzbank. »Setzen Sie sich doch und essen Sie mit uns!« Es klang, als hätte sie sich schon seit Tagen auf diesen Moment gefreut.

»Gern.«

Stephanie Mayrhofer quetschte sich an den Rand, allgemeines Poporutschen begann, bis alle genügend Platz hatten, um einigermaßen freihändig essen zu können. Hier hatte schließlich keiner Economy-Class gebucht.

»Wie war Ihr Tag, Schätzchen?«, fragte die Dame, auf deren Tischkärtchen »Gabriele Blum, Kabine 14002« stand. Sie war Bibliothekarin im Ruhestand und hatte diese Reise eigentlich schon vor zehn Jahren machen wollen, wie sie ihr erzählte. Damals mit ihrem Mann, der jedoch nach langer Krankheit vor zwei Jahren verstorben war. Die Route hatten sie noch gemeinsam ausgesucht, bevor er seine erste Krebsdiagnose bekam. Er hatte das Mittelmeer geliebt. Dass sie die Reise nun allein unternahm, war ihre Art, Abschied zu nehmen. Überraschenderweise wirkte sie nicht wehmütig, als sie ihre Geschichte erzählte, sondern im Reinen mit sich.

Beneidenswert, dachte Stephanie.

Und so weit weg von ihrer Realität und dem diffusen Chaos, das sie umgab.

Ihnen gegenüber saßen die fünf Bayern, Familie Korb, schön der Größe nach aufgefädelt – bis auf Baby Ariana. Sie thronte am Kopfende in ihrem lilafarbenen Hochstuhl und warf mit Brezenresten um sich. Ihre Stimmung schien sich mit jedem Stückchen zu verbessern, das durch die Luft wirbelte. Mit der Laune des Vaters neben ihr verhielt es sich genau andersherum. Fassungslos starrte er seine Frau von der Seite an, die konzentriert in die Speisekarte starrte. Sie hatte beschlossen, den heutigen Abend so gut es ging zu genießen, und sah deshalb bewusst keines ihrer Kinder an. Auch nicht ihren siebenjährigen Sohn, der neben seiner smartphonesüchtigen Schwester genüsslich in der Nase bohrte, während er versuchte einen Blick auf ihren Bildschirm zu erhaschen.

»Geht dich nix an, Adrian!« Sie verlieh ihren Worten durch einen leichten Klaps auf seinen Hinterkopf Nachdruck.

»Jetzt sag doch was! Sabine! Und du hör auf, deinen Bruder zu hauen, Magdalena!«

Dem Familienoberhaupt reichte es.

»War was?«

Fassungsloses Schnauben.

»Ach Max, bestell dir noch ein Weißbier.«

Die weisen Worte seiner Frau schienen den bayerischen Bären zu besänftigen. Er sah sich nach einer Bedienung um.

Zum ersten Mal an diesem Abend schien sein Verhalten für den feinen Herrn, der ihm gegenübersaß, Sinn zu ergeben. Thorsten Ebel folgte seinem Blick, um sich der Bestellung anschließen zu können. Außer dem offensichtlichen Durst hatte der Mann mit den gegelten Haaren aber wenig mit Maximilian Korb gemeinsam.

Er, seine Frau Brigitte und Sohn Briand, vierzehn Jahre alt und ebenfalls mit seinem Mobiltelefon verwachsen, sahen aus, als wären sie einem Hochglanzkatalog für gehobene Trachtenmode entsprungen. Hier passte alles zusammen: sein fliederfarbenes Stecktuch zu ihrem Dirndl, zu Briands Krawatte. Ihre mitternachtsblaue Seidenschürze zu den Samtwesten ihrer Männer. Und alle drei trugen das gleiche Modell eines steingrauen Walk-Blazers, der eigentlich viel zu warm war. Aber es sah schön aus.

Zur allgemeinen Freude wurde bald das Hendl gebracht, zufriedenes Schweigen machte sich breit.

Zumindest für kurze Zeit.

»Was ist denn hier los?«

Tisch sieben blickte auf. Die Mienen verfinsterten sich, das Kauen wurde eingestellt, um herauszufinden, wer der Störenfried mit dem Klemmbrett war.

»Bitte entschuldigen Sie! Mahlzeit alle zusammen! Frau Mayrhofer, kann ich Sie bitte kurz sprechen?«

Nervöses Räuspern, Fake-Lächeln und zusammengebissene Zähne.

»Du bekommst Ärger«, flüsterte Adrian Stephanie quer

über den Tisch zu und kassierte dafür die zweite Kopfnuss von seiner Schwester.

»Da hat er recht.« Überraschenderweise kam Briand dem Siebenjährigen zu Hilfe. Magdalena strafte auch ihn mit einem vernichtenden Blick.

Unterdessen hatte »Oliver Fröhlich, Teamleader Animation« Stephanie Mayrhofer hinter eine große Palme gelotst.

»Ja, spinnst du? Du bist nicht zum Essen hier, sondern zum Arbeiten. Kurzer Small Talk, und weiter geht es! Kannst du dich nicht einmal an Punkt eins deines Trainings erinnern? Den allerwichtigsten?«

»Ganz ehrlich? Nein.«

Fast wäre ihm vor lauter Kopfschütteln die kleine Brille von der Nase gerutscht. Mit einem gekonnten Griff hielt er ihre Talfahrt gerade noch auf.

»Also wirklich! So etwas habe ich noch nie erlebt. Aber ich habe ja gleich gewusst, dass das nichts als Ärger geben wird.«

»Was denn bitte?«

»Jetzt tu doch nicht so, als wüsstest du von nichts …«

Sie zuckte mit den Schultern.

»… nur weil der Chef mich persönlich angerufen und für dich gebürgt hat, hab ich dich in mein Team genommen … in deinem Alter … ohne Erfahrung …«

»Ja, sorry. Aber zumindest für mein Alter kann ich wohl nichts.«

Olivers Gesicht begann sich unnatürlich zu färben. Hals und Wangen wurden fleckig rot, die eine Hand ballte sich zur Faust. Die andere hätte wohl auch gerne gewollt, aber – Klemmbrett – ging nicht.

Er zischte leise.

»Mach, dass du zu den anderen kommst und hol dir endlich ein Namensschild. Das war die letzte Verwarnung.« Er machte auf dem Absatz kehrt und stapfte davon. Dann wieselte er noch einmal zurück. »Und diese Schuhe da …« Künstlerpause, während er mit den kurzen Fingern Richtung Boden fuchtelte, »… die gehen gar nicht!« Dann war er endgültig auf und davon. Stephanie schaute auf ihre ausgelatschten Chucks hinunter und wackelte mit den Zehen.

Unschlüssig drehte sie sich in die eine, dann in die andere Richtung. Sie fühlte sich wie bestellt und nicht abgeholt. Da! Hinter der Bühne entdeckte sie Annemarie, die gerade davonmarschierte, als wüsste sie genau, wo sie hinsollte. Stephanie musste die einzige Person, die sie hier kannte, dringend sprechen. Denn vielleicht gab es ja noch weitere Punkte des Trainings, die sie kennen musste. Dass nämlich dieser Oliver Fröhlich nicht nur außerordentlich unsympathisch, sondern mindestens ebenso boshaft und hinterhältig sein konnte, war offensichtlich – und eine gefährliche Kombination.

Währenddessen lief das Sozialexperiment vor Stephanies Augen weiter, und mit jeder weiteren Maß Bier nahm auch die Lautstärke zu.

Ein Tusch der Blechbläser.

Und erneut tönte »Ein Prosit der Gemütlichkeit« durch den Raum. Die Stimmung war ausgelassen und begann fast ein wenig auf Stephanie überzuschwappen.

Lieber nicht mitmachen.

Schon gar nicht in *diesen* Schuhen.

—

Sarah wird kommen.
Bestimmt.
Wenn er sich auf eine Person in seinem Leben verlassen kann, dann auf Sarah.
Sie ist so verlässlich wie der Kopfschmerz nach einer Partynacht. Der bissige Kommentar seiner Exfrau, wenn er ihre Tochter Noemi auch nur fünf Minuten zu spät abholt. Oder der Aktienkurs von Coca-Cola.
Sie wird kommen.
Sie muss kommen.
Hoffentlich bald.
Denn er weiß nicht, wie lange er es noch ertragen kann, die Kinder leiden zu hören. Brüllen, Weinen, Wimmern und dann das Fürchterlichste: die Stille danach. Diese schreckliche Ohnmacht bereitet ihm körperliche Schmerzen. Sein Verstand weigert sich zu glauben, was hier geschieht.
Er ist gefangen in einer der Kriminalakten, die sich sonst säuberlich geordnet auf ihren Schreibtischen stapeln. Als wäre er in eines der furchtbaren Tatortfotos geklettert, kann aber die Mappe nicht einfach zuklappen und sich zur Ablenkung etwas Süßes aus der Kaffeeküche holen.
Er muss es aushalten.
Und es nimmt kein Ende.
Drei Mal sind sie schon gekommen.
Gut gelaunt. Einer hat sogar eine beschwingte Melodie gepfiffen. Irgendein Italo-Schlager aus den Achtzigern war das. Seine Mama würde ihn kennen.
Felicità … nanana nanana nana … Felicità …
Scheißlied, das nicht unpassender sein könnte.
Jedes Mal haben sie einen harten Gegenstand, wahrschein-

lich eine Pistole, die Gitterstäbe entlanggezogen und gezählt. Bis zum nächsten Opfer.

Das laute Klicken eines Schlosses.

Dann das verzweifelte Brüllen eines kleinen Menschen, der sich mit Händen und Füßen wehrt und trotzdem fortgetragen wird. Die Hilferufe werden schnell vom tosenden Lärm der Motoren verschluckt. Aber das Schluchzen und Schniefen der Kinder, die noch da sind, wird lauter.

Dann ist es für einen Moment still.

So still, wie es eben sein kann in der Nähe des riesigen Maschinenraums. Während seiner Schulung hatten sie dort einen kurzen Stopp gemacht. Damals fand er das gleichmäßige, mechanische Ballett noch beeindruckend. »Vier Dieselmotoren, vierzehn Zylinder«, hatte ihnen der Schulungsleiter unmotiviert vorgebetet und dann noch irgendetwas von »umweltfreundlich, energiesparend und zukunftsweisend« hinzugefügt.

Das ohrenbetäubende Rauschen, das aus dem meterhohen, silberglänzenden Ungetüm mit den vielen Kammern, Schläuchen und Rohren kam, hatte ihn in Staunen versetzt. Hier spürte man die Kraft der Technik, die am Werk war, um den Koloss zu bewegen.

Genau dieses Vibrieren in der Brust und das immerwährende Brummen ist es nun, das ihm Kopfschmerzen beschert hat und ihn an die Verzweiflungsgrenze treibt – als ob die Situation nicht so schon schlimm genug wäre.

Das Schluchzen eines Kindes versetzt Michael einen schmerzhaften Stich ins Herz. Es klingt wie sein eigenes kleines Mädchen.

Noemi.

Natürlich würde er sich hüten, sie klein zu nennen. Die Strafe würde sofort folgen: verächtliche Blicke, Schnauben und mindestens einen halben Tag lang beleidigtes Schweigen. Mit dreizehn Jahren ist sie ihrer Ansicht nach längst bereit für die Weltherrschaft. Und für alles andere sowieso. Aber wenn seine junge Dame manchmal sehr konzentriert ist und sich unbemerkt fühlt, sieht er sie noch: seine kleine Maus, die mit einer Engelsgeduld versucht die Bauklötzchen in die passenden Löcher der Spielbox zu räumen. Stein für Stein. Bis die Geduld ein jähes Ende findet und die kleine helle Kiste mitsamt den vielen bunten Holzteilen in hohem Bogen unter zornigem Gebrüll durchs Wohnzimmer fliegt.

Bei diesem Gedanken muss er lächeln.

Und sofort schnürt es ihm wieder die Kehle zu.

Was, wenn er hier nicht rauskommt? Was soll aus ihr werden? Natürlich hat sie ihre Mutter, mit der sie bestimmt bald wieder besser klarkommen wird, aber wenn sie sich abends auf dem Sofa für einen Moment zu ihm kuschelt und die Teenager-Fäuste sinken lässt, weiß er eines sicher: Sie braucht ihren Papa. Auch wenn sie es niemals zugeben würde.

Ich muss hier raus!

Ein wütender Schrei, der aus seinem Innersten kommt.

Michael rüttelt so wild an den Gitterstäben, dass das Schluchzen und Wimmern der Kinder jäh verstummt.

»Entschuldigung«, flüstert er und weiß nicht genau, mit wem er eigentlich spricht.

Mit sich selbst? Den Kindern? Noemi? Sarah?

Hoffentlich ist wenigstens Sarah nicht aufgeflogen. Wenn er sie nur warnen könnte, ihr irgendwie noch ein Zeichen geben.

Resigniert legt er die schmerzende Stirn an die kühlen Gitterstäbe, demütig kniend. Wenn er nur einen winzigen Schluck

Wasser hätte. Vielleicht würde ihm dann etwas einfallen. Irgendeine Lösung, irgendein Ausweg aus diesem Verlies. Das darf nicht das Ende sein!

Die Welle der Verzweiflung rollt an, droht in mitzureißen.

Er sackt in sich zusammen.

Sie muss einfach kommen.

FREITAG

Tag 3: Sportliche Spurensuche
Neapel
Sonnenschein, 29 °C

----- AM MORGEN -----

»Und du kannst dich wirklich nicht erinnern?«
Diese Frage nervte sie inzwischen richtig.
»Nein. Ich stell mich nur so blöd.«
»Wie viel ist zwei mal zwei?«
Sie sah Annemarie skeptisch an. Den tiefen Falten auf der Stirn nach zu urteilen, zierte dieser Ausdruck regelmäßig ihr Gesicht. War das Annemaries Ernst?
Seit fast einer Stunde saßen sie schon in ihrer Zwei-Mann-Zelle und besprachen die Lage. Stephanie hockte auf der harten Bettkante, die mittlerweile unangenehm in den Oberschenkel schnitt, Annemarie saß entspannt im Lotussitz davor.
Stephanie hatte ihr von ihrer Misere erzählt, oder besser ge-

sagt erzählen müssen, nachdem Annemarie ihr geholfen hatte, einigermaßen glimpflich in ihre Kabine zu kommen, als sie gestern Abend das Bewusstsein auf dem Weg von der Tanzfläche verloren hatte.

Plötzlich war ihr alles zu viel geworden.

Das Gewirbel und Gewusel aus Dirndln und Lederhosen. Die nicht enden wollende Schunkelei. Das Klirren der Maßkrüge. Das Gejohle. Die immense Lautstärke. Und vor allem die Schwere der Ungewissheit, die ihr auf die Brust drückte und die Luft zum Atmen nahm. Man musste doch wissen, wer man ist!

Zunächst hatte sie nur hyperventiliert, dann war ihr schwarz vor Augen geworden.

In letzter Sekunde hatte Annemarie ihr gemeinsam mit einem Kollegen, den sie Edo nannte, unter die Arme gegriffen, sonst wäre sie dort am Fuße der Drehbühne auf den Boden geknallt.

»Was ist eigentlich mit dir los?«

Die Frage platzte noch vor dem »Guten Morgen« aus ihr heraus. Dann hörte Annemarie eine Weile schweigend zu. Zunächst hatte sie noch geglaubt, ihre neue Zimmerkollegin würde sie auf den Arm nehmen mit ihrer Geschichte. So etwas gab es doch nur in Filmen. Als sie aber die Verzweiflung in den Augen der Frau sah, die ihr gegenübersaß und nicht wusste, wie sie hierhergelangt war, hatte sie Mitleid und versuchte zu helfen, so gut sie konnte.

»Ich wollte nur wissen, ob ich dich hier in der Kabine noch allein lassen kann, ohne dass du mit dem Föhn unter die Dusche steigst, weil du noch nie was von Elektrizität gehört hast.«

Stephanie dachte nach.
Lange.
»Was weiß denn ich, wie gaga du wirklich bist?«
Zu lange.
So lange, dass sich Sorgenfalten in Annemaries schönes Gesicht gruben. Beide seufzten schwer.

»Ich weiß es leider auch nicht«, murmelte Stephanie Mayrhofer. »Ich habe so etwas wie einen Filmriss. Die letzten Tage fehlen mir komplett, und auch sonst habe ich nur Bruchstücke von Erinnerungen, ich weiß nicht, wer ich bin, und alles hier fühlt sich falsch und fremd an.« Annemarie nickte langsam, das klang nicht gut.

»Aber an den Unterschied zwischen Zahn- und Toilettenbürste erinnerst du dich noch?«, versuchte sie es mit einem Scherz.

Stephanie verzog das Gesicht.

»Glücklicherweise: ja. Alltägliche Dinge weiß ich, und zwischendurch tauchen dann wieder die absurdesten Infos in meinem Kopf auf«, versuchte sie zu erklären. »Zum Beispiel weiß ich, dass Auslöser für eine Amnesie ein traumatisches Erlebnis, Stresszustände, vielleicht auch eine Vergiftung sein können.«

Annemarie richtete sich auf und hob erstaunt die Augenbrauen. »K.-o.-Tropfen vielleicht … hört man ja immer wieder«, führte Stephanie weiter aus.

Dann hielt sie inne.

Woher hatte sie nur dieses Fachwissen? Annemarie ließ den Schokoriegel sinken, mit dessen Verpackung sie gerade gekämpft hatte, und sah sie verblüfft an.

»Na, langweilig wird es mit dir wohl nicht, Frau Doktor.«

Dann sagten sie minutenlang nichts mehr und begannen sich für den bevorstehenden Arbeitstag vorzubereiten. Sie waren spät dran für ihren Dienstantritt um 8:00 Uhr. Das Frühstück musste ausfallen. Also ein Schokoriegel und eine Dose Fanta, während sie sich ankleideten.

Schwarze Sportleggings, pinkes Shirt, Namensschild, Stirnband – wahlweise Neongelb oder Himmelblau gebatikt –, Pferdeschwanz, dezentes Make-up, Trillerpfeife und Mitarbeiterausweis um den Hals.

Annemarie dachte über die verzwickte Situation ihrer Kollegin nach. Auf manche Erinnerungen könnte sie selbst getrost verzichten. Zum Beispiel auf die an ihren miesen, charakterlosen Vater, der sich mit seiner dritten Frau gerade eine Schmusibusi-Bilderbuchfamilie aufbaute und ihr jedes Weihnachten einen Besuch abrang, um ein Familienfoto zu schießen. Wie sie diese gespielte Idylle hasste! In Gedanken machte sie ein Kotzgeräusch – dieser elendige Heuchler. Aber sie konnte ja schwer nein sagen, wo sie doch Leni dort unterbringen musste, solange sie unterwegs war. Ihre perfekte kleine Tochter, die sie jeden Tag schmerzlich vermisste. Lieber nicht daran denken! Denn leider gab es im Moment keinen anderen Weg, sie musste erst ihre Schulden bei ihm abzahlen. Aber bald würde sie auf niemanden mehr angewiesen sein. Nur noch diese Saison, dann reichte es endgültig und Leni und sie waren frei. Endlich!

Stephanie dachte vor allem darüber nach, was es mit diesem lächerlichen Outfit auf sich hatte.

»Ähm ... was wird denn das hier eigentlich?«

Vollkommenes Unverständnis.

»Jane-Fonda-Gedächtnis-Performance?«

Annemarie sah sie dümmlich an, als würde sie plötzlich eine fremde Sprache sprechen.

»Fehlen da nicht noch die Legwarmer?«

Regungsloses Schweigen.

»Hast du einen Schlaganfall? Schau doch mal in den Spiegel. Das kann doch nicht normal sein!«

Ganz langsam wurden die Informationen in Annemaries Hirn verarbeitet, und man konnte sehen, wie die Zahnräder wieder einrasteten.

»Ach sooo …«

»Also?«

»Trampo-Aerobic. Der heißeste Scheiß. Wirst schon sehen. Ist eigentlich ganz lustig.«

Stephanie hatte ihre Zweifel.

Aber was blieb ihr schon anderes übrig? Solange sie das Rätsel um ihre eigene Person nicht gelöst hatte, wusste sie ja nicht einmal, wohin sie gehen sollte, wenn dieses Kreuzfahrtschiff in vier Tagen seinen Zielhafen in Marseille erreichte. München? Wirklich?

Schnell los, bevor die Panik wieder an die Oberfläche ihres Bewusstseins kroch, die vielen Fragen ihre unendlichen Kreise in ihrem Kopf drehten und sie der Wahnsinn noch einmal in die Knie zwang.

»Ready?«

Annemarie grinste, ihr schien das Outfit zu gefallen. Sie liebte es, sich zu verkleiden, so viel hatte sie Stephanie gestern Abend schon verraten. Einer der Gründe, warum sie sich für diesen Job beworben hatte. Hier konnte man einfach jemand anderes sein.

Beim Anblick des Achtziger-Jahre-Aerobic-Looks, der sich

ihr stolz präsentierte, musste Stephanie lachen, während sie sich den letzten Rest der Schokolade in den Mund stopfte.
»Bringen wir es hinter uns«, mampfte sie.

Sie war froh, dass sie noch einen Moment Zeit hatte, bevor es losging. Denn der Anblick war atemberaubend, geradezu magisch. Es war die sagenumwobene Ruhe vor dem Sturm, der auch an Bord bald aufziehen würde, wenn die letzten Gäste mit dem Frühstück fertig und bereit für einen neuen Tag voller Spaß waren.

Zwar war die Sonne um diese Jahreszeit längst aufgegangen, und die letzten Nebelschleier hatten sich aufgelöst, aber es hing noch diese morgendliche Stille in der Luft, während sich das Schiff leise und unaufhaltsam seinen Weg bahnte. Ein neuer Tag lag vor ihnen. Voller Hoffnung.

Die Umrisse der dunklen Inseln wurden von sanften Wellen umspielt, das perfekte Himmelblau nur noch von einzelnen Schönwetterwolken gestört. Der Vesuv gab sich zu erkennen, unverwechselbar mit seinen beiden Höckern. Ihm zu Füßen lag ein Teppich aus Häusern, die sich von der Bucht aus die Berge hochstapelten. Box an Box. Mal beige, mal orange, mal rot, Hotel an Hotel.

Neapel war keine Schönheit auf den ersten Blick, sondern eine Diva mit Charakter. Wunderschön Altes direkt neben lieblos Hässlichem, Prunkbauten auf der einen Seite, zwielichtige Seitengassen dahinter – aber stets charmant inszeniert mit Palmen und Meer als Kulisse. Man konnte sich dem Anblick der näher kommenden Hafenstadt nicht entziehen. Außer, dieser wurde von einem kreuzenden Frachter versperrt, wie gerade eben. Unbeirrbar steuerte das Kreuzfahrtschiff seinem nächsten Halt zu: Der Stazione Marittima di Napoli.

Der fast wolkenlose Himmel war Vorbote eines strahlenden Sommertages, aber im Schatten auf Deck 12 war es noch kühl an diesem Morgen.

In unregelmäßigen Abständen hörte man ein metallisches Klacken. Es kam vom sogenannten *Driving Cage* zwei Decks höher, in dem fleißige Golfer bereits in den frühen Morgenstunden ihren Abschlag trainieren konnten. Sehr zur Freude der umliegenden Kabinen. Auch auf der Laufbahn ein Deck tiefer drehte bereits ein Frühaufsteher seine Runden, ein beeindruckend sehniger 65-Jähriger, der verbissen versuchte dem Alterungsprozess davonzulaufen. Bisher schien er damit Erfolg zu haben.

Es war nicht nur die Witterung, die Stephanie Mayrhofer im atmungsaktiven Aerobic-Outfit frösteln ließ. Da war noch etwas anderes. Sie konnte das Gefühl nicht greifen. Diese diffuse Angst, die in ihr schlummerte und nun aufkam, als sie die friedlichen Wellen betrachtete.

Sie hatte es wieder gesehen. Das Bild des toten blonden Mädchens, das im Wasser trieb. Wie ein Blitz hatte es sie durchzuckt. Nur war es diesmal nicht dabei geblieben. Dunkle teuflische Augen waren ihr erschienen. Ein ekliges Lachen, das ihr von oben herab entgegentönte. »Hab ich dich!« Sie musste am Boden gelegen haben. Der Schock lähmte sie.

Die Erinnerung trieb ihr den Angstschweiß auf die Stirn, und ihre Arme begannen unkontrolliert zu zittern. Sie klammerte sich an die Holzbrüstung.

Ein tiefer Atemzug. Den Blick fest entschlossen auf den

Vesuv gerichtet, als wäre er ein bockiges Kind, dem Grenzen gesetzt werden müssen.

Seit Menschengedenken stand der Vulkan schon da und hatte bestimmt schon Schlimmeres erlebt, als so eine aufkeimende Panikattacke. Irgendwie beruhigte sie das. Das Zittern ließ nach.

Die Ruhe nach dem Sturm.

Ein Räuspern.

»Bist du bereit?«

Annemarie!

Langsam drehte sich Stephanie um. Ihre Look-Partnerin zupfte an dem kleinen schwarzen Mikrofon ihres Headsets herum, das sie sich um das neongelbe Stirnband geschnallt hatte. Ja, genau das hatte dem Outfit noch gefehlt!

»Also? Bereit?«

»Nein.«

»Na, dann los! Let's do this!«

Im Nachhinein fiel es der Animateursanfängerin Mayrhofer schwer, noch genau zu beschreiben, was sie an diesem Morgen im *Health-Club* erlebt hatte.

Im hellen Saal waren zwölf runde Trampoline aufgestellt worden, denen eine Art Lenker aufgeschraubt war. Vor der Glasfront lagen das Meer und die Bucht von Neapel, der sie sich langsam näherten. Ein wunderschöner Ausblick, der nur von den zwei herumspringenden Kursleiterinnen gestört wurde.

Im Takt einer Popsong-Endlosschleife wurde auf den Trampolinen 45 Minuten lang gehüpft: einbeinig, zweibeinig, laufend, fluchend, mit Knien bis zum Kinn, von rechts nach links und wieder zurück, mit gestreckten Zehenspitzen, mit wippenden Armen und ohne – es war furchtbar anstrengend, auch wenn es zuging wie in einem grellbunten Musikvideo von Kylie Minogue. Der Muskelkater in den Waden schickte bereits nach wenigen Minuten seine krampfhaften Vorboten, aber die Musik spielte erbarmungslos fröhlich weiter.

Everybody's doin' a brand new dance now
Come on baby, do the locomotion …

Alle Teilnehmer – elf Damen und der gestylte Jens – rangen nach einer halben Stunde Training um Luft und versuchten Zeit zu schinden, indem sie vorgaben, sich zu dehnen.

Es war alles dabei: von der topgestylten Fitness-Bloggerin, die stolz Bauchmuskeln und Yoga-Arme zur Schau stellte, bis hin zur Mutti, die zwar keine Modelmaße hatte, aber Body-Positivity ausstrahlte – und natürlich das gesamte Spektrum dazwischen.

Ein buntes Potpourri aus verschwitzten Körpern hoppelte im Golf von Neapel durch den Morgen, und Stephanie Mayrhofer war sich trotz aller Erinnerungsschwächen sicher: Sie hatte noch nie so viele Pferdeschwänze hin und her schwingen sehen.

Auch sie musste kämpfen, aber sie hielt durch. Nicht weil sie wollte, sondern weil sie vermutete, dass das von ihr erwartet wurde. Ihre Kondition überraschte sie selbst.

Annemarie absolvierte das Programm als Vorhüpferin mit Bravour und einem Lächeln im Gesicht. Eine zarte Schweißschicht war aber am Ende selbst auf ihrer Oberlippe zu erahnen. Sie nickte Stephanie zufrieden zu.

»So, Leute! Well done!«

Erleichterter Applaus und lautes Aufatmen, dann heitere Plaudereien. Gemeinsam überstanden, yeah!

»Hallo! Sehen wir uns später noch bei der Pedelec-Tour? Hallo?«

Stephanie fühlte sich erst beim zweiten »Hallo« angesprochen. Vor ihr stand Frau Blum von Tisch sieben, die einen vergleichsweise frischen Eindruck machte. Die 68-Jährige hatte sie hier nun wirklich nicht erwartet. Schon gar nicht in knallpinken Leggings, die ihr ausgezeichnet standen.

»Das glaube ich eher nicht«, sagte Stephanie. Sie freute sich zwar, ihre nette Gesprächspartnerin vom Vorabend wiederzusehen, aber nach einer E-Bike-Tour über Neapels Kopfsteinpflaster stand ihr nicht der Sinn.

Über Frau Blums Schulter hinweg sah sie jedoch Annemarie, die eine aufmunternde Miene machte und dazu beherzt nickte. Also doch radeln in Neapel. Na prima.

Gabriele Blum blickte fragend zwischen den beiden hin und her. Ein tiefer Seufzer entwich Stephanie, dann schenkte sie ihr ein Lächeln. »Offensichtlich haben wir doch das Vergnügen.«

Die rüstige Dame klatschte freudig in die Hände.

»Oh, wie schön! Bis später dann!«

Auf dem Weg zur Crewmesse versuchte Annemarie sie im Schnelldurchlauf über ihren Job an Bord in Kenntnis zu setzen. So wusste sie wenigstens, welcher *Fun, Fun, Fun* sie als Nächstes erwartete.

Zuerst lieferte Annemarie die Erklärung dafür, dass man Stephanie Mayrhofer an Tisch sieben schon kannte: Jedes Kreuzfahrtschiff muss innerhalb der ersten 24 Stunden eine Seenotrettungsübung abhalten. Obligatorisch, irgendein Seefahrtsgesetz. »Tisch sieben stand dabei unter deiner Obhut. Alle haben überlebt.« Aha. Schön.

Weiter zu Wichtigerem.

Heute sei Tag drei der siebentägigen Kreuzfahrt durch das westliche Mittelmeer und sie hatten gemeinsam im *Health-Club* Dienst. Am Spannungsbogen musste Annemarie noch arbeiten, denn so weit hatte Stephanie das schon vermutet.

»Jetzt holen wir uns erst mal ein zweites Frühstück.«

»Und weiter?«

Fragender Blick von der Seite, leicht genervt.

»Du meinst, was danach passiert?«

Daumen hoch, heftiges Nicken. Ruhe bewahren.

»Gemeinsam mit Edo – ach, da ist er ja, da hinten … Hallo, Edooo …« Annemarie winkte aufgeregt, beschleunigte ihren Schritt und steuerte auf einen gepflegten Südländer zu, der modellhaft gut aussah. Offenbar hatte aber auch er in seinem Leben alles falsch gemacht, denn er trug die Uniform eines Stewards.

Stephanie sah sich unschlüssig im Eingangsbereich des Crewrestaurants um. Sie würde wohl nicht mehr erfahren, was sie heute noch gemeinsam mit dem schönen Edo vorhatten. Obwohl sie sich vorstellen konnte, was Annemarie gerne mit ihm gemacht hätte – da wollte sie aber definitiv nicht dabei sein. Wenn sie ihr Gefühl nicht täuschte, setzte ihre Kollegin ihr schönstes Lächeln aber sowieso vergeblich auf. Der Angebetete mit den sorgsam gestylten Locken wirkte ein wenig genervt. Als hätte er sich lieber noch ungestört mit dem sportlichen Typen neben ihm unterhalten. Er versuchte es aber zu verstecken, rückte seine modische Brille zurecht und lächelte einladend.

»Ciao, Bella!« Stephanie schlenderte langsam zur Gruppe, die sich um einen der Stehtische verteilt hatte.

Im Selbstbedienungsrestaurant, das ein wenig an eine alte, bemüht modernisierte Cafeteria erinnerte, war vormittags wenig los. Dunkles Laminat, frühlingsgrüne Akzente und blumige Fotodrucke auf Glas wirkten freundlich und sollten darüber hinwegtäuschen, dass man sich unter dem Meeresspiegel befand. Wer Tageslicht sehen wollte, musste arbeiten gehen. Außer er war einer von den vielen Hunderten an Bord, die in Wäschereien, Lagern, Maschinenraum oder Küche Dienst verrichteten und doppelt Pech hatten. Es musste schrecklich sein, wochenlang in diesem schwankenden, fensterlosen Koloss unterwegs zu sein.

In der Crewmesse waren wenige Tische besetzt, die meisten von jungen Menschen, die auf ihr Handy starrten oder hineinredeten. Sie alle hatten dicke bunte Kopfhörer auf den Ohren oder trugen diese als Halswärmer. Auf dem Display des Handys eines jungen Mannes mit Baseballkappe sah sie eine hübsche Frau, die einen kleinen Jungen in die Kamera hielt. Er versuchte gerade seiner Mutter das Handy zu entreißen und legte dabei aus Versehen auf. Liebevolles Schmunzeln auf hoher See, danach traurige Miene – der Ausdruck von Heimweh. In Gedanken versunken kam Stephanie bei Annemarie, Edo und dem Typen im grünen Jogginganzug an.

Die Gespräche verstummten.

Dann brach allgemeines Gelächter aus, Edo klopfte ihr freundschaftlich auf die Schulter.

»Allora! Da ist sie ja, unsere Königin der Nacht!«

Offenbar wusste man auch hier, wer sie war. Wie gern hätte sie dieses Gefühl geteilt. Sie versuchte zu lächeln.

»Hallo! Sorry, kennen wir uns?«

Wieder brandete lautes Gelächter auf.

»Du bist wirklich lustig! Nicht nur, wenn du betrunken bist«, sagte der bis jetzt namenlose junge Mann mit dem amerikanischen Akzent. Zum Glück wurde er wenige Minuten später von Annemarie als Mark angesprochen. Das ersparte Stephanie die peinliche Frage nach seinem Namen, wo sie doch offensichtlich längst miteinander bekannt waren. Annemarie warf ihr einen besorgten Blick zu, sagte aber nichts.

Es war eine entspannte Runde, es wurde gescherzt und über den bevorstehenden Tag geplaudert. Und über den morgigen natürlich, denn da stand die große Crewparty auf dem Programm. »Hast ja schon bewiesen, dass du feiern kannst«, neckte Edo sie und klopfte ihr zum zweiten Mal freundschaftlich auf die Schulter. Es war ihr unangenehm. Zu viel Nähe von jemandem, der ihr komplett fremd war. Aber sie lachte mit.

Offenbar gehörte sie hier dazu.

Stephanie überlegte, ob sie den Männern von ihren Erinnerungsschwierigkeiten erzählen sollte, ließ es dann aber lieber bleiben. Es war fraglich, ob sie ihr überhaupt geglaubt hätten. Sie wurde dieses eigenartige Gefühl nicht los, das ihr einflüsterte, lieber niemandem auf diesem Schiff zu trauen.

Annemarie wandte sich Richtung Buffet.

»Soll ich dir etwas mitbringen?«

»Bitte einen Kaffee. Schwarz.«

Mark stand auf, um Annemarie zu begleiten. Sie schien ihm zu gefallen, was wiederum dem italienischen Model Edo zu missfallen schien. Es wirkte, als wäre er lieber mit Mark allein geblieben.

»Wo ist eigentlich dein Freund heute im Einsatz?«

Edo – das wandelnde italienische Klischee, das laut Namensschild an der bordeauxroten Weste Edoardo Giuseppe hieß – hatte sich ihr zugewandt und starrte ihr mit seinen wunderschönen eisblauen Augen bis in die Seele. Die zarte, runde Brille, durch die diese blickten, war blank geputzt.

Sie sah ihn verwundert an.

»Wen meinst du?«

Er neigte den Kopf zur Seite und studierte ihr Gesicht so genau, dass sie sich unbehaglich fühlte.

»Welcher Freund?«

Ihr Tonfall wurde schroffer.

»Na der, mit dem du dich vorgestern Abend so gut an der Bar verstanden hast.«

Sie versuchte krampfhaft sich zu erinnern. Wut stieg in ihr hoch. Dieser Zustand nervte sie unfassbar. Vielleicht sollte sie später diese Bar einmal besuchen. Offenbar hatte es sie dort ausgeklinkt, vielleicht konnte sie sich dort auch wieder in ihr Leben einklinken.

»Michael. Ich glaube, er hieß Michael.«

Edos Worte perlten langsam aus seinem Mund, dabei beobachtete er sie auffallend interessiert. Angespannt. Wie eine Katze, die auf eine falsche Bewegung wartete, um dir mitten ins Gesicht zu springen. Wissend, dass du wie immer einen Fehler machen wirst.

Sie spürte ihre aufkeimende Nervosität und war sich nicht sicher, ob es an dem penetranten Interesse an ihrer Person lag, an den vielen Fragen, auf die sie selbst keine Antworten hatte, oder daran, dass er ihr beim Sprechen unangenehm nahekam.

Sie trat einen Schritt zurück.

»Tut mir leid. Ich kann mich an diesen Abend nur bruchstückhaft erinnern. War wohl eine gute Party.«

Sie zuckte mit den Schultern und bemühte sich um eine unschuldige Miene. Da musste er lachen, seine Gesichtszüge entspannten sich, und er achtete nicht mehr darauf, dass in ihren Augen die blanke Panik aufflammte. Verdammt, da war etwas, das an die Oberfläche wollte. Sie merkte, wie sie ihre Umgebung nur noch gedämpft wahrnahm.

»Du bist wirklich eine Nummer! Vielleicht hab ich mich ja auch getäuscht.« Edoardo wandte sich wieder seinem leeren Espressotässchen zu. Er sah enttäuscht in die kleine weiße Keramiktasse. Ein trauriger Italiener.

Plötzlich flüsterte er.

»Cooles Tattoo übrigens.«

»Wie bitte?«

Bevor sie näher auf den Kommentar eingehen konnte, wurde ihr eine Kaffeetasse auf den Tisch gestellt. Annemarie drängte sich zwischen die beiden.

»Danke.« Stephanie sprach sehr leise.

»Was ist denn mit euch los?«

Sie sah von Edo zu Stephanie und wieder zurück, aber niemand schien ihre Frage beantworten zu wollen. Stattdessen richtete sich der Italiener auf.

»Ich muss los, Ragazze! Meine Heimatstadt wartet!«

Edo verabschiedete sich bei Mark mit einem Handschlag, den Frauen nickte er beiläufig zu.

»Bis später«, flötete Annemarie ihm hinterher und erklärte Stephanie, dass sie das Glück hätten, von Edoardo heute auf der Radtour begleitet zu werden. Dabei lächelte sie stolz, als hätte sie das alles höchstpersönlich eingefädelt.

Stephanie sollte es recht sein. Sie musste ihn ohnehin noch mal in Ruhe sprechen. Er wusste irgendetwas über sie, das preiszugeben er noch nicht bereit war – warum auch immer. Dieses Unwissen nagte an ihr. Sie fühlte sich entblößt, weil jemand anderes sie besser kannte als sie sich selbst. Aber sie spürte, dass sie kurz davor war, die Tür zu ihren Erinnerungen einen Spaltbreit zu öffnen.

»Wir sollten auch los«, sagte Annemarie.

Auf dem Weg durch das Labyrinth des Schiffsbauchs, das sie tatsächlich irgendwann wieder an der richtigen Tür ausspuckte, hatte Stephanie Mayrhofer kein Wort gesagt. Sie war sich nicht sicher, ob es Annemarie überhaupt bemerkt hatte, denn die hatte die ganze Zeit über geplappert. Eigentlich war sie sich sicher, dass es ihr nicht aufgefallen war. Zu sehr war die Aerobic-Meisterin mit den Themen Oliver (»bla, bla, bla … in Acht nehmen …«), Hafermilch (»… schmeckst du fast keinen Unterschied, echt … bla«) und natürlich Edo (»supernett, hilfsbereit … bla, bla, bla … bussibussi«) beschäftigt.

Einmal blieb sie abrupt stehen und sah Stephanie ernst in die Augen. Es war auf Höhe der Wäscherei. Es roch nach der frischen Bügelwäsche, die von einer riesigen Maschine unter hellem Neonlicht akkurat gefaltet wurde. Am Anfang dieser überdimensionalen Waschstraße rumpelten übergroße Trommeln aus Edelstahl um die Wette. Es war ein beeindruckend präzises Zusammenspiel zwischen den Maschinen und den emsigen Menschen, die der Technik assistieren durften: Laken falten, schmutzige Wäsche einfüllen, rollende dunkelblaue Plastiktonnen schieben.

»Du solltest dich vorsehen, er kann richtig hinterhältig sein«, sagte sie eindringlich. Stephanie wurde hellhörig. Sie vermutete, dass nicht vom traumhaften Edoardo die Rede war.

»Vor einigen Jahren soll er eine Animateurin, die ihn kritisiert hat, bei denen da oben angeschwärzt haben. Sie durfte danach auf keinem Kreuzfahrtschiff mehr arbeiten.« Ihr erhobener Zeigefinger deutete Richtung Decke.

»Die Glückliche«, murmelte Stephanie in sich hinein und erntete dafür einen fragenden Blick. Dann ging der Wandertag Richtung Crewkabinen weiter. Und natürlich Annemaries Erzählungen über dies und das. Und über Edo.

Zurück in Kabine Nummer 0619 verschwand Stephanie ohne Umschweife im Bad. Dort stand sie fünf Minuten lang wie versteinert vor dem Spiegel.

Keine Regung. Keine Ahnung.

Sie fühlte sich vollkommen leer und wusste nicht mehr, was wahr war und was falsch. Als hätte sie in eine Steckdose gelangt. Tausende Bilder schossen ihr zugleich durch den Kopf und machten es ihr unmöglich, auch nur eines zu erfassen oder festzuhalten. War es jetzt so weit? War sie endgültig verrückt geworden?

Schuld daran war ihr Spiegelbild. Konkret: die Hibiskusblüte, die ihr rechtes Schulterblatt zierte. Ein schönes Tattoo mit feinen Linien und Schattierungen, von einem Profi gestochen; groß und bunt, mit vier Blättern, in denen in zarter Schrift Namen verewigt waren:

Ludwig.

Hannah.

Sibylle.

Oskar.

Vier Namen, die in ihrem Hirn die Funken sprühen ließen und es komplett lahmlegten, als sie diese im Spiegel sah.

Obwohl, eigentlich war es ja ein fünfter Name gewesen, der

die letzte Sicherung hatte durchbrennen lassen. Jener, den der Italiener ins Spiel gebracht hatte.

Michael.

In Kombination mit den anderen Namen hatte es *klick!* gemacht. Sie kannte ihn. Sie mochte ihn. Sie erinnerte sich daran, dass sie gemeinsam Bier getrunken hatten und sie sich wohlgefühlt hatte. Er hatte den Refrain von *Enter Sandman* geträllert. Lachend. Immer und immer wieder. So oft, dass es sogar James Hetfield von Metallica genervt hätte. Aber sie ertrug es. Er war ein Freund. Vielleicht sogar mehr.

Und sie hatte das schreckliche Gefühl, dass ihm etwas zugestoßen sein könnte. Denn eigentlich sollte er hier sein. Bei ihr. Warum war er das nicht?

Sie hörte seine Stimme singen.

Exit Light
Enter Night
Take my Hand
We're off to never-never Land ...

Und plötzlich war es passiert: Die Tür war einen kleinen Spaltbreit offen.

—

Die Krapfen waren diesmal unberührt geblieben. Und das, obwohl die Besprechung an einem Faschingsdienstag stattgefunden hatte und der obligatorische Karton der besten Bäckerei von Konstanz normalerweise innerhalb weniger Minuten leer gegessen wurde. Ein Wunder, dass sie überhaupt die Verpackung übrig ließen.

Aber an diesem Tag war niemandem nach Marmelade, Zuckerguss und heiteren Dekorationen gewesen. Zu nahe ging ihnen das, was sie in den bereitgelegten Akten lesen mussten. Schön geordnet hatten diese auf den grauen Tischen des Besprechungsraums auf sie gewartet. Fast unschuldig. Wie immer hatte Lisa, die Team-Assistentin, alles perfekt vorbereitet. Und doch war diesmal alles anders gewesen.

Das war eine andere Dimension von Verbrechen, die da schwarz auf weiß zu lesen waren – von furchtbaren Fotos begleitet. Sie erzählten die Leidensgeschichten von elf Kindern, die ihr Leben lassen mussten, weil sie weniger wert waren als andere Kinder. Weil sie am falschen Ort geboren worden waren. Weil sie einfach kein Glück gehabt hatten. Weil sie keine Europäer waren. In den meisten Fällen würden ihre Eltern niemals erfahren, was mit ihnen passiert ist, weil sie nicht ausfindig gemacht werden konnten, vielleicht selbst bereits tot waren.

Es ging um Entführung.
Um Organhandel.
Um Mord.
Um moderne Sklaverei vor der Küste von Europa.
Um Kinder, die als Ersatzteillager für andere Kinder missbraucht wurden – für wichtigere Kinder, wohlhabendere. Man nahm sich, was man brauchte – Nieren, Herzen, Lungen, Horn-

haut und alles andere, was transplantiert werden kann – und warf sie dann einfach weg.

Es ging um ein Millionengeschäft.

All das hätten sie nie herausgefunden, wenn ihnen nicht der Zufall in die Karten gespielt hätte. Der Zufall, der den Namen eines Künstlers trug: Michele Bonuccio, ein perfider Organhändler, dem seine Spielsucht zum Verhängnis geworden war. Wegen einer Eskalation am Roulette-Tisch im Casino von Konstanz wurde er in Gewahrsam genommen, und beim routinemäßigen Hintergrundcheck konnten die diensthabenden Beamten zunächst nicht glauben, wen sie da vor sich hatten. Im Dienst waren an diesem Tag Sarah Peters und Michael Wagner.

Seine Kollegin hatte bei der Befragung wieder einmal das richtige Gespür bewiesen. Zunächst hatte er nicht verstanden, warum sie nicht lockerließ. Später erklärte sie ihm, ihr sei aufgefallen, dass Bonuccio auffällig oft die Uhrzeit kontrollierte. Zu oft für einen nervösen Tick oder eine normale Verabredung. Er hatte einen Termin, den er nicht verpassen durfte, wollte er nicht selbst Kopf und Kragen riskieren. Schweiß stand ihm auf der Stirn, sein ehemals in Lilatönen gemusterter Hemdsärmel war bereits nass vom ständigen Abwischen. Und genau diese scharfsinnige Beobachtung hatte ihnen den Ermittlungserfolg beschert. Sie ließen ihn einfach warten. Und warten. Und noch ein bisschen länger warten. Er schmorte im eigenen Saft. Es hat ihn in den Wahnsinn getrieben und weichgekocht.

Und schließlich hatte er ihnen ein Geständnis angeboten.

Michael hatte seiner Kollegin angesehen, wie sehr sie das Angebot verabscheute, das sie dem Verbrecher auf Wunsch von oben machten. Eine lächerlich geringe Strafe und eine neue

Identität als Gegenleistung für umfassende Aussagen über das Netzwerk jener Organisation, die von Ägypten aus über Italien operierte und der Platzhirsch unter den illegalen Organvermittlern war. Sie hat es gehasst, mit jeder Faser ihres Körpers. Während der gesamten Besprechung hat sie die linke Hand zur Faust geballt. Bereit, sie zu benutzen.

Aber sie war schlau genug, um zu wissen, dass es um das große Ganze ging. Um die Kinder, die sie noch retten konnten. Nicht um die elf, deren Leidensgeschichte sie später vor den erschütterten Kollegen wiederholten. Wie viele Kinder es genau waren, um die es ging, würden sie wohl niemals erfahren. Aber jedes einzelne gerettete zählte.

»Okay, ich bin dabei.«

Er hatte sie beobachtet. Wie sie zwei Tage lang mit sich gekämpft hatte, bevor sie nun im Besprechungsraum zusagte. Nicht, dass sie sonst die große Plaudertasche gewesen wäre, aber an diesem Dienstag kam ihr nicht einmal das kurzangebundene »Morgen« über die Lippen, das sie sonst in den Raum knurrte, bevor sie schnurstracks zur Kaffeemaschine ging. Sie wirkte ungewöhnlich angespannt.

»Glaubst du, dass du das schaffst? Es sind sieben Tage.« In seinem Blick hatte Sorge gelegen. Auch Papa Friedrich, wie sie ihren gutmütigen Vorgesetzten nannten, hatte sie beide mehrmals gefragt, ob sie sich sicher seien, dass sie dem gewachsen sind – so oft, dass es zu nerven begann.

»Wir könnten es auch an die Spezialeinheit abgeben, und ihr bleibt hier?« Er meinte es gut, denn ihr Chef war der Einzige in ihrem Team, der Sarahs Geschichte kannte.

Erst vor einigen Monaten hatte sie Michael erzählt, warum sie Wasser hasste und soziale Kontakte so gut es ging zu vermeiden versuchte. Das war am Montag nach der Weihnachtsfeier gewesen, als er im Foyer versucht hatte sie nach dem sechsten Glas Fruchtpunsch unter der traurigen Riesenpalme zu küssen. Er wusste schon, warum er das grausliche Zeug normalerweise nicht trank.

Sie hatte ihn fassungslos angestarrt und auf dem Absatz kehrtgemacht.

Als sie sich das nächste Mal sahen, versuchte sie zu erklären, warum sie den gesamten Abend lang mit ihm geflirtet hatte, ihn dann aber wortlos abservierte.

»Tut mir leid, dass ich dich falsch verstanden habe«, sagte er peinlich berührt.

»Hast du nicht«, sagte sie und reichte ihm das Fläschchen Weihnachtspunsch, das sie ihm zur Entschuldigung mitgebracht hatte, um diesem unangenehmen Moment mit ein bisschen Humor zu begegnen.

»Ich hab es nicht so mit zwischenmenschlichen Beziehungen, weißt du. Tut mir leid«, sagte sie und begann stockend ihre Geschichte zu erzählen.

Sie sprach von ihren Erfolgen im Nachwuchskader des Rudervereins in Konstanz und davon, wie sie das gemeinsame Training mit ihrer Schwester geliebt hatte. Sibylle war nur ein Jahr jünger gewesen und die beiden unzertrennlich. Bis zu jenem Tag, als sich ihr Leben auf einen Schlag änderte. Damals, als Sibylle mit dreizehn Jahren während des Trainings plötzlich zusammensackte. Sie hatte schon länger über Kopfschmerzen und Sehstörungen geklagt, sich aber geweigert, zum Arzt zu gehen. Dann ging alles ganz schnell: Ein Hirnaneurysma war gerissen, sie hatte keine Chance. Sarah selbst war es, die ihre kleine Schwester bis ans Ufer schleppte und so lange zu beatmen versuchte, bis der Notarzt da war.

Es half nichts. Das Bild ihres leblosen Körpers im Wasser ließ sie nie wieder los.

Sie fühlte sich verantwortlich, weil sie sie nicht retten konnte.

Seit dem Tod ihrer Eltern war sie die Große. Sie hätte besser aufpassen müssen. Dann waren nur noch sie und Oskar übrig – ihr Großvater, der alles Menschenmögliche versuchte, dem jungen Mädchen Geborgenheit zu geben. Aber er hatte es nicht leicht mit ihr.

Sie war zornig.

Auf sich. Auf ihn. Auf das Leben. Auf ihre Eltern, weil sie nicht mehr da waren.

Erst Jahre später hatte sie sich bei ihrem liebevollen Opa entschuldigt. Er hatte es ihr niemals übel genommen und nur ein einziges Mal in all den Jahren die Fassung verloren – als er sie im Krankenhaus abholen musste, weil sie sein Auto zu Schrott gefahren hatte.

Opa Oskar war Sarahs Fels in der Brandung, ihre einzige Bezugsperson und der Mensch, der ihr durch die schwerste Zeit ihres Lebens half. Er war ihre Familie. Als er dann anfing, Dinge zu vergessen, und sie schließlich selbst nicht mehr erkannte, war Sarah für ihn da.

Michael hatte gewusst, dass sie ihren dementen Großvater bis zu seinem Tod vor einigen Jahren gepflegt hatte. Aber erst jetzt verstand er, warum sie sich nach seinem Begräbnis eine einmonatige Auszeit nahm.

Sie hatte nicht nur einen Menschen verloren, sondern ihren einzigen Verwandten. Hätte sie ihre Hündin Snickers nicht ge-

habt, diesen frechen Welpen, den sie wenige Monate zuvor aus dem Tierheim geholt hatte, vielleicht wäre sie auch gleich selbst gegangen. Doch die treuherzigen braunen Augen hielten sie zurück.

Mit all diesen Informationen im Hinterkopf und dem Wissen um ihre Angst vor dem Wasser hatte er nicht anders gekonnt, als kurz seine Hand auf ihre zu legen und diese zu drücken, als sie für den Auftrag zusagte. Er hatte erwartet, dass sie ihn wegstoßen würde, aber sie ließ es geschehen und nickte stattdessen dankbar.
   »Okay, dann kommen wir zum Briefing.«
   Papa Friedrich hatte sie in die Realität zurückgeholt.
   Und damit hatte alles seinen Anfang genommen.
   Wenn sie nur nicht Dienst gehabt hätten, als dieser elende
Verbrecher im Casino randaliert hatte, dann wäre ihnen das alles vielleicht erspart geblieben. Nur weil sie die Verhöre geleitet hatten und Bonuccio sich weigerte, seine Geschichte noch einmal jemand anderem zu erzählen, waren sie überhaupt für diese Undercover-Aktion in Betracht gezogen worden. Sie kannten sich am besten mit dem Fall aus, mit einem Spezialeinsatz dieser Größenordnung jedoch hatten sie keine Erfahrung.
   Aber sie wollten es so, wollten nicht abgeben, sondern stattdessen unbedingt dazu beitragen, dass diese Verbrechen ein Ende finden.
   Das hat er nun davon.

----- AM FRÜHEN NACHMITTAG -----

»Gehst du bitte zum Arzt und lässt dir etwas verschreiben?«

Annemarie hatte den sorgenvollen Blick einer Mutter aufgesetzt.

»Geh du mir bitte nicht auch noch auf die Nerven.«

Stephanie nahm die Rolle des trotzigen Kindes ein.

»Was soll der mir denn verordnen? Hirn? Einmal Erinnerung bitte? Dreimal täglich einnehmen?«

Sie konnte nicht aufhören, Annemarie anzuschnauzen, obwohl sie genau wusste, dass das ungerecht war. Aber sie war kurz davor, aufzugeben und sich einfach ins Bett zu legen. Decke über den Kopf. Und aus. Egal, was das für ihre Kreuzfahrtkarriere bedeutete. Wenn sie endlich in Marseille von Bord gegangen waren, würde sie sowieso etwas anderes machen. Mit oder ohne Erinnerung.

Es reichte.

Stephanie sank auf den kleinen Teppich vor ihrem Bett, schlang die Arme fest um die Knie und legte den Kopf darauf. Annemarie stand immer noch unbeweglich vor ihr. Sie hielt dem Sturm stand, der langsam abflaute.

»Entschuldige.«

»Ist okay.«

Annemarie setzte sich daneben und tat, was sie schon lange nicht mehr getan hatte. Sie schwieg und dachte nach. So saßen sie da: Schulter an Schulter. So lange, bis Stephanie den Kopf an die neue Freundin legte.

Es tat ihr gut, nicht allein zu sein.

Sie murmelte: »Trägst immer noch das Scheißstirnband.«

»Du auch.«

Beide lachten und rappelten sich auf. Dann rupfte sich Stephanie endlich das hellblau gebatikte Ding vom Kopf.

»Aber cool ist es schon, dein Tattoo!«, sagte Annemarie vorsichtig. »Darf ich noch mal sehen?«

Stephanie zog das Shirt über die Schulter. Widerwillig. Konzentriert wurde die Blüte inspiziert.

»Und du hast es wirklich vorher noch nicht gesehen?«

Stephanie war bemüht, die Frage, die sie noch einmal stellte, belanglos klingen zu lassen. Hoffentlich hatte Annemarie das Zittern in ihrer Stimme nicht bemerkt. Aber sie konnte sich keinen Reim darauf machen. Edoardo hatte ihren Rücken offenbar gesehen. Hatten sie die Nacht miteinander verbracht? Hatte sie Annemarie hintergangen? Anziehend fand sie ihn wirklich nicht, er war ihr viel zu gestylt, zu gespielt lässig, überhaupt nicht ihr Typ. Vielleicht gab es dafür aber auch eine andere plausible Erklärung? Sie hoffte es inständig. Es war furchtbar unbehaglich, nicht zu wissen, was genau passiert ist.

Edoardo war nett, zuvorkommend und hilfsbereit zu allen, aber sie wurde das Gefühl nicht los, dass irgendetwas mit ihm nicht stimmte. Außerdem hatte er diesen nervigen Tick, sich ständig mit den Fingern über die Augen zu wischen. »Augenwischen kann ein Zeichen von Unbehagen sein, die Person unterbricht den Blickkontakt, will ausweichen«, fiel ihr plötzlich ein. Hatte er sich unwohl gefühlt? War doch etwas zwischen ihnen vorgefallen? Und vor allem: Woher kam plötzlich dieses Fachwissen?

Annemarie sah verwundert aus, während sie mit der linken Hand nach ihren Radhelmen tastete, die im obersten Fach der Garderobe nach hinten gerutscht waren.

»Warum fragst du noch einmal?«

»Nur so.«

Stephanie wandte sich ratlos Richtung Kleiderschrank.

Annemarie bemerkte ihre Unschlüssigkeit, schob sie sanft zur Seite und legte ihr wortlos schwarze Shorts und ein frühlingsgrünes Poloshirt in die Hand, auf dessen Brust »Live, Love, Laugh« stand. Ein dankbares Nicken und Stephanie ging Richtung Badezimmer, um sich für den nächsten Job anzuziehen: die E-Bike-Tour durch Neapel.

Yeah! Sie übte ein freundliches Lächeln. Damit der Badezimmerspiegel auch einmal eine andere Miene von ihr zu sehen bekam.

Nach dem kurzfristigen Zusammenbruch freute sie sich sogar ein wenig auf den Ausflug. Endlich Tapetenwechsel, runter von diesem Schiff und etwas anderes machen.

Vielleicht hatte sie ja Glück und es würde ein guter Nachmittag werden.

Leider wurde ihre positive Einstellung umgehend bestraft. Schon von weitem hatte sie Familie Ebel entdeckt. Im Partnerlook von Kopf bis Fuß – sogar die gleichen gelangweilten Gesichtsausdrücke. Alle sahen so aus, als wären sie auf zwei Stunden Enttäuschung vorbereitet, während sie ihre Proteinriegel mampften. Warum man die gesalzene Teilnahmegebühr für einen Ausflug, auf den ohnehin niemand Lust hatte, nicht lieber gleich über die Reling segeln ließ, wussten wohl nur Thorsten, Brigitte und Briand selbst. Den Jugendlichen hatte man mit dem fliederfarbenen Familienradhelm eigentlich schon genug gestraft.

»The Ebels« stand in goldener Glitzerschrift darauf, und die Urheberin machte für die kurze Dauer, die es brauchte, um ein Selfie aufzunehmen, ein sehr zufriedenes Gesicht. Briand hingegen sah aus, als wäre er am liebsten im neapolitanischen Erdboden versunken.

Leider hatte Herr Ebel die Tischdame vom Vorabend gleich erspäht.

»Gut, dass wir Sie treffen!«

Stephanie Mayrhofer war weniger erfreut.

»Ich hätte eine Frage zum *Steakhouse*.«

Er war ihr sehr unsympathisch, deshalb schwieg sie. Aus Prinzip. Das verunsicherte ihn ein bisschen.

»Also, das *Steakhouse* …« Ein prüfender Blick, ob Stephanie ihm ihre ungeteilte Aufmerksamkeit zukommen ließ. Ärger in seinem Gesicht.

»Hallo? Ich habe eine Frage! Das ist ja unfassbar …« So eine Frechheit hatte er lange nicht mehr erlebt.

»Ich habe noch keine Frage gehört«, löste sie das Schweigen auf und ließ ihren Blick demonstrativ langsam über das Meer schweifen, das Neapel zu Füßen lag.

»Bitte stellen Sie doch Ihre Frage. Ansonsten würden wir nämlich bald losradeln.«

»Das ist ja unerhört. Ich werde mich beschweren!«

Thorsten Ebel rang empört nach Luft. Er sah seine Frau an, die mit den Schultern zuckte. Briand hatte von der gescheiterten Fragestunde nichts mitbekommen, er hatte zum Glück sein Handygame dabei.

»Mein Mann wollte doch nur eine Frage stellen!«, kam Brigitte mit den Perlenohrringen und der gepolsterten Radlerhose ihrem Angetrauten zu Hilfe.

»Hat er aber nicht.«

Langsam begann ihr das hier richtig Spaß zu machen.

Fast bedauerte sie, dass in diesem Moment Edo ihr psychologisches Experiment beendete und die Stadtführung begann. Er versprühte seinen italienischen Charme über die Menschentraube, die sich um ihn gebildet hatte. Man hing an seinen schönen Lippen. »Easy on the eyes«, raunte jemand. Es kam aus Richtung einer kichernden Damengruppe.
»Allora.«
Es ging los.

Und Edoardo machte es großartig. So großartig, dass Stephanie fast das Gefühl hatte, selbst im Urlaub zu sein. Sie musste zugeben, dass es interessant und kurzweilig war und dass sie Neapel auf eine besondere Art und Weise kennenlernte. Ja, sie hatte Spaß.
Einmal sah Stephanie aus dem Augenwinkel, wie Thorsten Ebel versuchte sich ihr unbemerkt zu nähern. Zum Glück trug er seinen bescheuerten Helm, so war er leicht von den anderen zu unterscheiden. Sie legte einen Zahn zu und hängte ihn ab. Bestimmt hatte Brigitte ihm ins Gewissen geredet, dass er sich so etwas nicht gefallen lassen konnte. So ein unverschämtes Verhalten vom Personal! Frau Mayrhofer atmete die frische Brise ein und lächelte.
»Steht dir.«
Edo war unbemerkt neben ihr aufgetaucht und meinte sicher nicht das Bike-Outfit. Sie nickte ihm freundlich zu und studierte versonnen seine ebenmäßigen Gesichtszüge. Er hatte sich die Sonnenbrille ins gelockte Haar geschoben und blinzelte in den Sommerhimmel. Hatte sie ihn geküsst? Noch war keine Gelegenheit gewesen, Edo auf seinen Kommentar zu ihrem Tattoo anzusprechen. Auch jetzt erschien der Mo-

ment nicht passend, denn Annemarie nahm ihren Angebeteten mit Argusaugen ins Visier und trat in die Pedale, um zu ihnen aufzuschließen.

Hatte sie es richtig beobachtet oder verzog Edoardo das Gesicht, als er sie bemerkte. Nur für eine Millisekunde. Noch einmal wischte er sich über die Augen, dann knipste er seinen Charme an und war wieder ganz Italiener.

»Ciao, Bella! Na, wie gefällt dir meine Heimatstadt!«

Als sie gegen halb vier wieder am Terminal ankamen, fühlte sich Stephanie entspannt. Als wäre sie einmal durchgelüftet worden. Tatsächlich hatte sie zwei Stunden lang nicht an ihre Misere gedacht, die ihr nun, als sie zurückkamen, umso deutlicher wieder ins Bewusstsein drang.

Nachdem sie ihre Räder abgegeben hatten, stand sie noch einen Moment am Pier und sah sich um.

Sie legte den Kopf in den Nacken und blickte die steile weiße Schiffswand entlang.

Was, wenn sie einfach nicht mehr einsteigen würde?

Sie könnte doch hierbleiben. Ob sie in Neapel nicht wusste, wer sie war, oder in Marseille, spielte doch wirklich keine Rolle.

Sie seufzte und lief Richtung Planke. Es ging nicht anders. Denn irgendwo an Bord dieses Ungetüms war die Wahrheit über ihre eigene Person versteckt. Sie musste sie finden.

Und natürlich diesen Michael.

----- AM ABEND -----

Nach dem Landgang in Neapel zog sie sich mit Annemarie in eine der Sitzecken an der Crewbar zurück. Sie hatten nach zehn Stunden Arbeit ungewöhnlich früh Feierabend. Darauf musste angestoßen werden. Es war eine nette Auszeit, wenn man davon absah, dass sie auf einem Schiff stattfand.

Stephanie hatte gehofft, dass die Rückkehr an die Bar ihrer Erinnerung auf die Sprünge helfen würde. Aber bis auf die Erkenntnis, dass man sich hier zwar an sie erinnerte, ihr selbst aber niemand bekannt vorkam, nahm sie keine neuen Informationen mit.

»Wie immer?«, fragte sie der gutaussehende Mann hinter der Bar, der ihr zur Begrüßung schon lächelnd zugenickt hatte. Dunkle Locken, gepflegter Bart, tätowiert. Sie lächelte zurück und nickte. Als er das herbe Pils hinstellte, entschuldigte er sich: »Weißt ja eh, wir haben nichts anderes.«

Sie wusste nichts, ergab sich aber der neuen Routine, so zu tun, als wäre sie im Bilde.

»Jaja. Darf ich dich etwas fragen?«

Er hörte für einen Moment auf, den Tresen zu wischen, und sah sie erwartungsvoll an.

»Ich war doch letztens mit einem Typen da, oder?«

Sie bemerkte, wie sich seine Gesichtszüge veränderten, offensichtlich bekam er sonst andere Fragen gestellt. Schnell machte er eine blöde Bemerkung.

»Nicht nur mit einem!«

Die Unterhaltung wurde unangenehm, aber als er ihre Verlegenheit bemerkte, hörte er auf zu grinsen.

»Sorry, den hab ich seitdem nicht mehr gesehen.«

»Hieß der zufällig Michael?«

Er schien ernsthaft nachzudenken, bevor er antwortete. Dabei beobachtete er sie intensiv, als würde er plötzlich erkennen, dass mit ihr etwas nicht stimmte. Als könnte er hinter ihre Fassade schauen und das Chaos sehen, das dort herrschte.

»Irgendwas wie Bernd, Bert oder Bernhard? Aber du hast ihn zur späteren Stunde immer nur Süßer genannt.« Diesmal lachte keiner von beiden.

Sie sah ihm fest in die Augen.

»Okay, danke.« Er nickte versöhnlich.

Sie prostete ihm mit der Bierflasche zu und ging zurück zu ihrem Tisch. Annemarie hatte inzwischen mit Hilfe ihres Handys ihr Make-up kontrolliert. Sie schien zufrieden. Als Stephanie sich setzte, ließ sie es wieder in einem Täschchen verschwinden, das dieselbe Größe hatte wie das Telefon, das sie an einem glitzernden Band quer über den Körper trug. Ein Modetrend, den Stephanie auf dem Schiff schon mehrfach gesehen und nicht verstanden hatte.

»Da hast du deine Energie umsonst verschwendet«, sagte Annemarie mit einer vielsagenden Kopfbewegung Richtung Bar. Stephanie spürte, wie sie rot wurde.

»Nein … so war es nicht.«

Annemarie grinste. »Macht ja nichts, wir alle haben es schon versucht, aber Niklas ist einer der wenigen, die nicht in fremden Gewässern fischen. Er hat eine Freundin und eine kleine Tochter zu Hause, die er vergöttert«, erklärte sie ungefragt. »Im Gegensatz zu vielen anderen hier bedeutet das bei ihm aber etwas.«

Stephanie nickte stumm und ließ den Blick durch den schummerigen Raum schweifen.

An der Bar fiel es nicht weiter auf, dass es keine Fenster gab, und auch die gleichmäßige Schaukelbewegung, an die sie sich inzwischen gewöhnt hatte, passte zur Stimmung. Begleitet von angenehmer Lounge-Musik hatten sich Grüppchen an den runden Tischchen versammelt. Einige waren ausgelassener, andere wirkten ruhig und unaufgeregt, manche gelangweilt oder erschöpft – eine Handvoll gestrandeter Seelen, die in ihre alkoholischen Getränke starrten. Annemarie folgte ihrem Blick.

»Eigentlich bleiben alle Crew Departments unter sich.«

Stephanie sah Annemarie fragend an. Diese Information ergab für sie keinen Sinn.

»Bitte was?«

Unverständnis auf beiden Seiten des Tisches. Stephanie verstand die Aussage nicht. Annemarie verstand nicht, was es nicht zu verstehen gab.

»Man mischt sich nicht.«

Sie zeigte ausladend in die Runde, von Tisch zu Tisch. Und Stephanie sah sich noch einmal um. Diesmal genauer.

Dann verstand sie.

Wenn man die Gruppenkonstellationen genauer betrachtete, erkannte man, dass es sich wohl um Teamkollegen handeln musste, auch wenn gerade keine Uniform getragen wurde – Departments, wie Annemarie es nannte. Zwei der Frauen an der Bar hatte sie am Vortag während ihrer Wanderung Richtung Biergarten gemeinsam hinter der Rezeption stehen sehen. Am Tisch in der Mitte hatten drei junge Männer sogar noch ihre Kochjacken an, und am anderen Ende des Raumes hatten sich mindestens zehn Asiatinnen an einem kleinen Tisch zusammengedrängt. Sie schwatzten wild durcheinander. Ganz außen entdeckte Stephanie Mayumi. Sie versteckte sich hinter ihrem Bier und hoffte, dass sie noch nicht entdeckt worden war.

»Und warum ist das so?«, fragte sie Annemarie.

Schulterzucken als Antwort, sie war in Gedanken schon wieder ganz woanders. Es machte den Anschein, als würde sie selbst kein großes Interesse an den eigenen Erzählungen haben.

»Keine Ahnung. War schon immer so. Wir wurden auch mal dazu angehalten, uns nicht zu viel mit den Filipinos zu unterhalten, schon gar nicht darüber, wie viel wir verdienen.«

Jetzt verstand Stephanie. Es ging ums Geld. Wahrscheinlich bekamen die überwiegend asiatischen Hilfsarbeiter, die in den Wäschereien und im Service schufteten oder die Zimmer putzten, nur einen Bruchteil des deutschen Mindestlohns. Das Schiff fuhr schließlich nicht unter der Flagge der Bahamas, um der Kreuzfahrt ein exotisches Flair zu verleihen. Es ging um Gewinnmaximierung, und da half es, in einem Land registriert zu sein, wo das Arbeitsrecht andere Löhne erlaubte. Welcher Arbeitgeber würde sich Deutschland aussuchen, wenn er Panama oder Malta haben konnte?

»Kannst du dich an den Typen erinnern, mit dem ich vorgestern am Abend geplaudert habe?«

Annemarie sah sie fragend an.

»Du meinst am Mittwoch?«

»Was weiß ich, welcher Tag heute ist!«

Da mussten beide lachen.

Annemarie überlegte. Auch sie hatte an dem Abend ordentlich gefeiert. Richtig ins Zeug gelegt hatte sie sich, um Edo zu beeindrucken. Der war aber eigenartig reserviert gewesen und dann plötzlich verschwunden, ohne Verabschiedung, während sie sich auf dem Partydeck gerade noch einen Drink besorgt hatte. Auch Stephanie war in dieser Zeit in ihre Kabine zurückgegangen, weil sie genug hatte.

»Da war einer, mit dem du an der Bar geflirtet hast. Das muss einer von den neuen Stewards gewesen sein. Hab den noch nie vorher gesehen.«

Stephanie hörte aufmerksam zu.

»Das war so ein bäriger Typ, einer, der gern Bier trinkt und Metal hört. Nichts für mich. Wieso fragst du?«

Beide schwiegen, dann murmelte Stephanie: »Nur so. Hab mich an etwas erinnert, das mit ihm zu tun hatte.« Stephanie nahm noch einen großen Schluck, um ihre Enttäuschung zu verbergen. Wieder nichts. Sie wusste nicht weiter. Es fühlte sich an, als würde sie im Dunkeln auf der Stelle treten, und jedes Mal, wenn sie sich in die eine oder andere Richtung vorzutasten versuchte, landete sie vor einer Wand. Kein Ausweg, es blieb dunkel.

Zumindest hatte Annemarie an diesem Abend einige ihrer unzähligen Fragen zu den Abläufen an Bord beantworten können, und als sie leicht angetrunken wieder Richtung Crewkabinen schlenderten, hatte Stephanie das Gefühl, zu erahnen, was von ihr erwartet wurde.

Folgendes hatte sie über ihren Tagesablauf gelernt:

Dienstbeginn: 7:30 Uhr – sonst verpasste man Olivers Morgenpredigt. Ob ihr heutiges Fernbleiben Folgen haben würde, würden sie morgen erfahren. Nur sonntags fiel die Dienstbesprechung aus. Halleluja.

Wer länger als dreißig Minuten für seine Mittagspause in Anspruch nahm und dabei erwischt wurde, durfte am Abend gleich eine ganze Stunde länger arbeiten. Ob das rechtens war, wurde nicht hinterfragt.

Freizeit war in den Wochen oder Monaten an Bord ohnehin nicht vorgesehen. Freie Tage gab es nicht. Ein Arbeitstag dauerte maximal zwölf Stunden – zumindest auf dem Papier. Denn in der Realität waren auch Zwanzig-Stunden-Schichten schon vorgekommen, wie Annemarie lapidar berichtete. Sie schien das alles nicht so schlimm zu finden. »Hast ja danach wieder länger frei. Manchmal sogar ein oder zwei Monate, das ist schon cool!«

Annemarie hatte sie in einen Raum geführt, der sich laut eines DIN-A4-Zettels an der Tür *Olivers Kommandozentrale* nannte, und deutete auf eine Pinnwand. »Siehst du, hier steht eigentlich alles.« Listen, Dienstpläne und Motivationssprüche zierten die Wände. Ihr Favorit war ein riesiges knallgelbes Poster mit einem Smiley, unter dem stand: »Ein Lächeln ist Schmieröl im Getriebe des täglichen Miteinanders.« Stephanie las es laut vor und machte ein Kotzgeräusch. Beide brachen in lautes Gelächter aus, dann gingen sie endlich Richtung Bett.

Der nächste Arbeitstag war da bereits angebrochen.

—

»Da hast du.«

Eine kleine Plastikflasche rollt in den Käfig und bleibt vor seinem rechten Schuh liegen. Er reagiert zunächst nicht, weil er es für eine Einbildung hält. Er hat längst das Gefühl dafür verloren, was real ist und was nicht.

Sein Kopf dröhnt und schmerzt inzwischen so sehr, dass ihm zeitweise schwarz vor Augen wird. Die Zunge ist ein trockener, unbeweglicher Lappen in seinem Mund geworden.

Der Mann, der vor seinem Käfig steht, tritt mit dem Fuß gegen die Zellentür. Noch einmal, diesmal energischer. Es scheppert laut. Michael reagiert immer noch nicht.

»He! Trink das! Einen Tag musst du noch durchhalten. Sei froh, dass wir dich überhaupt noch brauchen können.« Dann entfernen sich die Schritte wieder.

Langsam tasten Michaels kalte Fingerspitzen das Hosenbein entlang und bekommen die kühle Flasche zu fassen. Tatsächlich, kein Traum. Ein wenig Energie kehrt in seinen Körper zurück, und er beginnt sich aufzurichten. Der Kreislauf will zunächst nicht mitmachen. Schwindel zwingt ihn noch einmal auf den Boden zurück. Er schließt die Augen.

Als er es schafft hat, sich mühsam in eine sitzende Position zu rappeln, spürt er, wie jemand neben ihm atmet.

Der Junge.

»Wie heißt du?« Mit einer Hand greift er die Flasche, die nun vor ihm auf dem Boden liegt.

»Joseph.« Ein schwaches Flüstern.

»Hast du Durst?« Michael müht sich mit dem Flaschenverschluss ab, bis er es endlich schafft, die Kappe abzuschrauben. Er hält kurz inne, dann reicht er die Flasche durch das Gitter. Zwei kleine Hände nehmen sie in Empfang. Ganz vorsichtig.

Gieriges Trinken ist zu hören.
Dann streckt Joseph ihm die Flasche wieder zurück.
»Danke.«
Ein paar Schlucke sind übrig, die er gierig trinkt. Zu wenig, aber der trockene Lappen in seinem Mund ist nun zumindest ein wenig feucht.

Durch die geöffnete Tür des Lagerraums ist diesmal mehr Licht gefallen als bei den letzten Besuchen. Wahrscheinlich hatte ihr Peiniger vergessen, das Licht im Flur davor auszumachen, bevor er zu ihnen hereinkam. Dadurch hatte Michael einen besseren Blick auf sein Gesicht.

Er erkannte ihn sofort wieder.
Giovanni Digresso: Il Bello.

Sarah hatte seinen Spitznamen frei als »Scheiß Schönling« übersetzt, so nannten sie ihn ab diesem Zeitpunkt. Der schöne Mann ist einer der wichtigsten Drahtzieher des ganzen Schleppernetzwerks, wie sie von ihrem Informanten in Erfahrung bringen konnten. Einer, der keine Gnade kennt. Das kann Michael bestätigen.

Selbst im Zwielicht machte er seinem Namen alle Ehre. Auch wenn er hier unten anders aussah als bei ihrem Zusammentreffen an der Bar. Härter. Verschwunden ist der Sonnyboy, den die Frauen lieben.

Michael wirft die leere Plastikflasche gegen die Zellentür – ein dumpfer Knall, die Gitterstäbe scheppern. Aus dem Augenwinkel bemerkt er eine Bewegung. Der Junge neben ihm ist zusammengezuckt. Sofort tut es ihm leid, das wollte er nicht.

»Wo kommst du eigentlich her, Joseph?«
»Eritrea.«

SAMSTAG

Tag 4: Kein Land in Sicht
Seetag
Sonnenschein, 30 °C

»Kennst du einen Michael?«
»Einen?«
»Okay, lass mich die Auswahl einschränken.«
Annemarie stieß sie unsanft in die Seite.
»He, was denkst du von mir!«
Stephanie und Annemarie grinsten vor dem Spiegel. Niemand hätte geahnt, dass die durchtrainierte Vierzigjährige mit den dunklen Haaren und die deutlich jüngere Blondine mit den Modelmaßen sich vor vier Tagen das erste Mal begegnet waren. Schon gar nicht, wenn man sie im adretten Zwillings-Outfit sah: schwarze Hosen, weiße Shirts, Namensschild, weiße Stoffturnschuhe und ein kleines Halstüchlein in Mintgrün mit aufgedruckten dunkelblauen Booten.
Es galt nun, den nächsten Tag auf der *Freedom of Spirit* hinter sich zu bringen. Es war ein Seetag.

Kein Land in Sicht, nur wunderschöner, unendlicher, tiefblauer, glitzernder Ozean so weit das Auge reichte. Vorsichtshalber hatte Sarah sich nach dem Aufstehen eine Beruhigungstablette genehmigt. Eine zweite wartete sicher verstaut in ihrer Hosentasche. Sie hatte das Gefühl, dass sie diese noch brauchen würde.

»Wir müssen los«, sagte sie mit Blick auf die Uhr zu Annemarie. Ihre Zimmerkollegin versuchte gerade mit einem letzten gekonnten Lidstrich auch heute wieder den Beauty-Contest der Crew zu gewinnen. Sie schien aus unerfindlichen Gründen unzufrieden mit ihrem Werk und brummte in den Spiegel. »Na ja, muss reichen.« Sie warf den Kajalstift in ihre pinke Schminktasche, die bis zum Rand mit Pinseln, Farbpaletten, diversen Schwämmchen und Stiften gefüllt war. »Auf zur Predigt.«

Stephanie verstand mittlerweile, was damit gemeint war, und das gab ihr ein wenig Sicherheit. Nicht, dass es die Vorfreude auf die morgendliche Team-Besprechung gesteigert hätte. Aber sie hatte die leise Hoffnung, dass ein Teller mit Krapfen bereitstand, denn aus irgendeinem Grund verknüpfte ihr Gehirn die Vorstellung von einer Team-Besprechung mit der von fettigem Gebäck.

Das dunkle Gefühl, das in ihrem Inneren lauerte, kroch bei diesen Gedanken zurück in ihr Bewusstsein. Sie sah ein männliches Gesicht vorbeiflimmern, das lächelnd in einen Krapfen mit Schokoglasur biss. Sie begann zu frösteln. Was ihren Freund betraf, war sie keinen Schritt weitergekommen. Aber je länger sie an ihn dachte, desto schwerer wog die Sorge. Sie musste sich beeilen, ihn zu finden, und wusste nicht warum. Und schon gar nicht wie.

Nach wenigen Stunden Schlaf waren die beiden Bewohnerinnen der Kabine 0619 also unterwegs zur nächsten Schicht. Sie waren wieder spät dran, schafften es aber, in den Raum zu hasten, bevor Oliver um die Ecke bog.

Er legte sein Klemmbrett geräuschvoll ab. Für ein »Hallo« oder »Guten Morgen« nahm er sich keine Zeit.

Es kehrte Ruhe ein, während Oliver die Hände vor seinem Bauch faltete und auf den Fußballen vor- und zurückwippte. Er wartete demonstrativ geduldig, mit einem aufgesetzten Lächeln, so lange, bis auch die Letzte ihn bemerkt hatte und peinlich berührt schwieg. »Schön, Heike, dass du es auch geschafft hast!«

Stephanie spürte, wie sich ihre rechte Hand zur Faust ballte. Sie schluckte den Kommentar hinunter, der ihr auf der Zunge lag. Heike würde es ohnehin nicht helfen, wenn sie Partei für sie ergriff. Trotzdem war sie sich aus irgendeinem Grund sicher, dass sie ihre Rache bekommen würde.

»Also, Team! Gestern ist es eigentlich ganz gut gelaufen. Es gab nur eine Beschwerde.« Angespannte Stille im Raum, Heike hielt die Luft an, aus Angst, wieder etwas falsch gemacht zu haben. Aber es traf jemand anderes.

»Stephanie, du kommst dann bitte nachher noch zu mir.« Genüsslich ließ er sich diesen Satz auf der Zunge zergehen.

»Alle anderen haben bestimmt bereits den Dienstplan für heute im Kopf. Also: los, los!« Allgemeine Erleichterung im Raum, während die Angesprochene auch ihre zweite Hand zur Faust ballte. Das war zu viel.

»Ich hoffe, es dauert nicht *zu* lange. Nicht dass ich noch zu spät zum Dienst komme«, sagte Stephanie so laut, dass es die Unruhe übertönte. Oliver entglitten für einen Moment die Gesichtszüge, das hämische Grinsen wurde von einem dümmlichen Ausdruck abgelöst, der Mund blieb ihm offen stehen.

»Keine Sorge, so lang wird das Gespräch nicht dauern.« Er presste die Worte zwischen den Zähnen hervor. »Du bist heute übrigens Springerin. Kurzfristige Änderung.« Da war es wieder, das boshafte Grinsen.

»Scheiße.« Annemarie sah ernsthaft betroffen aus. Auch die anderen Kollegen machten mitleidige Gesichter.

»Okay, super.« Stephanie zwang ihren rechten Daumen aus der Faust und streckte ihn hoch. Dann zuckte sie mit den Schultern. Wieder einmal half es ihr, dass sie keine Ahnung hatte, worum es ging. Annemarie raunte ihr etwas ins Ohr, bevor sie mit den anderen brav davonmarschierte. Es hörte sich an wie: »Sprich ja nicht aus, was du denkst!« Dabei machte sie ein besorgtes Gesicht, bevor sie kurz die Hand zum Gruß hob und eilig verschwand. Für Annemarie ging es heute nach oben auf Deck 14 zum Dienst im *Beach Club*. Dorthin, wo Badehosen und gute Laune auf sie warteten und der wunderschöne Blick aufs Meer. Für sie war es eine angenehme Planänderung, schnell lief sie zurück in die Kabine, um sich umzuziehen. Hosenanzug aus, stattdessen Shorts und Tanktop, Sonnenbrille auf und dann hinein in die Smiling Zone hinter der orangenen Tür, die den Crew- vom Gästebereich trennte.

Es dauerte ungefähr fünfzehn Minuten, bis Stephanie verstand, was ihre Freundin mit der Warnung zum Abschied gemeint hatte.

Was zur Hölle …

Sie fand sich vor dem Eingang des *Kids Club* wieder, wo sie die ersten Bekannten traf: Maddie, Freddy und Teddy, die drei geduldigen und gut gelaunten Maskottchen.

Als sich die Schiebetür aus Milchglas öffnete, auf der »Nur herein mit euch!« stand, schwante der Springerin Mayrhofer bereits Böses. Noch bevor sie den gelangweilten Briand in einem der Sitzsäcke in der Ecke gesehen hatte.

»Du weißt, warum du hier bist?« Oliver hatte sich an ihre Seite geheftet.

»Es reicht mir, wenn du es weißt.« Stephanie Mayrhofer machte sich keine Mühe mehr, ihre Abneigung zu verbergen.

»Das hier ist der *Kids Club*.«

»Hab ich mir schon gedacht.«

Aus dem Augenwinkel sah sie, wie sich Olivers Unterkiefer anspannte. Er war kurz vor dem Explodieren. Aber noch hatte er sich im Griff.

»Ines, kommst du mal bitte, Schätzchen«, säuselte er in Richtung des Anmeldepultes. Dort standen gerade Herr und Frau Ebel, die ihren gelangweilten Sohn in eine der Listen eintrugen. Wahrscheinlich würde es ihm nicht auffallen, dass sie weg waren. Obwohl Briand mit seinen fünfzehn Jahren eigentlich zu alt für die Kinderbetreuung war, ließen ihn seine Eltern nicht mehr unbeaufsichtigt, seit sie vor drei Wochen in seinem Zimmer einen beachtlichen Vorrat an Marihuana und einige blaue Pillen gefunden hatten.

Thorsten Ebel hatte Stephanie und Oliver bereits erspäht und kam herangetrabt. Seine Miene verfinsterte sich mit jedem Schritt.

»Ich hoffe doch, das Wohlergehen unseres Sohnes liegt heute nicht in *ihrer* Hand!« Er machte eine abfällige Kopfbewegung in Stephanies Richtung.

»Das hoffe ich auch«, sagte sie und meinte es sehr ehrlich. Oliver sah sie erschrocken von der Seite an, er wurde nervös, begann dümmlich zu kichern und rückte seine Brille zurecht.

»Frau Mayrhofer! Also bitte! Sie ist noch neu, bitte entschuldigen Sie!« Er begann zu schwitzen.

Stephanie Mayrhofer und Thorsten Ebel trugen unterdessen ein intensives Blickduell aus. Dann brach sie das Schweigen. »Wissen Sie inzwischen, was Sie gestern fragen wollten?«

»Äh, ja. Aber das habe ich Ihrem Chef ja bereits gesagt, als ich mich über Sie beschwert habe.«

»Also bitte! Ich brenne darauf, es auch endlich zu erfahren.« Sie spürte Olivers stechenden Blick.

»Also, äh ... ob das *Steakhouse* ein Aufpreis-Restaurant ist ...«

Stephanie Mayrhofer atmete tief ein und setzte ein falsches Lächeln auf, als sie sagte: »Ja, das ist es in der Tat. Ich hoffe, Ihnen mit dieser Information weitergeholfen zu haben.« Sie deutete einen kleinen, übertriebenen Knicks an, dann ging sie beschwingten Schrittes zu Ines, die vergeblich versuchte sich das Grinsen zu verkneifen. Die Mittdreißigerin mit der wilden Lockenmähne begann auffällig laut mit ihrem Stapel aus Anmeldelisten zu rascheln und hüstelte. Stephanie summte eine Melodie. Was für eine glückliche Fügung, dass sie gestern Abend mit halbem Ohr zugehört hatte, als Annemarie die Litanei von den verschiedenen Inclusive- und Aufpreis-Restaurants angestimmt hatte.

»Hallo, mein Name ist Stephanie, und ich darf dir heute zur Seite stehen!« Ines grinste nun breit. Sie waren einander auf Anhieb sympathisch.

»Es ist mir eine Freude.«

Thorsten und Brigitte Ebel, heute von Kopf bis Fuß in Beige und Cremeweiß, und Oliver Fröhlich standen noch eine Weile betreten nebeneinander und stammelten sinnfreie Wortfetzen: »Ähm ... ja ... also ... so was ... was sagt man ... also, äh, Termine ...« Dann gingen alle ihrer Wege.

Für Stephanie war damit der angenehme Teil des Tages vorbei. Die nächsten sieben Stunden verbrachte sie damit, gelangweilten Teenagern in regelmäßigen Abständen etwas zu trinken anzubieten, Kindergartenkinder davon abzuhalten, sich gegenseitig mit dem Inventar zu verprügeln, und – zum ersten Mal in ihrem Leben – Windeln zu wechseln.

Die älteren Gäste erwiesen sich als nicht so pflegeleicht wie die Kleinkinder, die mit einem trockengelegten Hintern zufriedenzustellen waren.

»Keine PS5?«

Briand Ebel sah sie das erste Mal direkt an. Ganz ohne Handy vor der Nase.

»Sorry. Willst du vielleicht noch eine Cola?«

»Mein Freund war mit seinen Eltern auf der *Endless Adventure,* und dort gab es die PS5 schon – das war vor einem halben Jahr!«

Stephanie sah sich hilfesuchend nach Ines um, aber die hielt gerade dem siebenjährigen Justin eine Standpauke, weil er nicht aufhören wollte, einem anderen Jungen – sie glaubte gehört zu haben, dass seine Eltern den armen Bengel Nathan genannt hatten – mit dem Tischtennisschläger eins überzuziehen.

Stephanie sah Briand an und seufzte schwer. Gerade wollte sie ihm sagen, dass er sich doch einfach in der Leseecke ein Buch aussuchen sollte, da näherte sich eine dunkel gekleidete

Gestalt. Es war Magdalena, heute ganz im Gothic-Style. Was wohl ihr oberbayerischer Vater zu den schwarzen Pandaaugen und dem bleich gepuderten Gesicht gesagt hatte?

Briand schien fasziniert von ihrer Erscheinung.

»Hab zumindest Switch gefunden. Magst?« Sie hielt ihm eine bunte Spielkonsole hin. Er überlegte und zuckte dann mit den Schultern.

»Von mir aus. Gibt ja sonst nichts in dem Scheißladen …« Dann schlurften sie gemeinsam Richtung *Gaming Zone*.

Inzwischen hatte Ines es geschafft, den beiden Jungen die Schläger abzunehmen, und sie in die kleine Turnhalle geführt. Dort zeigte sie ihnen allerhand Bälle und anderes Sportequipment. Die nächste Eskalation war vorprogrammiert, diesmal aber mit mehr Raum. So wurde zumindest kein anderes Kind gefährdet, und man konnte sie durch das Plexiglas gut beobachten.

Plötzlich ein gellender Schrei, der Stephanie durch Mark und Bein ging und sie von den beiden Streithähnen ablenkte.

Als sie ankam, wo sie das Problem vermutet, wäre sie am liebsten auf der Stelle wieder umgedreht. Die vierjährige Rosalie saß heulend und blutend im Bällebad, das ihre rasante Fahrt durch die Indoor-Rutsche gebremst hat. Das Mädchen hatte sich offenbar auf die Lippe gebissen und weinte vor allem deshalb, weil sie Blut auf ihrem ehemals mintgrünen Lieblingspulli sah. Den gleichaltrigen Levi hatte sie mit der Heulerei angesteckt, und nun saßen die beiden zwischen den Bällen und schluchzten um die Wette.

»Üüüneees!« Stephanies Stimme klang überraschend schrill, als sie nach ihrer Kollegin rief. Dann kniete sie sich zu den beiden Kleinkindern, die froh waren, einen Erwachsenen zu sehen. Stephanie setzte ein Lächeln auf und nahm beide an den Händen, die dringend gewaschen werden mussten.

»Kommt mit, jetzt machen wir euch erst mal sauber.«

Große Kinderaugen sahen sie vertrauensvoll an. »Das wird schon wieder!« Rosalie hatte sich schon fast wieder beruhigt. »Wusch … und unten war ich«, sagte sie mächtig stolz und versuchte ein Grinsen, das ihr wegen der geschwollenen Lippe nicht so gut gelang. Mit der freien Hand zeigte sie in Richtung Rutsche. Die Gesichtsfarbe von Levi verriet hingegen, dass es besser wäre, sich zu beeilen. Der arme Junge war vollkommen fertig und ganz grau im Gesicht.

»Bitte kotz nicht! Bitte kotz nicht!«, dachte Stephanie mantramäßig und führte die Kinder zügig Richtung Toilette.

»Willkommen im *Kids Club*«, säuselte Ines ihr leise zu, als sie endlich um die Ecke eilte. Ein Blick genügte, dann ging sie schnellen Schrittes davon, um eine kleine Absperrung zu holen, die sie am Aufgang zur Rutsche aufstellte. Nichts Ungewöhnliches, aber sie musste dem Reinigungsteam Bescheid geben.

Als sie ihrer neuen Kollegin im Waschraum zu Hilfe kommen wollte, war der Zwischenfall bereits vergessen. Rosalie hatte einen sauberen Pullover an – einen knallpinken mit Glitzereinhorn drauf – und hielt sich einen Eiswürfel an die Unterlippe. In regelmäßigen Abständen schob sie sich einen Gummibären in den Mund und strich versonnen über die Pailletten auf ihrer Brust. Levi saß im Unterhemd auf einem kleinen Stuhl, auch ein paar Gummibärchen in den kleinen Fäusten, während Stephanie in der Schublade mit der Aufschrift »Reservekleidung« wühlte. Auch er lachte schon wieder, und sein Gesicht hatte einen gesunden Farbton angenommen.

»Na, ihr braucht mich wohl gar nicht«, sagte Ines und nickte Stephanie anerkennend zu. Sie wollte gerade noch etwas sagen, da brach schon wieder Gebrüll im Nebenraum los. Ines verdrehte die Augen und setzte sich in Bewegung.

Die restlichen Stunden verbrachten sie damit, die Kleinen bei Laune zu halten, bis sie von ihren tiefenentspannten Eltern abgeholt wurden. Die Mittleren mussten hauptsächlich davon abgehalten werden, sich oder anderen etwas anzutun, und die Großen sah man sowieso nur dann, wenn sie sich über irgendetwas beschweren wollten: falsche Filme, falsche Spiele, falsche Snacks, Scheißservice hier ... das Übliche.

----- AM SPÄTEN NACHMITTAG -----

Gegen 16 Uhr wurde es ruhig im *Kids Club* auf Deck 12. Ines und Stephanie atmeten tief durch, zwei Flaschen Bier wurden herbeigezaubert, und die beiden machten es sich in den Sitzsäcken gemütlich.

Stephanies persönliches Highlight des Tages war die wenig überzeugende Performance der drei Maskottchen kurz nach der Mittagsruhe gewesen. Freddy, Maddie und Teddy – alias Matts, Nicole und Julian, die sich freuten, mit ihren dicken Fellkostümen endlich klimatisierte Räume betreten zu dürfen – waren nach ihrem Auftritt am Partypool auf Deck 14 müde. Überdreht tanzen sie ein wenig mit den Kleinsten und versuchten die verächtlichen Blicke und Beschimpfungen der Größeren zu ignorieren. Stephanie hatte ehrliches Mitleid.

»Hast dich echt gut geschlagen!« Ines hob ihre Flasche.

»Danke. War selbst überrascht.«

Sie schwiegen für einen Moment, genossen das kühle Getränk und die Ruhe.

»Machst du das schon lange?«, fragte Stephanie.

»Viel zu lange.« Ines seufzte. »Aber was soll ich denn sonst machen?«

Mit Kinderbetreuung kannte sie sich aus. Leider. Dreizehn Jahre lang hatte sie in einer städtischen Kindertagesstätte gearbeitet. Anfangs voller Tatendrang und Ideale, bis die Dauerbelastung, die fehlende Wertschätzung und die schlechte Bezahlung anfingen, sie zu zermürben. Irgendwann hatte sie es nicht mehr ausgehalten, kündigte und heuerte, auf der Suche nach Veränderung und einem Neuanfang, auf der *Free-*

dom of Spirit an. Dass sie am Ende dauerhaft im *Kids Club* eingeteilt wurde, war eine Ironie des Schicksals, aber zugleich auch folgerichtig, da sie im ganzen Team die einzige ausgebildete Kleinkindpädagogin war. Ines hatte sich eigentlich für den Servicebereich beworben, das war den Teamleadern jedoch egal. Aber sie hatte es inzwischen aufgegeben, sich zu beschweren, wie so viele andere Dinge in ihrem Leben – unter anderem die Hoffnung darauf, dass sich jemals etwas zum Besseren wenden würde. Stattdessen hatte sie begonnen, regelmäßig zu viel Alkohol zu trinken. Das machte es für sie halbwegs erträglich.

»Was hast du eigentlich angestellt, dass sie dich hierher verbannt haben?« Ines schien ernsthaft interessiert.

Stephanie holte tief Luft. »Also …«

Sie wurde abrupt unterbrochen, als die gläserne Schiebetür sich öffnete.

»Welcher Idiot kommt denn bitte um diese Zeit«, entfuhr es Ines halblaut. Sie richteten sich in ihren Sitzsäcken auf und spähten um die Ecke. Gleich duckten sie sich wieder, aber das Knistern der kleinen Plastikkügelchen hatte sie bereits verraten.

»Schon im Feierabend?« Olivers Stimme klang übertrieben fröhlich, als wollte er seinem Familiennamen endlich mal Ehre machen. »Na, euch geht es aber gut. Sehr schön!«

Er rückte seine Brille zurecht, warf einen Blick auf sein Klemmbrett und versuchte gar nicht erst die Vorfreude auf das zu verbergen, was er zu verkünden hatte.

»Stephanie, auf dich wartet noch eine andere Aufgabe heute. Sorry, viel los heute leider! Komm, komm!«

Ines verdrehte die Augen. Sie wollte gerade die Bierflaschen im Spalt zwischen den Sitzsäcken und dem Panoramafenster verstecken, da erhob sich Stephanie langsam mit ihrem Getränk in der Hand.

»Komme schon«, sagte sie und trank den Rest der Flasche in einem Zug aus, langsam und demonstrativ.

»Danke für den schönen Tag, Ines! Hat Spaß gemacht!« Sie nickte ihrer neuen Verbündeten zu.

Olivers Augen verengten sich zu Schlitzen. Kugelschreiber aus der Brusttasche, klick, und dann machte er sich eine Notiz auf seiner Liste des Tages. Die Fingerknöchel schimmerten weiß durch die Haut, so fest hielt er den Stift vor Ärger darüber, dass dieser verhasste Dienst bei den kleinen Teufeln seine abschreckende Wirkung verfehlt hatte. Nachdem der Schreiber wieder sicher verstaut war, stapfte er Richtung Ausgang.

Schwusch schwebte die Schiebetür auf. Auch Stephanie setzte sich langsam in Bewegung.

»Wir sehen uns später auf der Party, oder?«, rief ihr Ines noch nach. War das Mitleid in ihrer Stimme? Die große Crewparty, fast vergessen! Ein Lichtblick? Oder nicht? Stephanie Mayrhofer wusste es nicht mehr. Körper und Geist waren erschöpft nach sieben Stunden Kinderbetreuung.

»Auf jeden Fahaaall!«, rief sie dennoch übertrieben laut zurück. Ein kurzer Triumph.

Denn das Gefühl währte nur, bis sie an der Rezeption ankamen. Dort öffnete sich das Tor zur Hölle.

Stephanie Mayrhofer wurde schon erwartet.

»Endlich! Bist aber spät dran!«

Der Kommentar stammte von einem stark übergewichtigen Mann, dessen Alter schwer zu schätzen war. Vielleicht war er

Mitte zwanzig, vielleicht auch schon vierzig. Er verschwendete keine Zeit, schon gar nicht mit Freundlichkeiten.

»Martin« stand auf dem Schildchen, das an seine moosgrüne Weste geheftet war. Er musterte sie missbilligend. »Na ja, du kannst nicht schlimmer sein als dein Vorgänger. Unfassbar, dieser Bernd mit seiner negativen Einstellung! Die komplette Fehlbesetzung für den Kundenservice. Ich hoffe, du bist nicht genauso unbrauchbar!«

Er motzte im Gehen vor sich hin.

»Ich werde mich bemühen.« Sie versuchte ihn mit Humor zu knacken und deutete wieder einen kleinen Knicks an. Er beobachtete sie, die Stirn in Falten gelegt, schnaubte missbilligend und wandte sich der Arbeit zu. Sein massiver Körper bewegte sich dabei flink zwischen Pult, Ablage und dem kleinen Hinterzimmer hin und her, wo sich der Drucker befand, und sämtliche Broschüren gestapelt waren – erste Reihe »Adventure«, zweite Reihe »Sightseeing & Tagesausflüge«, dritte Reihe »Spa & Wellness«.

»Bitte nichts durcheinanderbringen.« Martin erhob seinen dicken Zeigefinger, als würde er mit einem Kleinkind sprechen.

Stephanie verfolgte jede seiner Bewegungen genau. Aus irgendeinem Grund war ihr Ehrgeiz geweckt. Einerseits vielleicht, weil sie Oliver nicht die Genugtuung gönnen wollte, dass sie verzweifelte oder scheiterte. Andererseits, weil sie Martin zeigen wollte, dass sie das hier, seine Welt, ernst nahm. Und noch viel mehr, weil sie hellhörig geworden war, als er den Namen Bernd sagte. Hatte nicht Barkeeper Niklas auch von einem Bernd gesprochen? Da musste sie später unbedingt noch mal nachhaken. Wenn sie ihn finden könnte, wüsste sie vielleicht endlich, was an diesem Abend an der Bar mit ihr geschehen war.

Nach einer zwanzigminütigen Einführung durfte sie einen der sieben Arbeitsplätze besetzen, die entlang des geschwungenen Rezeptionstresens eingerichtet waren. Die Arbeitsfläche war aus edel aussehendem Marmorimitat und schimmerte im Licht der zahlreichen Deckenspots. Die hölzerne Deckenverkleidung hatte die Form einer übertrieben riesigen Muschel. Als ob irgendjemand vergessen könnte, dass er sich auf einem Schiff befand.

An einem der Rezeptionspulte wurde Frau Mayrhofer mit dem »Ich lerne noch«-Sticker gebrandmarkt und auf die Könige des Schiffs losgelassen: die Gäste.

Es war kurz vor fünf Uhr am Nachmittag. Die meisten Kurse und Workshops waren vorbei, die Strandliegen und Pools leerten sich, leichter Hunger stellte sich ein. Man machte sich für einen Zwischenstopp in der Kabine bereit, bevor es Zeit für das Abendessen wurde. Aber, halt! Vorher noch kurz an die Rezeption, um die Buchung für den nächsten Tag abzusichern, eine Information einzuholen oder sich zu beschweren.

Es hatte sich inzwischen eine beachtliche Schlange von Badelatschenträgern gebildet, die mal mehr, mal weniger geduldig darauf warteten, ihr Anliegen – in den meisten Fällen die Beschwerde – äußern zu können.

Schnell war Stephanie klar, dass in vielen Fällen zwei Worte die Auslöser für den Unmut der Passagiere waren.

»All« und »inclusive«.

Eine mittelalte Frau mit biederem Kurzhaarschnitt, der ihr von der Friseurin bestimmt als »flott« verkauft worden war,

war die Nächste in ihrer Reihe. »Frau Dahmke« stand auf dem runden Sticker an ihrem Badeanzug, sie hatte wohl an einer der beliebten Pool-Activities teilgenommen. Ihr Bademantel war definitiv eine Nummer zu klein, und sie hatte eine türkis gemusterte Brille um den Hals hängen, die sich vorne an der Nase auseinandernehmen ließ. Sie besaß die Aura einer versierten Geographie- und Turnlehrerin, stets darauf bedacht, beschäftigter und wichtiger zu wirken, als sie eigentlich war.

»Guten Abend! Also so geht es nicht, Fräulein, bei aller Liebe!«, sagte sie und knallte einen DIN-A4-Zettel auf die edle Theke. Sie tippte mit dem aufwendig gestalteten Zeigefingernagel, rosa Schmetterling auf türkisem Grund mit kleinem Glitzersteinchen, ungeduldig neben dem Blatt Papier herum, ihre Zehen flippten und floppten aufgebracht in den Badelatschen.

»Mal sehen, was haben wir denn da …« Stephanie ließ sich Zeit und stellte die Geduld der Passagierin auf die Probe.

Frau Dahmke wurde unruhig.

Stephanie las noch immer, was sie bereits auf den ersten Blick verstanden hatte. Das waren die Worte »All inclusive«, die von der beflissenen Geographiefachkraft in weiser Voraussicht mit pinkem Leuchtmarker angestrichen worden waren.

»Wo liegt denn das Problem, Frau Dahmke?«

»Sie können doch wohl lesen?« Frau Dahmkes Blutdruck stieg ungesund an.

»Ja, kann ich ganz gut.«

»Da steht ›All inclusive‹.«

»Korrekt. Rosarot auf weiß.«

»Das bedeutet alles inklusive.«

»Yes, indeed! So weit verstehen wir einander.«

»Ist es aber nicht. Denn ich habe gestern eine gesalzene Rechnung im *Steakhouse* bezahlen müssen.«

Stephanie presste die Lippen zusammen, um nicht zu grinsen.

»Das ist ein Aufpreis-Restaurant«, sagte sie stattdessen mit ruhiger Stimme und gespielt traurigem Gesicht, so wie sie es von Ines heute gelernt hatte.

»Wenn Sie die Buchungsbestätigung umdrehen« – demonstrativ langsames Wenden der Seite –, »können Sie selbst lesen, welche Leistungen genau in Ihrem All-inclusive-Paket enthalten sind.« Sie platzte fast vor Stolz über ihre Performance, und auch Martin am Pult nebenan, der natürlich mit einem Ohr mitgelauscht hatte, schien sich zu entspannen.

Nur Frau Dahmke schien mit der Antwort direkt aus dem Lehrbuch nicht zufrieden.

»Eine Frechheit ist das! Das sind wirklich linke Methoden«, schimpfte sie, während sie umständlich versuchte ihre Brille zusammenzubasteln, um das Kleingedruckte selbst lesen zu können.

Dann starrten sie beide noch einige Momente schweigend auf die DIN-A4-Seite, der rosarote Leuchtstift von der Vorderseite hatte sich ein wenig durchgedrückt. Frau Dahmke schnaubte und zog das Blatt energisch vom Pult. Dann schlappte sie davon, verärgert über ihre Niederlage, aber innerlich vorbereitet darauf, eine negative Onlinebewertung über den Reiseveranstalter abzugeben.

Die folgenden Passagiere, die es zu besänftigen galt, waren zwar meist nicht weniger sauer, aber keiner konnte mit der dramatischen Leistung von Frau Dahmke mithalten. Und so verlief der Vorabend ohne größere Zwischenfälle, bis sie eine Stimme neben sich hörte.

»Du kannst ruhig Feierabend machen.«

Sie war so tief in Gedanken gewesen, dass sie gar nicht bemerkt hatte, wie Martin sich ihr genähert hatte. Mittlerweile war es Abend geworden, und seit mehreren Minuten war kein Gast mehr an der Rezeption aufgetaucht.

»Den Rest schaffe ich allein. Du willst doch bestimmt zur großen Party.«

»Hm«, murmelte Stephanie. Sie verspürte wenig Lust dazu.

»Kommst du nicht?«

Er lachte, während er zurück in das schön geordnete Office ging – seine Bärenhöhle. »Ja, das wär's! Nein danke!« Auch wenn er sehr selbstbewusst wirkte und sich so gab, als würde ihn das alles nicht interessieren, nahm sie eine leichte Unsicherheit in seiner Stimme wahr. Er tat ihr leid, und zugleich wusste sie, dass er nichts weniger wollte als ihr Mitleid.

»Soll ich dir etwas bringen? Getränk? Wenn du noch arbeiten musst.«

Er sah verständnislos aus, als würde er sich wundern, dass sie immer noch da war und nicht schon losgespurtet, um sich in irgendeinen Partyfummel zu werfen.

»Danke. Nein, danke.«

Dann vertiefte er sich in die Broschüre über Landgänge in Palma, obwohl er die bestimmt schon auswendig konnte.

Sie verstand und ging.

—

Die Wunde an seiner Schläfe hört nicht auf zu pochen.

Der Schmerz wird stärker. Und immer stärker. Allein der Gedanke daran, dass jemand seine glühende Stirn berühren könnte, martert ihn. Sein ganzer Körper krampft sich zusammen. Er erinnert sich dunkel an den Erste-Hilfe-Pflichtkurs, an dem die gesamte Abteilung vor ein paar Monaten teilnehmen musste. Eine Sepsis konnte tödlich sein.

Joseph neben ihm zittert auch, aber vor Kälte und Angst. Michael bemerkt es, weil sein kleiner Körper an die Gitterwand gelehnt ist, die ihre beiden Gefängnisse voneinander trennt. Er hält seine Knie eng umschlungen und hat schon länger nichts mehr gesagt.

Michael spürt, wie ihm die Sinne schwinden. Und trotzdem schafft er es, sich aus seinem Hemd zu schälen. Einen Arm hat er bereits befreit, er beißt die Zähne fest zusammen, um nicht loszubrüllen. Diese Anspannung macht den Schmerz, der ihm durch den Schädel zuckt, unerträglich. Endlich, es gelingt.

Wortlos schiebt er dem Jungen sein Hemd zu. Der wickelt sich rasch darin ein.

»Danke.«

Michael merkt, wie mit dem Zorn auch die Energie in seinen Körper zurückkehrt. Wie war er nur in diese Katastrophe hineingeraten?

Es hätte ein Abend werden können, an den er sich gern erinnert. Sie hatten gemeinsam an der Bar gesessen und ein paar Bier getrunken. Die Anonymität ihrer neuen Identitäten hatte es irgendwie lockerer gemacht, sie hatten gescherzt und geflirtet. Bernd und Stephanie, zwei neue Kollegen auf ihrer Jungfernfahrt.

Und sogar die Musik war okay gewesen – es war Rock Night. Zu Metallica wurde ausgelassen mitgesungen.

Um optisch nicht aufzufallen, hatten sie sich dem Motto entsprechend verkleidet, das war hier offensichtlich unabdingbar. Wobei Michael eigentlich gekleidet war wie immer: Jeans, Turnschuhe, schwarzes T-Shirt und ein kariertes Holzfällerhemd. Er war ausnahmsweise ganz zufrieden gewesen mit seiner Erscheinung. Und sein Look wäre auch dann überzeugend gewesen, wenn Ines ihn nicht mit Tattoo-Stickern beklebt hätte. Aber nun leuchtete eben auf der Innenseite seines rechten Unterarms ein flammendes Herz, in dem »Mama« stand. Auf der linken Seite ein Einhorn, das im Dunkeln schimmerte. Vielen Dank, Ines!

Sarah hatte sich etwas mehr ins Zeug gelegt mit ihrem Paillettenrock, dem Iron-Maiden-Shirt und den Netzstrümpfen. Es war das erste Mal, dass er sie in etwas anderem als in Jeans und Turnschuhen gesehen hatte.

Sie gefiel ihm.

Natürlich hatten sie zuerst noch mit ihren anderen »Kollegen« geplaudert. Er mit Ines, sie mit Annemarie, bevor sie einander zu späterer Stunde offiziell kennenlernen durften: »Na, auch zum ersten Mal dabei?«

Die Party nahm Fahrt auf, und die Erinnerung daran lenkt Michael kurz von seinen Schmerzen ab. Ein warmes Gefühl breitet sich stattdessen in der Bauchgegend aus, wenn er daran denkt.

Nach dem zweiten Schnaps hatten sie sich auf ein richtiges Date verabredet – sobald das hier vorbei war. Sarah und Michael. Ganz ohne Verkleidungen.

Für eine Millisekunde hatte er das Gefühl gehabt, dass es okay gewesen wäre, wenn er sie geküsst hätte. Aber der Moment verstrich ungenutzt. Und er grinste wieder in sein Bier. Doch für einen Augenblick schien alles möglich.

Bis das unmöglich Geglaubte eintrat.

Beide waren so in die Gesellschaft des anderen vertieft, dass sie nicht bemerkt hatten, wie sich jemand genähert hatte.

»Ciao!«

Es klang überheblich. Ein Wort, und sofort wusste er, dass er ihn hasste. Der Typ war groß und schlank, hatte eine von diesen modischen Brillen auf der Nase, gutaussehend, selbst im Schummerlicht. Er hatte sich so vor die Neonbeleuchtung der Bar gestellt, dass sein Gesicht im Schatten lag. Trotzdem spürte Michael den überheblichen Blick, der auf ihm ruhte. Die Abneigung schien gegenseitig. Dann wandte er sich Sarah zu.

»Ein paar von uns gehen noch zu einer Privatparty nach oben. Kommt ihr auch?« *Höflicherweise machte er eine vage Handbewegung auch in seine Richtung, bevor er an die Decke deutete. Michael hatte von dem Treffpunkt gehört. Musste eine Art versteckte Terrasse bei den Schornsteinen sein. Da fanden angeblich die härtesten Crewpartys statt. Er winkte gleich ab, das war wirklich nichts, worauf er jemals Lust gehabt hätte – undercover hin oder her. Er sah Sarah an, dass sie auch lieber bleiben wollte, aber nicht konnte. Sie war wieder in ihre Rolle geschlüpft, so etwas wie Dienstschluss kannte sie nicht.* »Klingt super!«

Und dann waren sie abgezogen, die gesamte Partybande, ungefähr zehn Personen. Ausgelassen fröhlich, allesamt angeheitert, einige sturzbetrunken.

Booorn to be wiiiild … wohooo!

Aber irgendetwas an Sarah war ihm in dem Moment komisch vorgekommen. Nicht die Verkleidung oder ihr lebensbe-

jahendes Verhalten, sondern ihr Gang. Sie wankte ein wenig, so als würden die Beine ihr nicht gehorchen. Annemarie hatte sich untergehakt. Und dann waren sie weg.

Es hat ihn gewundert, als der schöne Typ wenig später noch einmal neben ihm stand. Hätte er doch genauer hingesehen.

»Was vergessen?«, hatte er stattdessen in sein Bier gebrummt. Er dachte nicht daran, seine Abneigung zu verstecken. Warum auch? Seine zweite Identität konnte den Typen genauso wenig leiden.

»Ja.«

Langsam sah Michael nach links.

Ein bisschen zu langsam, sonst hätte er ihn bestimmt erkannt, trotz lockerer Frisur und Brille. Er hat ein gutes Gedächtnis für Gesichter. Außerdem hätte er den Elektroschocker vielleicht kommen sehen.

Seine Vorahnung täuschte ihn nicht. Irgendetwas an dem schlaksigen Italiener hatte ihn nervös gemacht. Aber Michael hat es ignoriert, weil er einen anderen Verdächtigen ins Auge gefasst hatte. Es war ein muskulöser Typ aus dem Küchenteam, der etwas Verschlagenes an sich hatte. Michael wusste auf den ersten Blick, dass er sich vor diesem Mark in Acht nehmen musste. Möglichst unauffällig hatte er versucht etwas über ihn herauszufinden, erntete aber nur Schulterzucken.

Er sollte Recht behalten, wie er zu spät herausfinden sollte, denn Mark war es, der ihn erkannt hatte. Sie wussten längst Bescheid.

»Sie sieht dir gar nicht ähnlich, deine Tochter«, hat er ihm ins Ohr gezischt, als sie ihn forttrugen. Sie wussten alles. Irgendjemand musste sie verraten haben.

Der Gedanke an seine Tochter lässt ihn in seinem Gefängnis laut aufschluchzen. Sie würde herzlich über das Einhorn lachen, das mittlerweile nur noch schwach auf seinem Unterarm glänzt.
Er muss sich etwas einfallen lassen, um zu entkommen.
Irgendetwas.
Sie dürfen nicht gewinnen.
Sie dürfen damit nicht durchkommen.
Es darf so nicht enden.
Mittlerweile hat das Zittern im Käfig nebenan ein wenig nachgelassen. Das leise Schluchzen nicht. Wie gern hätte er den Kleinen getröstet. Ihm gesagt, dass alles gut wird. Dass alles nur ein schlechter Traum ist. So wie er es viele Male zuvor zu Hause gemacht hat.
»Meine Freundin Sarah ist auch an Bord. Sie wird kommen und uns helfen.« Er versucht so zu klingen, als wäre er davon überzeugt.
Noch einmal lautes Schniefen.
»Wieso sprichst du eigentlich so gut Deutsch?«
»Meine Mama war aus der Schweiz.« Schweigen.
Er wagt nicht zu fragen. Und tut es dann doch.
»Und wo ist sie jetzt?«
Joseph schnieft noch einmal. Lauter.
»Tot.«
Joseph erzählt bruchstückhaft von seiner Mutter Lara, die bei einer Schweizer Hilfsorganisation in Asmara gearbeitet hat. Dort lernte sie seinen Vater kennen, einen intelligenten, fürsorglichen Mann, der sich nur eines wünschte: Frieden für sein Land und seine Kinder. Aber es ging ihm wie vielen Eritreern: Er wurde zunächst als Zwangsarbeiter eingezogen und musste dann als Soldat in Äthiopien und Somalia kämpfen – wo auch

immer Herrscher Isayas Afewerki gerade seine Finger im Spiel hatte. Und als er endlich zurückkam, war er nicht mehr derselbe. Die Grausamkeiten, die er erlebt und selbst verübt hatte, ließen ihn nie wieder los. Er begann zu trinken, Drogen zu nehmen und Joseph und seine Mama zu verprügeln. Als sie es nicht mehr aushielten, flohen sie. Auf einmal waren sie frei und glücklich, es war die schönste Zeit seines Lebens. Als seine Mutter krank wurde und wusste, dass sie sterben würde, versuchte sie noch Joseph außer Landes zu ihrer Familie zu schaffen. Doch er wollte nicht ohne sie gehen und sie allein sterben lassen. Und ihr fehlte die Kraft, ihn zu zwingen.

Als sie starb, wurde er zu seinem Vater zurückgebracht, der mittlerweile eine neue Frau und drei weitere Kinder hatte. Das wenige Geld, das Joseph von seiner Mutter geerbt hatte, sah er nie – einen Teil behielt der Staat als Steuern ein, den Rest versoff sein Vater. Joseph floh erneut von zu Hause und lebte in Asmara ein Jahr lang auf der Straße.

Bis zu dem Tag, als ihn ein freundlicher Italiener ansprach, ein gepflegter, lächelnder Mann, der ihm von einem besseren Leben erzählte. Von einem sauberen Bett, das nur ihm gehören würde, von Kleidung, Essen und einem richtigen Zuhause.

Joseph glaubte dem Fremden.

Obwohl er mit seinen acht Jahren längst gelernt hatte, dass die meisten Menschen schlecht waren und es nichts geschenkt gab. Aber er wollte ihm einfach glauben. Er wollte seine Mama nicht enttäuschen, die ihm so oft gesagt hatte, dass die Hoffnung zuletzt stirbt.

Als sich also die leise Chance auf eine endgültige Flucht aus Eritrea ergab, ergriff er sie. Geld für die gefährliche Reise mit den Schleppern hatte er nicht, dafür aber zwei gesunde Nieren.

Von einem befreundeten Straßenjungen hatte er gehört, dass dessen Cousin seine Reise nach Europa so bezahlt hat. Dem ginge es dort richtig gut, erzählte Sam eines Abends, als sie sich gerade einen Schlafplatz in einem verlassenen Hauseingang suchten. Joseph war sich nicht sicher, ob die Geschichte stimmte, aber er klammerte sich an die Hoffnung.

Er ist nicht dumm. Als er eingesperrt in seinem Käfig kauert, ist ihm klar, dass ihn der schöne Italiener angelogen hat. Aber irgendwie hofft er trotzdem noch, dass er das alles überleben wird. Dass alles gut wird.

Als sich die schwere Tür das nächste Mal quietschend öffnet und sie kommen, ahnt er, dass jetzt er an der Reihe ist. Panik schnürt ihm die Luft ab. Kein Geräusch kommt aus seinem Mund. Er will schreien und sich wehren, aber er kann nicht. Schockstarre. Sie tragen ihn fort. Gemeinsam mit drei anderen Kindern.

Die schwere Tür ist bereits ins Schloss gefallen, die Motoren wummern gleichmäßig, da hört man Michael immer noch rufen. Dann ist es plötzlich leise. Sogar das Klopfen und Brummen der Motoren ist nur noch gedämpft zu hören in dem Raum, in den sie ihn gebracht haben. Die Hoffnung stirbt zuletzt, hat seine Mama gesagt.

Dann ist das hier wohl das Ende.

----- AM ABEND -----

»Alles okay?«

Es war ein Wispern, mehr nicht. Und eine zarte Berührung an ihrer rechten Hand. Wie der Flügelschlag eines Schmetterlings. Es dauerte einige Augenblicke, bis sie verstand, dass da wirklich jemand war. Dass jemand sie tatsächlich gefunden hatte. Sie hob ihren schweren Kopf von den Unterarmen, die sie verzweifelt um die Knie geschlungen hatte. Wie damals als Kind, wenn sie sich vor dem Leben verstecken wollte. Hatte wieder einmal nicht funktioniert.

Es gab kein Entkommen aus diesem Albtraum.

Sie blinzelte und sah ihrer Retterin in die besorgten braunen Augen.

Mayumi!

Der Engel in Mintgrün.

»Can I help you? Kann ick helfen?« Sie hatte sich neben die zusammengekauerte Person gehockt und wartete geduldig auf eine Antwort in einer der fünf Sprachen, die sie verstehen konnte.

Aber Stephanie wusste keine. Wahrscheinlich konnte ihr niemand helfen. Sie wusste ja selbst nicht, wie sie hier gelandet war. Und damit meinte sie nicht nur den riesigen Vorratsraum voller Salatköpfe, Kartoffelsäcke und Obstkisten, sondern alles. Diesen ganzen verdammten Schlamassel.

Irgendwie hatte sie sich, nachdem sie die Crewmesse verlassen hatte, im Labyrinth der Lagerräume verstrickt. Panisch war sie hin und her geirrt, bis sie die Orientierung vollkommen verloren hatte.

Und plötzlich hatte sie wieder das Mädchen gesehen. Den

leblosen nassen Körper, die blonden Haare, die blauen Lippen. Sie konnte das Salz auf ihren Lippen schmecken, ihre Hände zitterten, sie fröstelte, als ob sie selbst durchnässt wäre. Die furchtbare Enge in ihrer Brust war zurückgekehrt, sie schnappte nach Luft und lief weiter. Kopflos in die eine, dann wieder in die andere Richtung. Als sie zum sechsten Mal an den gestapelten Boxen voller Mangos und Avocados vorbeigerannt war, gab sie erschöpft auf und ging zu Boden. Dort hatte sie ausgeharrt, bis Mayumi sie fand.

Stephanie versuchte sich hochzurappeln, aber es gelang ihr nicht. Nach dem dritten vergeblichen Versuch ließ sie sich von der kleinen Philippinerin helfen, die überraschend stark war.

»We are not allowed here! Komm!«, sagte Mayumi.

Stephanie folgte wortlos.

Noch mal vorbei an den Mangos, den Reissäcken und der Haltbarmilch. Ums Eck Richtung Süßwaren.

Moment!

Als sie an einer Kiste mit Schokoriegeln vorbeiliefen, fiel es ihr plötzlich wieder ein.

»Snickers!«, rief sie laut aus. Sie erinnerte sich an ihre schwarze Hündin. Die treuen braunen Augen, das weiche Fell und die Wärme, die der Labradormischling verströmte, wenn er ihr abends vor dem Fernseher auf den Beinen lag wie eine tonnenschwere Schmusekatze.

»Nur für Gäste! Sorry!«, sagte Mayumi, ohne stehenzubleiben. Sie konnte nicht wissen, dass Stephanie als Jugendliche beschlossen hatte, ihre Haustiere nach Schokoriegeln zu benennen. Dem Kater Mars und dem Zwerghasen Balisto folgte vor vier Jahren der flauschige Hundewelpe Snickers.

Der Gedanke an ihre Hündin tat ihr im Herzen weh. Was

war mit ihr passiert? Wo war sie? Ging es ihr gut? Ein Gefühl sagte ihr, dass das Tier auf sie wartete. Nur wo?

Unbemerkt hatte Mayumi sie aus dem Labyrinth der Vorratsräume herausgelotst und zeigte einen endlosen Flur entlang. »Just down there. Left. There it is.«

Stephanie drückte ihre Hand. Nur für einen Moment.

»Thank you! Ich hätte meine Kabine nie gefunden.«

Mayumi schüttelte den Kopf und deutete noch einmal in dieselbe Richtung. Energisch fuchtelte sie mit dem Zeigefinger durch die Luft. »Hospital! Go! Get help!«

Endlich verstand sie und nickte bedächtig. Sie wollte etwas entgegnen, sah dann aber den strengen Blick, der keine Widerrede duldete. Sie wollte sie nicht enttäuschen und ging brav los.

»Okay!« Der Ausdruck in Mayumis Augen verriet ihr, dass sie etwas zu wissen schien, das sie nicht preisgeben konnte.

Gerade wollte Stephanie sich noch einmal umdrehen, um mit ihr ins Gespräch zu kommen, da war das Zimmermädchen bereits verschwunden. Wie eine rettende Fee aus einem Märchen. Nur der zarte Duft von Lavendel vermischt mit Spuren von Badreiniger hing noch in der Luft.

Unentschlossen trat Stephanie noch eine Weile von einem Bein auf das andere. Ihre Turnschuhe quietschten auf dem glatten Linoleumboden, als sie den Flur entlangging, der gespenstisch menschenleer war.

Sie war sich nicht sicher, ob es eine gute Idee war, dort hinunterzugehen. Ein unbehagliches Gefühl befiel sie. Trotzdem wollte sie ihr Versprechen halten und setzte einen Fuß vor den anderen. Langsam und vorsichtig. Bei jeder Tür, die sie passierte, suchte sie kurz Schutz im Türrahmen, spähte nach rechts und links, dann schlich sie weiter. Es war die vorletzte Tür vor dem Ziel, die mit einem Ruck hinter ihrem Rücken geöffnet wurde. Sie erschrak furchtbar und stieß einen kleinen Schrei aus.

Dann atmete sie tief durch und musterte den kleinen Mann mit der Lesebrille und dem schütteren Haar, der mit einem angebissenen Croissant vor ihr stand. Ein Grinsen machte sich auf seinem runden Gesicht breit.

»Erwischt!«, schmatzte er und wischte die rechte Hand an seinem weißen Arztkittel ab. »Bitte verraten Sie das nicht meiner Frau! Wir machen gerade Diät.«

Stephanie nickte verständnislos, während der ältere Herr über seinen eigenen Scherz kicherte und an ihr vorbeiging. Er bog links in die nächste Kabine ein. »Prof. Dr. med. Hubert Dvorak – Leitung Bordhospital« stand auf dem Schild neben der offenen Tür. Ein Bürostuhl knarzte, als er sich hinsetzte. Ein Glas wurde abgestellt.

»Die Nächste, bitte!«

Stephanie lugte um die Ecke in die Kabine hinein. Er notierte sich gerade etwas auf einem kleinen Schreibblock und sah nicht auf, während er in breitem Wiener Dialekt sprach.

»Hereinspaziert, meine Liebe! Nur nicht schüchtern sein! Sie haben Glück, dass ich heute Spätdienst habe.«

Sie zupfte ihr Outfit zurecht, das ihr in dieser Situation umso peinlicher war. Das Motto der großen Crewparty waren die achtziger Jahre gewesen, und Stephanie hatte sich von Annemarie überreden lassen mitzugehen.

»Du willst doch dazugehören, oder?« Eigentlich wollte sie das lieber nicht, aber allein in der Kabine würde sie wohl auch nicht herausfinden können, was mit ihr passiert war.

Sie fügte sich dem Spaßmandat und hatte pragmatisch zum Aerobic-Outfit des Vortages gegriffen. Annemarie nahm sie dann noch mit in den Kostümverleih hinter der Messe, wo sie ein Paar knallpinke Stulpen und eine himmelblaue Jacke mit Neonstreifen fand, und – voilà – mit einer Palmenfrisur war das Kunstwerk perfekt. Sogar Annemarie war beeindruckt, während sie ihr Make-up großflächig über ihr Gesicht verteilte. Sie selbst hatte mit ihren gekreppten Haaren, dem Leopardenkleidchen und den Retrorollschuhen natürlich noch einen draufgesetzt.

Doch nun saß Jane Fonda II. bei Dr. Plundergebäck und wartete. Zwei Minuten lang blieb das Prickeln des Mineralwassers auf dem Schreibtisch das einzige Geräusch, das zu hören war. Sie saß auf einem unbequemen Besucherstuhl gegenüber und versuchte halbwegs seriös zu wirken, als sie ihre Beine mit den pinken Stulpen übereinanderschlug. Die großen goldenen Ohrringe klimperten und kitzelten sie an den Wangen.

»Wie kann ich helfen?«

Er hatte den gravierten Füllfederhalter beiseitegelegt und musterte sie intensiv.

»Ich fühle mich nicht gut.«

Er sagte nichts. Wartete, ließ die Stille wirken.

Sie rutschte nervös auf dem Holzstuhl hin und her. Räusperte sich. Und gerade, als sie etwas sagen wollte, begann er leise zu sprechen. Bedächtig und ohne den Blick von ihr zu nehmen.

»Übelkeit? Kopfschmerzen? Schwindel?«, flüsterte er mit gelangweiltem Unterton.

»Ja.«

»Was davon, bitte?«

»Alles.«

»Alles?«

»Ja.«

»Wie lange schon?« Er zückte wieder sein teures Schreibgerät, ließ es versonnen zwischen den Fingern hin- und herrollen, als versuchte er den Moment noch einmal zu durchleben, als ihm das lieb gewonnene Geschenk von einem renommierten Kollegen überreicht worden war.

»Ich kann mich nicht erinnern.«

Seine plötzlich erhobene buschige Augenbraue machte sie nervös. Wie ein Raubvogel, der eine Maus witterte, die sich bisher gut versteckt hatte. Sie versuchte ihre steigende Anspannung zu verbergen, indem sie ihm fest in die Augen sah.

»Irgendwie bekommt mir der Wellengang nicht. Kann das Wasser nicht besonders gut leiden.«

»Ja, warum haben Sie sich denn dann überhaupt für diesen Job beworben?«, fragte er mit sarkastischem Unterton. Er schien sie nicht ernst zu nehmen.

»Das ist eine gute Frage.«

Der Mediziner schien mit ihren Antworten nicht zufrieden, brummte missbilligend, weil sie seine Zeit verschwendete. Wahrscheinlich wartete irgendwo noch ein zweites Croissant auf ihn. Dann begann er zu schreiben. Wieder Stille, bis auf die Feder, die über das Papier kratzte. Ein unangenehmes Geräusch.

Sie nutzte die Zeit, um sich ein wenig in seinem Büro umzusehen. Ihr fiel auf, dass der Raum über zwei Türen verfügte. Die unscheinbare Schiebetür, die sich zwischen den Bücherregalen versteckte, schien nicht zu einem privaten Raum zu führen, denn Dr. Dvorak war nicht von dort gekommen.

»Wo führt eigentlich diese Tür hin?«, hörte sie sich fragen und war selbst überrascht, dass sie es laut gesagt hatte. Fast genauso überrascht wie der Herr Doktor, der für einen Moment aus seiner Rolle fiel. Er wirkte ertappt und sah selbst zweimal zwischen der Tür und seiner eigenartigen Patientin hin und her. Und wieder hin.

»Äh … also, das hat mich noch niemand gefragt.«

Stephanies Neugier war geweckt. Während er sich nervös das schüttere Haupthaar raufte und anscheinend schwer nachdenken musste, sah sie sich weiter im Raum um.

Behandlungsliege.

Mülleimer.

Kommode mit Zubehör, Handschuhen, Stäbchen und anderen medizinischen Utensilien. Als sie sich wieder Richtung Tisch drehte, nahm sie gerade noch den Blick wahr, mit dem er sie gemustert hatte.

Nachdenklich, alarmiert, kalt.

Er reichte ihr den Zettel vom Behandlungsblock und machte mit seinem Stuhl eine erstaunlich leichtfüßige Drehung zum großen Schrank hinter sich, aus dem er eine weiße Packung hervorholte. »Ich gebe Ihnen etwas gegen die Beschwerden. Bitte nicht mehr als drei Tabletten täglich. Und keinen Alkohol!«

Sie nickte und starrte auf die kleine Schachtel in ihrer Hand.

»Es ist ein Kühlraum. Für Medikamente und Blutkonserven«, sagte er, und dabei klang auch seine Stimme eiskalt.

Lautstark erhob er sich von seinem Stuhl und ging um den Tisch herum. Er begleitete sie bis zur Tür und schob sie nach draußen auf den Flur.

»Gute Besserung! Auf Wiedersehen!«

Sie erhaschte gerade noch einen Blick auf den Mülleimer neben dem Eingang. Eigenartig, dort lag ein abgetragenes Paar Kinderschuhe. Lange blieb sie unbeweglich vor der geschlossenen Tür stehen und starrte aus zwei Zentimetern Entfernung auf das Holzimitat. Was sie noch stutziger machte als die Schuhe, war die gläserne Vase auf dem Schränkchen daneben. Diese war bis oben hin mit kleinen Geschenken für brave Patienten gefüllt: Lollis, kleine Tütchen mit Gummibärchen, Plastiktiere, glitzernde Haarspangen.

Und unzählige kleine Regenbogenradiergummis.

Ihr wurde schwindelig.

Stephanie Mayrhofer hastete eilig zurück Richtung Crewmesse, von dort würde sie den Weg zu ihrer Kabine finden. Das Geklimper und Geraschel ihres farbenfrohen Outfits begleitete sie und kam ihr nun vollends absurd vor. Sie blieb stehen und schloss für eine Sekunde die Augen. Sie stand vor einer großen dunkelgrünen Stahltür, »Müllraum – Waste« stand auf einem Schild, und Stephanie drückte die Klinke herunter. Die großen goldenen Ohrringe hatten sie schon die ganze Zeit gestört, sie musste sie loswerden. Sie betrat den warmen, übel riechenden Raum, in dem eine beachtliche Reihe systematisch angeordneter Müllstationen sie erwartete. Stephanie überlegte, wo der Modeschmuck am besten entsorgt werden könnte, als sie plötzlich innehielt. Im Augenwinkel hatte sie etwas wahrgenommen und drehte sich langsam zurück. Sie ging näher an den großen Container in der Ecke heran, der einen besonders intensiven Geruch verströmte. Sie presste eine Hand auf die Nase, um den Brechreiz unter Kontrolle zu halten. Ihre Schuhe machten beim Gehen ein schmatzendes Geräusch. Irgendetwas war hier ausgelaufen.

Im hintersten Eck unter dem Container sah sie nun genau, was sie vermutet hatte: ein Handy. Ein neues Modell und auf den ersten Blick unbeschädigt. Sie angelte mit den Fingerspitzen danach, aber es rutschte ihr immer wieder aus der Hand. Ein letzter Versuch noch.

Endlich erreichte sie mit einem akrobatischen Akt, auf ein Bein und einen Arm gestützt, das Objekt, das sie interessierte. Fest schloss sie die Finger um den harten Gegenstand und sprang auf. Nichts wie raus hier! Sie rüttelte am Griff und stürzte endlich zurück auf den Flur, wo sie nach Luft schnappte. Schweißperlen standen auf ihrer Stirn. Sie konnte das Gefühl nicht abschütteln, dass ihr der eklige Mief in alle Poren gekrochen war.

Es dauerte dreißig Kabinen, bis langsam wieder Ruhe in ihren Körper einkehrte. Der Schweiß fing an zu trocknen, sie atmete wieder normal.

Sie blieb stehen und musterte das schwarze klebrige Telefon in ihrer Hand. Eklig, aber trotzdem drückte sie den Einschaltknopf an der Seite.

Nichts.

Sie ließ es in die Tasche ihrer knisternden Jacke gleiten mit dem festen Vorsatz, es im Zimmer gründlich zu desinfizieren und auch ihre Kleidung zu entsorgen.

Sie lief zügigen Schrittes, als wüssten ihre Beine plötzlich wieder, was zu tun war und wohin sie gehen mussten.

Stephanie fühlte sich konzentriert wie lange nicht mehr, als wäre ein langsam heller werdendes Licht in ihrem Gehirn angeschaltet worden, als sie das Handy entdeckte.

»Es wundert mich, dass du überhaupt zurückgefunden hast«, sagte Annemarie, als sie dabei war, sich vom Discoleoparden zurück in die Mitbewohnerin zu verwandeln. Auch ihr Partyabend war nicht ganz nach Plan verlaufen, weil Edo nicht gekommen war.

»Mich hat es auch gewundert. Sehr sogar«, sagte Stephanie stolz. Dann ging sie unter die Dusche.

Wenig später saßen die beiden frisch geduschten Frauen auf dem viel zu kleinen Teppich vor ihrem Stockbett. Im Bademantel, die nassen Haare im Handtuchturban, und starrten auf das desinfizierte Mobiltelefon, das in Stephanies Schoß lag. Nach einer Viertelstunde am Ladekabel blinkte das Display verheißungsvoll auf.

Aber wie lautete die PIN? 1234 und 1111 hatten sie auf Annemaries Geheiß schon probiert, ein letzter Versuch blieb. Aber sie wagten es nicht.

»Schade. Wäre spannend gewesen zu erfahren, wem es gehört. Und wie es im Müllraum gelandet ist.«

Stephanie schwieg. Sie hielt die Arme verschränkt vor der Brust und überlegte. Dann nahm sie das Gerät wieder in die linke Hand, drehte es um und strich mit dem rechten Zeigefinger über die Rückseite. Dort klebte auf der schwarzen Schutzhülle ein Sticker: ein schwarzer Stern aus Samt, der sich eigentümlich vertraut anfühlte.

»Es ist meines«, murmelte sie.

Dann erhob sich Stephanie langsam, öffnete die Schublade der kleinen Lackkommode unter dem Fernseher und griff nach dem Handy, das sie bisher für ihres gehalten hatte. Darunter lag ihr Personalausweis, den sie zur Hand nahm. Dann ließ sie beides wieder in der Schublade verschwinden.

Annemarie beobachtete jede ihrer Regungen, still und gespannt.

Stephanie hockte sich wieder neben sie, griff nach dem Gerät und tippte vier Ziffern ein.

1012 – ihr Geburtsdatum.

Das Handy war entsperrt.

—

Er weiß, wie es sich anfühlt, wenn einen der Schlag einer kräftigen Männerhand im Gesicht trifft. Wie der Kopf verdreht wird, wie alles im Hirn durcheinanderwirbelt und man für einen Moment nicht sicher sagen kann, wo oben und unten ist.

Er weiß auch, dass es nichts bringt, um Gnade zu betteln oder gar zu heulen. Er hat gelernt, dass es am besten ist, den Kopf so gut es geht mit den Armen zu schützen und sich klein zusammenzurollen. Das tut er auch diesmal.

Er wartet.

Irgendwann wird er aufhören zu prügeln.

Michael Wagner hat in seinem Leben schon viel einstecken müssen. Sein Vater ist verstorben, als er gerade zwei Jahre alt war. Er kann sich nicht an ihn erinnern. An seine Mutter hingegen schon. Und damit meint er nicht nur ihr Schnarchen im Nebenzimmer. Katharina Wagner ist das, was man eine gute Seele nennen würde. Liebevoll, verlässlich, immer bereit, alles für die Familie zu tun. Ihre gutmütige Art wurde oft ausgenutzt. Das weiß sie, aber es ist ihr egal. Sie kann nicht anders. So war sie immer schon: die beste Mutter der Welt. Ihre einzige Schwäche war ihr schlechter Geschmack, wenn es um Männer ging. Michaels Vater war die Ausnahme gewesen, er trug sie auf Händen, war ruhig, intelligent und ein versierter Bauleiter mit großer Zukunft. Die erlebte er jedoch nicht mehr, denn bei einer Gasexplosion auf einer seiner Baustellen kam für ihn jede Hilfe zu spät. Nach seinem Tod hatten sich dann die trotteligen Taugenichtse und müden Lurche die Klinke in die Hand gegeben. Bis Holger auftauchte, Michaels zukünftiger Stiefvater. Und gerade der war gekommen, um zu bleiben.

Schon bei ihrer ersten Begegnung war er Michael nicht ge-

heuer gewesen – er erinnert sich noch genau daran, wie eklig er es fand, als Holger seinen behaarten Arm demonstrativ um die Schultern seiner Mutter gelegt hatte. So, als wäre sie ab sofort sein Eigentum. Es war ihr unangenehm gewesen. Natürlich sagte sie nichts. Holger strahlte von Anfang an eine gewisse Hinterhältigkeit aus, die sich einige Monate später durch die Fassade der aufgesetzten Nettigkeit gefressen hatte. Zuerst war es nur hie und da ein Klaps gewesen, aber als er sich erst mal häuslich bei ihnen eingerichtet hatte, schlug er Michael und seine Mutter regelmäßig windelweich. Noch heute ballen sich seine Fäuste, und die blanke Wut steigt in ihm auf, wenn er daran denkt. Nicht an die Tritte und Schläge oder die unangenehmen Fragen der Lehrer – nein, an die Ohnmacht, die er als Zehnjähriger empfunden hat, weil er seine Mama nicht beschützen konnte.

Es war der reine Zufall, der die Familie Wagner im Sommer 1991 vom sadistischen Holger befreite. Als er wieder einmal in Fahrt war, verlor er oben am Treppenabsatz das Gleichgewicht und stürzte hinunter.

Sie weinten keine Träne um ihn und haben nie wieder ein Wort über ihn verloren. Aber seine Mutter war danach nicht mehr dieselbe. Ein Teil in ihr ist damals zerbrochen. Bis heute lässt sie niemanden mehr in ihre Wohnung – nur Michael und ihre geliebte Enkeltochter Noemi. Das Zittern ist ihr geblieben, wenn sie hört, wie jemand den Schlüssel ins Schloss der Haustür steckt und diese öffnet. Obwohl sie weiß, dass er nicht mehr kommen kann und es nur einen Menschen außer ihr gibt, der einen Schlüssel hat: ihr Michael. Aber Holger hat seine Spuren hinterlassen. Auch in ihrem Gesicht, wo sie täglich versucht die Narbe an der rechten Schläfe zu überschminken, die vom Haaransatz bis zur Augenbraue läuft.

Michael ist abgedriftet. In die Vergangenheit, die so unangenehm ist wie die Gegenwart. Da fällt es ihm auf.

Es ist still.

Der Schläger benötigt eine Pause. Man hört gieriges Trinken. Michael lugt unter seinem linken Ellenbogen durch, den Arm hat er immer noch schützend um seinen Kopf gelegt. Es fällt ihm schwer, etwas zu erkennen, zu verquollen ist sein Gesicht, und die Augen brennen, weil Schweiß und Blut hineingelaufen sind. Zuerst sieht er nur die sommerlichen, hellbraunen Raulederschnürer, keine Socken an den Füßen. Dann das babyblaue Hemd weiter oben, das halb aus der khakifarbenen Chino hängt und riesige dunkle Flecken unter den Armen hat.

Langsam werden die hellblauen Ärmel wieder fest hochgeschlagen, bis über die Ellenbogen. Er streift eine verlorene, von der Sonne aufgehellte Locke aus dem gebräunten Gesicht und lässt die Halswirbel knacken. Kopf nach rechts, dann nach links.

Es kann weitergehen.

»Was willst du eigentlich?«, flüstert Michael ihm von unten zu. Er hat seine Deckung für einen Moment aufgegeben und liegt ergeben auf dem Rücken. Das gleißende Deckenlicht schmerzt in den Augen. Er schafft es kaum, sie offen zu halten. Der Boden ist kühl, es riecht nach einem klinischen Putzmittel. Alles erinnert an einen OP-Saal. Er spürt die Hitze der Panik aufsteigen und will sich umsehen. Wenn das so einfach wäre.

Das Atmen schmerzt fürchterlich. Es sind wohl mehrere Rippen gebrochen. Er muss husten, und plötzlich wird es schwarz. Der Schmerz hat den Schalter in seinem Bewusstsein umgelegt. Zu viel ist zu viel.

Als er seine zugeschwollenen Augen das nächste Mal zu öffnen versucht, ist es wieder dunkel. Nur durch ein kleines Fenster fällt schwaches Licht. Mondlicht. Zuerst befürchtet er das Schlimmste: zurück im Käfig. Doch dann bemerkt er die veränderte Geräuschkulisse. Kein Brummen und Pochen der Motoren, sondern etwas anderes: das Rauschen des Meeres. Gleichmäßig und laut. Ein wiederkehrendes Klappern begleitet die Wellen, es hört sich an wie ein metallischer Gegenstand, der im Rhythmus des Windes gegen eine Wand schlägt. Immer und immer wieder. Der Untergrund, auf dem er liegt, ist hart und glatt. Eine Bank, die für Michaels Körper ein wenig zu schmal ist, weshalb ihm der rechte Arm immer wieder hinunterrutscht, sobald er ihn entspannt. An den Wänden ringsherum sind Gurte befestigt, an denen Karabiner gegeneinander klimpern. Der Raum ist nicht besonders groß. Michael muss sich übergeben und will sich zur Seite drehen. Doch der bestialische Schmerz, der durch seinen Körper fährt, ist wieder da. Diesmal ist es nicht nur das Stechen des geprügelten Brustkorbes, sondern etwas anderes. Ein Ziehen, das von seiner linken Seite kommt. Er will sich aufrichten, aber das Licht ist schon wieder aus, bevor er den Verband ertasten kann, der in seiner Nierengegend angebracht ist.

SONNTAG

Tag 5: Der Kreis schließt sich
Palma
Wolken, 31 °C

Das Schnappen eines Feuerzeugs ist das erste Geräusch, das er wahrnimmt, als er wieder zu sich kommt. Dann die Helligkeit des Tages.

Jemand hockt direkt neben ihm. Er flüstert. So nahe an Michaels rechtem Ohr, dass er den heißen Atem spüren kann.

»Was hat er euch erzählt?«

Michael dreht langsam den Kopf in seine Richtung. Seine Lippen sind rissig, der Mund ausgetrocknet, die Anstrengung, Worte zu formulieren, zu groß. Natürlich weiß er, von wem die Rede ist: von Bonuccio, ihrem Kronzeugen. Was er aber nicht weiß ist, was das jetzt noch für eine Rolle spielt.

Das Schweigen irritiert den Mann, der neben ihm sitzt. Es zuckt rund um seine Mundwinkel, als würde er überlegen, was nun zu tun ist. Ob er ihn vielleicht gleich über Bord werfen sollte oder noch ein bisschen weiter quälen?

»Wenn es nach mir allein ginge, wärst du schon längst tot. Aber wir versuchen so wenige Leichen wie möglich zu hinterlassen.« Michael schnaubt verächtlich.

Der Kunststoff knackt in der Hitze des Sommernachmittags. Das Rettungsboot, das an der Längsseite des Schiffes an einer Winde aufgehängt ist, hat sich in eine kleine Sauna verwandelt. Gleißend hell liegt ihm der heute raue Ozean zu Füßen. Wolken türmen sich übereinander, noch sind sie hell, aber man spürt, dass es so nicht bleiben wird. Zu viel Spannung liegt in der Luft. Michael hofft, dass er nicht mehr hier ist, wenn der Sturm losbricht, der sich gerade weiter draußen auf dem Meer zusammenbraut.

Das Tuckern eines Motors unterbricht seine Überlegungen. Das Geräusch wird lauter, scheint näher zu kommen. Gemächlich erhebt der Italiener sich und schiebt die Abdeckung hoch, die ein schmales Fenster gegenüber verdeckt. Er lächelt, setzt sich wieder und deutet auf die kleine Luke. Lässig lehnt er den Rücken an die harte Wand, legt entspannt die schlanken Arme auf die aufgestellten Knie. Als hätte er alle Zeit der Welt.

Er spricht ruhig.

»Du wolltest doch alles ganz genau wissen …« Eine Pause, während er versucht einen Fussel von seinem feinen, blutigen Hemdsärmel zu zupfen. »Schau mal.«

Michael hat es geschafft, die Beine von der Bank rutschen zu lassen, und zieht sich mit Hilfe eines der Gurte langsam in eine aufrechte Position.

Nun befindet sich das kleine Fenster gegenüber genau auf Augenhöhe, die Wasseroberfläche wenige Meter unter ihnen. Jetzt sieht er auch das Motorboot, das das Kreuzfahrtschiff schon fast erreicht hat. Es wird von einem geduckten Mann gesteuert, unter einer Plane sind Kisten zu erahnen.

Dazwischen sieht er noch etwas anderes: die Kinder.
Noch mehr Kinder!
Es sind ungefähr zehn kleine Menschen, die dicht aneinandergedrängt kauern. Bewegungslos, apathisch, mit Klebeband auf den Mündern.
Seine Finger krampfen sich schmerzhaft an die Kante der Sitzbank. Diese verdammte Hilflosigkeit. Am liebsten würde er brüllen, aber dazu reicht seine Energie nicht mehr aus. Er kann sich kaum bewegen, kann ihnen nicht helfen.
Interessiert beobachtet sein Peiniger ihn von der Seite.
»Siehst du es jetzt ein? Es geschieht vor aller Augen, du kannst es nicht verhindern. Und deine kleine Freundin auch nicht.«
Sarah!
Michael sieht ihn panisch an, flehend.
»Eigentlich ganz sympathisch ... schade ...«
Er rappelt sich auf, klopft seine Hose ab und steckt das Hemd säuberlich wieder in den Hosenbund. Dann seufzt er und schiebt die feste Plane hoch, die die Einstiegsluke des Rettungsbootes verdeckt. Noch ein letzter Blick über die Schulter, auf den weichgeprügelten Haufen Mensch, der hinter ihm kauert, während er sich schon durch die Öffnung duckt.
»Mach dir keine Hoffnungen. Hier sucht dich niemand.«
Mit festen Schritten klettert er die wenigen Sprossen der Leiter hinunter, hüpft an Bord der Freedom of Spirit *und entfernt sich, eine leise Melodie auf den Lippen, die schnell vom Rauschen des Wassers verschluckt wird.*
Michael kann das Schluchzen nicht mehr zurückhalten. Die Schmerzen, die es verursacht, halten sich mit den emotionalen Qualen die Waage. Er denkt ans Sterben, daran, dass sein Leid ein Ende hätte. Wünscht es sich. Der Schmerz ist bestialisch.

Dann denkt er an die Kinder auf dem Schiff, an Noemi und an Sarah. Er muss sie wiedersehen.

Sein Körper fühlt sich heiß an, vor allem die linke Seite. Mit zittrigen Fingern tastet er unter sein T-Shirt. Er schreckt zurück, als er an seiner Seite den Verband spürt. Fassungslos sieht er an sich hinunter. Es ist kein Albtraum gewesen, diese schrecklichen Bilder aus dem sterilen Raum.

----- **AM ABEND** -----

»Jetzt halt doch mal die Fresse.«

An Tisch sieben hätte es in diesem Moment niemand wirkungsvoller formulieren können als Magdalena, die genug von dem Endlosgeplapper ihres Bruders Adrian hatte. Alle anderen am Tisch waren auffallend schweigsam und versuchten zu verstehen, was gerade passiert war.

Kurz zuvor war auch Briand zum Gala-Dinner erschienen. Gezwungenermaßen, denn viel lieber hätte er etwas anderes gemacht – nämlich Magdalena im Spielhaus des *Kids Club* zu küssen. Aus Mangel an Alternativen waren die beiden einander nähergekommen, und dieser Urlaub schien doch noch eine positive Wendung zu nehmen. Aber das war, bevor er leichenblass und ohne ein Wort zu sagen am Tisch erschienen war.

»Du kommst zu spät.«

Thorsten Ebel, heute Abend in ein türkises Hemd gehüllt, hatte nicht von der Speisekarte aufgesehen.

Thorstens Frau Brigitte bemerkte auch nicht, dass mit Briand etwas nicht stimmte, war sie doch beschäftigt damit, ihr Make-up in einem kleinen glitzernden Schminkspiegel zu kontrollieren.

Magdalena hingegen hatte sofort mitbekommen, dass Briand komplett verstört war.

»Alles okay?«

Sie schien ernsthaft besorgt über den Anblick, den er bot. Wie ein Häufchen Elend stand Briand da: mit hängenden Schultern, das Handy unbeachtet in der Hand. Er starrte ins Nichts, fand keine Worte. Dabei hätte er einiges zu erzählen gehabt.

Auf dem Rückweg von der üppig begrünten *Tropical Zone* vor der *Spa Area*, wohin Briand sich zum Kiffen zurückgezogen hatte, war er in das Herren-WC gestolpert. Er wollte sichergehen, dass er nicht zu stoned aussah für das Gala-Dinner. Während er seinen Anblick im wandfüllenden Spiegel checkte, von raumhohen Tapeten umgeben, die ihm das Gefühl vermittelten, er wäre mitten in einem Bambuswald gelandet, war er entspannt und zufrieden mit sich.

Dann sah er, dass die zweite Kabinentür hinter ihm offen stand. Etwas lugte heraus, etwas Eigenartiges. Er trat näher. Da lag er – der Tote.

Erst mit Verzögerung konnte sein Verstand verarbeiten, was die Augen sahen. Eine blutige Hand hatte sich im Türspalt verklemmt, so viel Blut.

Ein Messer.

Die aufgerissenen Augen.

Ruhig und noch frei von jeder Panik nahm Briand sein Handy und machte ein paar Fotos, bevor er sich Richtung *Dinner Club* in Bewegung setzte. Mit jedem Schritt wurde er etwas klarer im Kopf, und kurz vor dem Ziel blieb er plötzlich stehen. Er nahm sein Handy vor die Nase und wischte durch die Fotogalerie. Scheiße, das war tatsächlich passiert. Selbst im Drogennebel ahnte er, dass das real war.

Als er endlich bei der Tischgesellschaft ankam, wusste er nicht, was er sagen sollte. Deshalb legte er der armen Frau Blum, die ihm am nächsten war, kommentarlos das Handy auf die blütenweiße Tischdecke neben ihr Gedeck.

»Was hast du denn da, Herzchen?«, fragte die Rentnerin und angelte in ihrer Tasche nach der Lesebrille. Dann musterte sie das grausame Foto, das neben ihrem Teller lag.

»Um Gottes willen!«, entfuhr es ihr. So laut, dass auch an den angrenzenden Tischen die Gespräche eingestellt wurden und man sich neugierig umsah, womit der Herrgott denn heute Abend wieder belästigt werden sollte.

Sie blickte den verstörten Jungen an und sprang auf.

»Was ist das? Wo hast du das her? Wer ...«

Bevor sie all ihre Fragen zu Ende stellen konnte, begann Briand zu schluchzen. Da konnte sie nicht anders und schloss ihn in ihre warmen Oma-Arme.

Schließlich wurden auch die anderen aufmerksam, sogar Briands Eltern.

»Was soll denn das? Lassen Sie sofort mein Kind los!«, echauffierte sich Brigitte, die aufgesprungen war und Briand am Arm zog. Frau Blum trat einen Schritt zurück und verkniff sich jeden Kommentar. Unbeeindruckt strich sie ihm noch einmal liebevoll über die knochige Schulter. Er nickte langsam und ließ sich von seiner aufgebrachten Mutter wegziehen, leblos wie eine Puppe.

»Wos is denn des wida fia' Theater?«, motzte der bayerische Bär quer über den Tisch. Nicht, weil es ihn tatsächlich interessierte, sondern weil er sein schnöseliges Gegenüber mit dem Kommentar ärgern wollte. Es funktionierte, was ihm eine Genugtuung war. Er nahm genüsslich einen Schluck Bier.

»Das geht Sie überhaupt nichts an.« Thorsten Ebel war nun seinerseits auf Krawall gebürstet und auch ein wenig besorgt über den Zustand seines Sprosses.

»Wenn der Zirkus direkt vor meiner Nase stattfindet, dann ja wohl schon.« Maximilian Korb hatte sich bemüht, hochdeutsch zu antworten, sehr langsam, als Zeichen dafür, dass er den türkisen Thorsten für sehr dumm hielt. Das Spiel machte ihm Spaß, auch wenn seine Frau schon zum zweiten Mal versuchte ihn gegen das Schienbein zu treten.

Mittlerweile hatte Briands Handy die Runde um den Tisch gemacht und war bei seinem Vater angekommen. Dem verschlug es die Sprache. Dann sprang er so heftig von seinem Stuhl, dass dieser umfiel. Thorsten Ebel starrte wütend zu Boden, als könnte das Möbelstück etwas für diese Situation.

So stand er noch da, als endlich auch Stephanie an Tisch sieben angelangte. Wieder einmal deutlich zu spät, weil sie das zweite Handy nicht finden konnte. Sie war sich sicher, dass es zuletzt auf dem kleinen Tisch in der Kabine lag, konnte es aber weder dort noch sonst irgendwo in der Kabine finden. Schließlich gab sie die Suche erfolglos auf.

Als sie den *Dinner Club* erreichte, grübelte sie immer noch und bemerkte die eigenartige Stimmung deshalb erst, als sie bei ihrer Tischgesellschaft ankam. Dank des Tumultes blieb ihre Verspätung unbestraft, Oliver hatte andere Prioritäten. Stephanie näherte sich Frau Blum, um in Erfahrung zu bringen, woher der Aufruhr kam.

»Ach, meine Liebe! Wie gut, dass Sie da sind!«, sagte sie sichtlich mitgenommen.

»Es ist etwas passiert. Furchtbar!« Gabriele Blum drückte ihr Briands Handy in die Hand. Sie konnte nicht aufhören, den Kopf zu schütteln und dabei »furchtbar« zu murmeln.

Stephanie senkte den Blick Richtung Display.

Was zum …

Da verschlug es auch ihr die Sprache.

----- FRÜHER AM TAG -----

Schon den ganzen Tag hatte sie ein unangenehmes Bauchgefühl begleitet, eine böse Vorahnung, eine Unruhe, die noch zunahm, nachdem sie das gefundene Handy entsperrt hatte.

Auf dem Gerät war eine einzige eingegangene Nachricht zu finden, die aus einer Ziffernfolge bestand.

37544.

Eine fünfstellige Zahl, die sie nicht deuten konnte. Ansonsten war das Handy vollkommen blank gewesen. Keine Kontakte, keine Fotos, keine Mails, keine Apps. Nur diese eine SMS von einer unbekannten Nummer: »37544«.

Lange hatte sie noch mit Annemarie gegrübelt, was es damit auf sich haben könnte. Die Phantasie war mit ihrer Kabinenkollegin durchgegangen: Das musste der Zahlencode für ein Schließfach voller Schmuck und Geld sein. Stephanie wollte ihr diesen Traum nicht nehmen, aber sie spürte, dass das wohl nicht des Rätsels Lösung war und es sich um etwas handeln musste, das mit diesem Schiff und dieser Reise zu tun hatte. Und mit ihr selbst.

So ging sie alle Möglichkeiten durch. Zuerst hatte sie kontrolliert, ob es eine Kabine 37544 gab. Fehlanzeige. Sie hatte die Ziffern in ein Festnetztelefon eingegeben, vielleicht handelte es sich um eine schiffsinterne Nummer. Kein Anschluss. Sie hatte addiert und subtrahiert, Quersummen gebildet, Buchstaben aus dem Alphabet zugeordnet und schließlich festgestellt, dass sie kein mathematisches Wunderkind war.

Nichts ergab Sinn.

Ratlos hatte sie sich für den Dinner-Dienst fertig gemacht und das Handy erst einmal zur Seite gelegt. Als sie schon loswollte, hatte Mayumi mit frischen Handtüchern an der Tür geklopft. Neugierig sah sich das Zimmermädchen um, während sie flink die frische Wäsche ins Bad trug. Es wäre ein guter Moment gewesen, sie zu fragen, ob ihr etwas zu diesen fünf Ziffern einfiel. Oder ob sie etwas über Stephanies fehlende Erinnerung wusste. Aber die war spät dran und suchte im Kleiderschrank nur noch nach dem verdammten Namensschild. Und auch diesmal war Mayumi blitzschnell wieder verschwunden – und das Handy war nicht mehr zu finden.

Als Stephanie Mayrhofer wenig später abgehetzt bei der verdatterten Frau Blum ankam und einen Blick auf das Foto des Toten warf, bekam sie endlich ihre Antwort.

An der blutverschmierten Brust des verstorbenen Kollegen im Barkeeper-Outfit hing noch das Namensschild. Darauf stand unter seinem Namen – Christopher – sehr klein seine Mitarbeiternummer.

37544.

Stephanie machte auf dem Absatz kehrt und stürzte davon. Lief dorthin, wo sie normalerweise freiwillig nie hingehen würde. An Deck.

Dort stand sie wie versteinert, den stieren Blick auf das tosende Meer und den meterbreiten Streifen gerichtet, den das Schiff hinter sich in den Ozean schäumte. Kein Land in Sicht. Kein Ausweg. Ihre Hände krampften sich um das kühle Geländer. So fest, dass sich die Nägel schmerzhaft in die Handflächen bohrten. Obwohl sie bereits schnappatmete, kam kaum Sauerstoff in ihren Lungen an.

Sie kämpfte gegen die Panik.

Nein! Nicht jetzt, wo sie endlich einen Schritt weitergekommen war. Sicher nicht!

Einatmen, Luft anhalten, ausatmen – dazu *Bohemian Rhapsody* in ihrem Kopf.
Und plötzlich kam sie wieder im Hier und Jetzt an.

Sie kann nicht sagen, wie viel Zeit vergangen ist, seit sie den *Dinner Club* fluchtartig verlassen hat. Wie lange sitzt sie schon hier am Boden des VIP-Decks? Es können nicht mehr als fünfzehn Minuten gewesen sein, aber es fühlt sich wie eine Ewigkeit an. Die Enge in ihrer Brust ist gewichen, die Übelkeit leider noch nicht ganz. Aber sie hat das Gefühl, wieder sie selbst zu sein. Unfassbare Erleichterung. Und unfassbare Erschöpfung, die ihren Köper vollkommen lahmlegt. Selbst wenn sie gewollt hätte, könnte sie noch nicht aufstehen.
Sie lehnt den Kopf an die Glaswand hinter ihr, die den Poolbereich abtrennt, und schließt die Augen. Vor Freude laufen ihr Tränen über die Wangen, als ihr auch einfällt, dass ihre geliebte Hündin, die wirklich Snickers heißt, bei ihrer Nachbarin Else untergebracht ist. Sie erinnert sich an eine helle Wohnung mit Blick aufs Wasser, den Bodensee, ihr Zuhause. Ihr wird warm ums Herz. Und sie erinnert sich an einen Namen.
Sarah.
Ja, das passt.
Noch ein paar tiefe Atemzüge, dann wagt sie es, sich wiederaufzurichten. Wieder klammert sie ihre Hände an die Stahlseile, den Blick ruhig auf die Weite des Mittelmeers gerichtet. Sie fühlt Triumph. Sie ist überglücklich zu wissen, dass das hier nicht ihr wirkliches Leben ist.
Sie hat das Schlimmste überstanden.
Oder?

»Komm mit.«

Sie erschrickt. Wieder einmal hat sie ihn nicht kommen hören.

Bedächtig dreht sie sich um. Edoardo sieht verändert aus: müde und angespannt, kein italienisches Begrüßungszeremoniell, kein Lächeln, stattdessen ein kalter Blick. Sie ist sich nicht sicher, ob es eine gute Idee ist, ihm zu folgen. Aber die Neugier ist zu stark.

Edoardo hätte sich wohl im Schlaf auf dem Schiff zurechtgefunden. Zweimal rechts, dreimal links, einmal fallen lassen. Sie kann die Flut der Erinnerungsfetzen, die in ihr Bewusstsein drängen, nicht kontrollieren. Gerade fällt ihr ein, dass ihre Mutter gerne gestrickt hat.

Ihre Eltern.

Der Autounfall.

Der Schmerz, der sie immer noch mitten ins Herz sticht.

Und die Wut, die sie als Teenager rasend gemacht hat.

Warum musste das ausgerechnet ihr passieren? Warum hatten sie überhaupt zu diesem blöden Essen fahren müssen? Wie konnten sie sie und ihre Schwester allein lassen?

Ihre liebevollen Eltern.

Hannah und Ludwig.

Zwei der Namen, die sie für die Ewigkeit mit sich trägt.

Da fällt ihr Edoardos Bemerkung wieder ein. Wann, wenn nicht jetzt? Sie mustert ihn von der Seite.

»Wir sind da«, knurrt er in diesem Moment genervt.

Sie braucht kurz, um zu verstehen, was von ihr erwartet wird. Zu groß ist die Überraschung, dass sie so schnell an der Kabine 0619 angekommen sind.

»Mach schon endlich auf!«

Der Kommandoton, den er heute an den Tag legt, gefällt ihr nicht. Sie nimmt sich vor, auf der Hut zu sein.

Während sie ihre Jacke auszieht, lässt sie ihn nicht aus den Augen. Er nimmt auf ihrem Bett Platz.

Wie er da so sitzt, klein zusammengefaltet auf der Kante der unteren Etage des Holzbettes, und versucht sich mit der Hand die Müdigkeit aus dem Gesicht zu wischen, wirkt er plötzlich nicht mehr gefährlich. Er blinzelt sie aus seinen schönen Augen freundlich an.

»Geht es wieder?«

Er spricht ruhig und leise, in Gedanken versunken.

»Ja.« Sie ist sich nicht sicher, was genau er meint.

Sie beschließt, ihn reden zu lassen.

»Du kannst dich wieder erinnern?«

Nun ist ihr Interesse geweckt. Er weiß also von ihrem Aussetzer. Hat Annemarie sie verraten, die verliebte Amsel? Sie kann es nicht glauben. Er legt den Kopf schief und mustert sie, sein Gesicht kommt ihr nun bekannt vor. Vielleicht kennen sie einander doch schon länger? Noch nicht alle Gedanken in ihrem Kopf erscheinen ihr in der richtigen Reihenfolge.

»Also nicht. Okay, ich helfe dir auf die Sprünge.«

Und dann erzählt er eine Geschichte, die schlimmer ist als alles, was sie erwartet hätte. Eine, die so brutal und surreal klingt, dass sie einfach nicht wahr sein darf. Und doch spürt sie bei jedem seiner Worte, dass er sie nicht anlügt.

Er erzählt von Kinderhandel.

Gewalt.

Mord.

Von einem Spezialauftrag.

Von einer neuen Identität.

Von ihrer. Und von seiner.

Davon, dass er ihr italienischer Kollege ist und in Wirklichkeit Giovanni heißt.

An dieser Stelle hält er kurz inne, als wolle er ihr die Möglichkeit geben, gedanklich zu ihm aufzuschließen. Als er seinen Namen sagt, schießt es ihr heiß durch den Körper. Ja, das passt, so heißt er. Dann fährt er fort.

Erzählt davon, dass die ganze Sache von Italien aus gesteuert wird. Er erzählt mit ruhiger Stimme, ohne Eile und Emotion, ohne Details auszulassen. Von einem gesprächigen Kronzeugen, den sie in Konstanz festgenommen haben. Und davon, dass die Zeit drängt, weil es, wenn das Schiff übermorgen Mittag seinen Zielhafen erreicht, zu spät für die Kinder sein würde. Und für ihren Kollegen Michael.

Als er den Namen ausspricht, sieht er ihr noch mal bis in die Seele. Ihr Ausdruck verändert sich. Sie entspannt sich.

Michael!

»Wo ist er?« Es ist eine zaghafte Frage, als hätte sie Angst vor seiner Antwort.

Giovanni schüttelt nur den Kopf. Dann schweigt er.

Sie, eben noch Stephanie, die Entertainment-Versagerin, nun die Kriminalkommissarin aus Konstanz mit der schönen Wohnung am See, benötigt einige Augenblicke. In Gedanken wiederholt sie alles, was sie eben erfahren hat. Es ist wie ein Puzzle, das sich langsam wieder zusammensetzt.

Während die Erinnerungen nach und nach in ihr Hirn sickern, steht sie unbeweglich in der Kabine, die Arme hängen an ihrem Körper herab. Keine Regung, keine Miene.

Eine wichtige Frage hat sie noch: »Ich heiße nicht wirklich Mayrhofer, oder?«

Giovanni schüttelt die schönen Locken.

»Du heißt Sarah. Sarah Peters.«

Das fühlt sich richtig an.

Ein warmes Gefühl durchströmt ihren Körper. Von den Spitzen der Zehen bis an die Kopfhaut. Als würde sie sich langsam wieder mit Leben füllen.

»Ich hätte gerne einen Schnaps.«

Giovanni nickt. Das scheint eine legitime Forderung. Er rappelt sich aus dem Etagenbett, streckt sich zu seiner vollen Größe, und sie machen sich auf den Weg an die Bar. Dorthin, wo alles begonnen hat.

----- SPÄTER AM ABEND -----

»Noch zwei, bitte!«

Giovannis Finger klopfen im Takt von *U2* auf den dunklen Tresen. *I can't live, with or without you,* singt Bono herzzerreißend, denn heute ist an der Crewbar Romantic Night. Vielleicht war es aber auch nur ein Zufall, dass Freddie Mercury zuvor *Too much love will kill you* gesungen hat, eines von Sarahs Lieblingsliedern. Queen war die einzige Schnittmenge zwischen ihrer Vorliebe für die Songs der Achtziger und Neunziger und Michaels Musikgeschmack. Wenn sie gemeinsam Dienst hatten, lief selten etwas anderes im Autoradio. Zu Queen durfte sie mitsingen, sogar halblaut. Darauf hatten sie sich geeinigt, nachdem sie ihn während ihrer ersten Nachtschicht mit ihrer Interpretation von *Wake Me Up Before You Go-Go* in den Wahnsinn getrieben hatte. Wham! war seitdem ein striktes No-Go im Team Peters-Wagner. Scherzhaft nahm er seitdem immer Reißaus, wenn sie sich einem Radiogerät näherte.

Ein zartes Lächeln huscht über ihr Gesicht.

Es tut so gut, sich zu erinnern, wieder sie selbst zu sein. Sie spürt, wie ihre innere Ruhe zurückkehrt, die Besonnenheit, das Vertrauen in sich selbst. Endlich weiß sie auch wieder, warum ihr das Bayerische so vertraut ist. Die ersten sieben Jahre ihres Lebens hat sie in München gelebt. Bis zum Tod ihrer Eltern.

In Gedanken versunken beobachtet sie die präzisen Handgriffe, die Niklas bestimmt schon tausende Male wiederholt hat. Schnapsgläschen hinstellen, Tequila-Flasche greifen, aus einem Meter Entfernung eingießen, keinen Tropfen verschütten – ohne ein bisschen Show geht es nicht –, Flasche wieder wegstellen, Gläser auf die Bar. Nächster Kunde.

Mojito? Kommt sofort!

Er ist die perfekte Barmaschine – effizient und gutaussehend.

Niklas hat sie noch keines Blickes gewürdigt, seit sie die Bar betreten hat, dabei ist sie sich sicher, dass er sie bemerkt hat. Sie glaubt auch zu wissen, was dem netten Kerl im schwarzen Bar-Outfit die Stimmung vermiest hat. Oder besser gesagt wer: Edoardo, der eigentlich Giovanni heißt. Die Spannung zwischen den Männern ist spürbar. Und die Antipathie beruht auf Gegenseitigkeit, wie sie aus dem abfälligen Blick ihres Begleiters schließt. Noch kein einziges »Grazie« ist ihm heute Abend über die Lippen gekommen. Und dabei wirft er die doch normalerweise großzügig in die Runde. Ein »Ciao, Bella!« hier, ein »Bellissimo« da, gefolgt von Schulterklopfen und Küsschen und dem ganzen anderen Getue. Aber heute nichts.

Giovanni schweigt.

Auch sonst ist nicht viel los, heute ist niemand in Partylaune. Der Schock über den Toten in der Toilette steckt allen in den Knochen. Den Gästen, die sich auf unbeschwerte Tage gefreut hatten. Und dem Team, das dafür sorgen sollte.

Sarah spürt, wie Giovanni sie dabei beobachtet, wie sie wiederum den Mann hinter dem Tresen mustert. Sie räuspert sich laut, dann fasst sie sich ein Herz.

»Woher weißt du eigentlich von meinem Tattoo?«

Giovanni lächelt, bevor er das Tequila-Gläschen an die Lippen setzt. Er lässt sich Zeit, sagt nichts und beobachtet sie stattdessen.

Sarah beherrscht sich.

»Du kannst dich wirklich nicht erinnern?«

Versonnen dreht Giovanni das kleine Gläschen zwischen den manikürten Fingern hin und her. Nun ist es mit Sarahs Beherrschung vorbei.

»Jetzt spuck es endlich aus!«, entfährt es ihr.

Er hebt beschwichtigend die Hände.

»Okay, okay!«

Das Grinsen ist aus seinem Gesicht gewichen.

»Ich habe dich an dem Abend gefunden, als man dir wohl etwas in den Drink gemischt hat. Hast du dich nie gefragt, wie du in deine Kabine gekommen bist? In deinem Zustand?«

»Ich hatte angenommen, dass Annemarie mich mitgenommen hat … Hast du … Haben wir …?«

»Es ist nichts passiert. Keine Sorge«, murmelt er. »Dazu wärst du auch nicht mehr in der Lage gewesen.« Sarah atmet durch. »Aber sagen wir mal so: Richtig korrekt bekleidet warst du auch nicht mehr.«

Sie nickt langsam, so hat sie es vermutet. Hier lassen noch ein paar Teile ihrer Erinnerung auf sich warten. Aber warum sollte er sie anlügen?

Sarah erschrickt, als sich plötzlich ein Arm um sie legt.

»Erwischt! Ja, wen haben wir denn da?«

Annemarie säuselt eine Oktave zu hoch, misstrauisch und mit beleidigtem Unterton. Sarah sieht ihr fest in die Augen und schüttelt langsam den Kopf. Sie versucht die Freundin zu beruhigen. »Willst du auch einen?« Ein Fingerzeig auf das leere Schnapsgläschen: »Wir mussten uns einen genehmigen nach dem Schock heute Abend. Furchtbar, nicht wahr?«

Annemarie sieht noch einmal von einem zum anderen,

dann quetscht sie sich auf den freien Barstuhl, der zwischen Giovanni und Sarah steht und bisher dafür gesorgt hat, dass beide genügend Platz hatten.

»Okay, einen nehme ich.« Sie will gerade Niklas ein Zeichen geben, als sie bemerkt, dass er bereits vor ihr steht. Der geschulte Barkeeper hat ihr in weiser Voraussicht längst ein Gläschen hingestellt.

Dann beginnt Annemarie zu erzählen, vor Aufregung verhaspelt sie sich ein paarmal. Sarah und Giovanni lauschen schweigend und werfen sich in stiller Übereinkunft Blicke zu.

Offensichtlich hat es, nachdem die Aufregung beim Captains-Dinner immer mehr um sich griff, vor einer Stunde so etwas wie eine offizielle Stellungnahme gegeben. Vor der großen Rezeption auf Deck 3, die Sarah von gestern noch gut in Erinnerung ist, hatten der Kapitän und der Schiffsarzt eine Erklärung abgegeben, um zu verhindern, dass Panik unter den Passagieren ausbricht, nachdem die Bilder von Briands Handy den Weg ins Internet gefunden hatten. Nun standen Kapitän Thomas Franke und der Erste Offizier vor den Passagieren und versuchten – erfolglos – souverän zu wirken.

»Liebe Gäste, wir sind jederzeit um Ihre Sicherheit bemüht. Es gibt keinen Grund, davon auszugehen, dass Sie bei uns an Bord in Gefahr sind.«

Diese vorbereitete Formulierung hätte sich Kapitän Franke, ein dicklicher Mann um die fünfzig, der mit Vollbart und Uniform jedes optische Kapitänsklischee erfüllte, wohl besser überlegen sollen. »Das hat sich der Tote bestimmt auch gedacht«, schallte es aus der Menge. Kapitän Franke begann unter der weißen Mütze zu schwitzen, und auch Dr. Dvorak hatte laut Annemaries Schilderungen ziemlich verstört ausgesehen. »Der hat eigentlich nichts gesagt und mehr gestottert, als vollständige Sätze zu formulieren.« Sarah muss an den überheblichen Mann von gestern Abend denken.

»Ihr könnt euch nicht vorstellen, was da los war!« Annemarie ist immer noch aufgewühlt, als sie mit geröteten Wangen davon berichtet. Sie leert ihren Tequila. Angst um ihr Leben scheint sie nicht zu haben.

Sie starrt in ihr leeres Gläschen.

Nach einer Sekunde des Schweigens fällt ihr noch etwas ein.

»Keiner hat ihn gekannt. Ich hab ein bisschen rumgefragt, nicht mal die Barkeeper hatten ihn schon mal gesehen!« Sarah und Giovanni wechseln erneut einen vielsagenden Blick, dann wenden sich alle drei Niklas zu, der gerade einen Fruchtfächer auf ein weites Cocktailglas baut.

»He, Hübscher!« Annemarie setzt ihr lieblichstes Lächeln auf, als Niklas sein Kunstwerk vollendet hat und sich umdreht. Fragend hebt er die Augenbrauen.

»Bin gleich da«, der Barkeeper schenkt seinem nächsten Gast, einer Kollegin, der Sarah an der Rezeption schon einmal begegnet ist, ein Grinsen und kommt zu ihnen rüber. »Noch einen?«

Annemarie winkt ungeduldig ab. »Was? Nein!«

Der Barkeeper verschränkt die Arme und sieht ratlos von einem zum anderen.

»Kanntest du den Toten eigentlich?«, platzt es aus Annemarie heraus. Niklas' Blick verfinstert sich, und er wendet sich wieder zum Gehen. Vorher wirft er Edoardo noch einen abschätzigen Blick zu. Seine Antwort klingt hart und emotionslos. »Nein.«

»Und das findest du nicht eigenartig?« Sarah kann nicht anders, sie muss dieses Gespräch beschleunigen. »Genau das wollte ich auch fragen: Ist das nicht seltsam?«, fügt Annemarie schnell hinzu.

Niklas hält inne. Er wählt seine Worte sorgfältig, überlegt.

»Vielleicht, weiß nicht, aber wenn er bisher nur Tagdienste an der Poolbar hatte, kann es schon sein, dass man sich nicht begegnet. Und es sind diesmal ziemlich viele Neue dabei.« Dieses Gespräch macht ihm offensichtlich keinen Spaß, er klingt genervt. »Darf ich jetzt weiterarbeiten? Bin ja anscheinend der Einzige, der das heute Abend noch tut.« Annemarie nickt. Sarah überlegt, und Giovanni starrt ihm noch eine Weile hinterher, während Niklas Minzblätter zupft und zerstoßenes Eis mit Rum begießt.

»Na ja, wir kennen ja auch nicht alle aus unserem Team, oder?«, bricht Annemarie das Schweigen.

»Ich bestimmt nicht«, sagt Sarah trocken.

Da muss auch Giovanni grinsen.

Er schiebt sein leeres Glas Richtung Niklas und rutscht von seinem Hocker.

»Allora, die Damen …« Annemarie bekommt zum Abschied sein schönstes Edoardo-Lächeln. Alles wieder gut. Dass es nur ein Ablenkungsmanöver ist, um Sarah unbemerkt ein Stück Serviette in die rechte Hand zu schieben, bemerkt sie nicht.

Sarah nickt und brummt eine Verabschiedung, betont desinteressiert, weiß sie doch längst, dass ein Treffpunkt auf der Serviette steht. Annemarie schmachtet Edoardo hinterher, als würde sie hoffen, dass er es sich doch noch anders überlegt und zurückkommt, um ihr seine Liebe zu gestehen. Sarah seufzt über Annemaries Naivität. Aber sofort kreisen ihre Gedanken wieder um den Toten.

Was, wenn das Opfer kein Barkeeper war? Wenn man ihm nur die Uniform angezogen hat? Wenn er in Wirklichkeit etwas mit ihrem Fall zu tun hat? Andererseits, warum wirft man ihn nicht einfach über Bord? Nichts ist einfacher, als eine Person von einem Kreuzfahrtschiff verschwinden zu lassen. Passiert statistisch gesehen öfter als zwanzigmal pro Jahr. Nicht ohne Grund sind Schiffsreisen auch bei Selbstmördern sehr beliebt. Rund 30 Prozent aller Suizide und anderen Unfälle auf einem Kreuzfahrtschiff bleiben ungelöst. Wäre doch so einfach gewesen, ihn unauffällig zu entsorgen. Keine Leiche, kein Rummel. Nix passiert! Höchstens ein bisschen schlechtes Gerede über den faulen Kollegen, der nicht zur Arbeit erscheint.

Sarah zwingt sich, wieder zu Annemaries Monolog zurückzukehren, die gerade laut überlegt, was mit der Leiche passiert, die man ja bis Marseille noch mitführen muss. Sie rümpft ihre Nase.

»Keine Sorge. An Bord jedes Kreuzfahrtschiffes gibt es eine Leichenhalle mit drei bis vier Kühlfächern«, murmelt Sarah vor sich hin. Es klingt wie eine Information, die eine brave Schülerin mal auswendig gelernt hat und jederzeit abrufen kann. Annemarie starrt sie mit offenem Mund an.

»Langsam wirst du mir unheimlich.«
»Erst jetzt?«
Annemarie wiegt den Kopf hin und her.
»Na, dann hoffen wir mal, dass die alle leer sind.«
»Was?«
»Na, die Kühlfächer!«

Annemarie lacht über ihren eigenen Scherz und bemerkt deshalb nicht, dass Sarah auf einmal hochaufmerksam geworden ist.

Der Kühlraum!

Der perfekte Ort, um jemanden zu verstecken oder verschwinden zu lassen. Sie muss ihn finden.

Und sie hat eine Vermutung, wo sie mit ihrer Suche beginnen sollte.

Sie muss unwillkürlich daran denken, wie nervös Dr. Dvorak geworden ist, als sie nach der Tür in seinem Behandlungsraum fragte.

»Ich gehe ins Bett.« Sarah springt von ihrem Hocker.

»Jetzt schon? Lass uns noch ein bisschen auf das Leben anstoßen!«

»Bitte nicht. Mir reicht's!«

Sie nickt Annemarie noch einmal zu und lässt sie mit der Überlegung allein, ob sie damit den Tequila oder das Leben im Allgemeinen meint. Niklas nickt ihr kurz zu. Er ist gerade in ein intensives Gespräch mit der zierlichen Italienerin von der Rezeption vertieft und säuselt in perfektem Italienisch: »Amare e non essere amti è tempo perso…« Sie nickt schmachtend.

Ohne sich noch einmal umzudrehen, geht Sarah Peters Richtung Ausgang. Sie ist aufgeregt angespannt, ihr Ermittlerdrang ist endgültig geweckt. Das Gefühl ist ihr vertraut. Diese Hoffnung, endlich die richtige Fährte aufgenommen zu haben, um das Rätsel lösen zu können, mobilisiert zusätzliche Energie.

Kurz spielt sie mit dem Gedanken, Giovanni als Verstärkung zu holen, verwirft diese Idee aber gleich wieder. Bei ihrem Orientierungssinn würde es viel zu lange dauern, bis sie seine Kabine gefunden hätte, deren Nummer sie nicht mal kennt.

Sie muss es allein schaffen.

Sie möchte niemanden in Gefahr bringen. Und vor allem will sie nicht mehr warten, sondern endlich Antworten! Das leise Warnsignal in ihrem Kopf ignoriert sie.

Es muss jetzt sein. Sie muss wissen, ob es noch weitere Tote gibt. Und sie muss endlich herausfinden, was mit Michael passiert ist.

—

Ein leises Klopfen weckt ihn wieder. Er hat keine Ahnung, wie viel Zeit vergangen ist. Es ist dunkel draußen, der Wind bläst böig um das Rettungsboot. Eine neue Schockwelle durchfährt ihn, als ihm einfällt, was passiert ist. Mit ihm, den Kindern. Eine zweite, als es noch einmal klopft. Diesmal ist er sich sicher: Es steht jemand vor der Luke.

»Ja.« Es ist ein Krächzen.

Die Luke öffnet sich, und anstatt des großen Südländers klettert diesmal eine kleine asiatisch aussehende Frau zu ihm ins Boot. Fast lautlos. Er entspannt sich.

Die zarte Person legt den Zeigefinger auf ihren Mund, deutet ihm, leise zu sein.

Die junge Frau hockt sich neben ihn in den schmalen Gang zwischen den Sitzbänken des Rettungsbootes. Sie öffnet den Reißverschluss ihrer Jackentasche. Es knistert. Dann legt sie ihm drei Tabletten auf die Zunge. Aus der hinteren Hosentasche zaubert sie eine kleine Flasche Wasser. Sie muss ein Engel sein. Langsam gießt sie ihm die kühle Flüssigkeit in den Mund, ihre zierliche Hand stützt dabei seinen Nacken, damit er sich nicht verschluckt. Es passiert trotzdem. Er hustet furchtbar, trinkt aber gierig weiter, gefangen im Kreislauf der Schmerzen. Seine Dankbarkeit ist grenzenlos, als die Flasche leer ist. Sie flüstert ihm etwas ins Ohr, bevor sie wieder auf dem Weg Richtung Ausgang ist: »Bitte geben Sie nicht auf! Sie sind ihre letzte Hoffnung!« Dabei drückt sie ihm einen Gegenstand in die Hand. Bevor er etwas fragen kann, ist sie schon davongehuscht.

Ein Engel in Mintgrün, der nach Lavendel duftet.

Erschöpft driftet er in einen Dämmerschlaf und wird erst von bestialischen Kopfschmerzen wieder geweckt.

Es ist kaum auszuhalten. Es klopft und pocht in Michaels Schädel. Der Schmerz in der Brust hat ein wenig nachgelassen, auch weil er versucht sich keinen Millimeter zu bewegen. Möglich auch, dass die Tabletten Wirkung zeigen. Es muss ein Schmerzmittel gewesen sein oder irgendeine andere starke Droge. Michael ist es egal, Hauptsache, der Schmerz kommt nicht zu schnell wieder. Mühselig versucht er sich ein wenig aufzurichten, um das Schwindelgefühl in den Griff zu bekommen. Er greift nach dem Gurt, der vor seinem Gesicht baumelt. Er schwitzt und ist zittrig. Weiße Blitze tanzen vor seinen Augen. Vorsichtig legt er die Hand auf seine linke untere Bauchseite, wo die Wunde durch den Verband nässt.

Er kann sich nicht mehr erinnern, wann er zuletzt etwas gegessen hat. Die brennenden Magenschmerzen haben aufgehört, auch das Knurren. Aber der Durst ist geblieben und treibt ihn in den Wahnsinn. Der Schluck Wasser, den Mayumi gebracht hat, war viel zu wenig gewesen. Er kann an nichts anderes mehr denken. Drei Tage kann ein Mensch ohne Wasser überleben. Drei Tage. Der ständige Ortswechsel, die Bewusstseinsausfälle und die Schmerzen machen es ihm unmöglich zu beurteilen, wie lange er bereits an Bord ist.

Er scannt das kleine Boot, das nach hinten hin schmaler wird, und schätzt, dass es Plätze für fünfzig Personen gibt. Furchtbar eng muss das sein, wenn es voll besetzt ist. Da fällt ihm etwas aus dem Schulungsprotokoll ein: Kapitel »Notwasserung«. »In jedem Rettungsboot muss eine vorgeschriebene Menge an Seenotproviant und Trinkwasser vorhanden sein.«

Proviant.
WASSER.
Aber wo?

Seine Hände krampfen sich um die Kante der Sitzfläche, aufstehen kann er nicht. Vorsichtig lehnt er seinen Rücken an die harte Wand des Bootes, schließt die Augen, alles dreht sich.

Aber Moment. Was war das?

Die rechte Hand sucht noch einmal die Sitzfläche neben seinem Hintern ab. Da ist ein Spalt, und irgendetwas haben seine Finger dort ertastet. Einen Gegenstand, der sich verkeilt hat. Er konzentriert sich so gut er kann. Wird hektisch, flucht verzweifelt und wischt hin und her.

Da!

Das Ding schlittert über die glatte weiße Bank und fällt am anderen Ende scheppernd zu Boden. »Verfluchte Scheiße.« Es können nicht mehr als drei Meter sein, die der Gegenstand entfernt liegt, aber das ist trotzdem außerhalb seiner Reichweite. Die Enttäuschung lässt ihn aufheulen. Dann macht er das Einzige, das ihm übrigbleibt. Er greift sich einen der Gurte, die entlang der Rückwand baumeln, und zieht seinen unwilligen Körper einen Zentimeter zur Seite. Stechende, beißende Schmerzen lassen ihn keuchen. Aber so könnte es gehen.

Stück für Stück rutscht er weiter. Je kleiner die Bewegungen sind, desto erträglicher. Und trotzdem entfährt ihm jedes Mal ein Schmerzensschrei, wenn die durchtrennten Bauchmuskeln angespannt werden. Mit jeder Wiederholung wird es schlimmer. Und dann sieht er es plötzlich am Boden neben sich liegen. Das, wovon er nicht zu träumen gewagt hat: ein Handy. Ein Geschenk des Engels.

Es liegt auf dem Boden. Schwarz und flach. Und unerreichbar.

Er schiebt mit dem rechten Fuß seinen linken Turnschuh von der Ferse. Dafür benötigt er drei Versuche. Mit den Zehen will er nun das Handy greifen. Er schwitzt vor Anstrengung, Schweiß läuft ihm über die Stirn, während er versucht auch noch seine Socke abzustreifen. Geschafft. Er schubst das Handy zwischen seine Beine, stabilisiert es mit einem und greift es mit den Zehen des anderen Fußes. Als er das Gerät schließlich in seiner Hand hält, kann er es selbst kaum glauben.

Jetzt einen Notruf absetzen?

Michael bietet alle verbliebenen Kräfte auf, um klar zu denken. Schmerzen vernebeln sein Urteilsvermögen. Er überlegt, dreht seinen Schatz in der Hand hin und her. Der Empfang hier draußen ist schlecht: ein einsamer Balken, der immer wieder verschwindet. Michael kennt nur eine Handynummer auswendig: Sarahs.

Moment. Was ist das?

Er streicht mit dem Daumen über die Rückseite der Schutzhülle. Das kann doch nicht sein ...

Er hat diesen schwarzen Samtstern schon einmal gesehen. Er weiß, wessen Handy das ist. Genauer gesagt war er dabei, als der Sticker angebracht wurde. Von seiner Noemi, die ihn großzügig verschenkt hat.

An Sarah.

Scheiße.

Er wählt. Und wartet.

Auch wenn er weiß, dass niemand abheben wird, muss er es versuchen. Er braucht die endgültige Bestätigung.

Besetzt.

Er nimmt das Handy vom Ohr. »Anruf in Abwesenheit. Unbekannte Nummer«, steht da.

Er drückt die Wahlwiederholung. Wieder besetzt. »Anrufe in Abwesenheit (2)«.

Er will es nicht wahrhaben. Will nicht einsehen, was es bedeutet. Bitte nicht.

Er durchsucht das Handy, es ist leer. Wie gerade eben gekauft. So wie sie es vor diesem Auftrag vereinbart haben. Nur eine SMS ist darauf zu finden. Ein fünfstelliger Code: 37544.

Er kennt diese Ziffern.

Es ist die Nachricht, die er selbst Sarah noch geschickt hat. Nein, nein!

Was ist mit ihr passiert? Wo ist sie?

----- NOCH SPÄTER AM ABEND -----

Wie knackt man ein Schloss?

Sie erinnert sich an ihre Ausbildung. Schießübungen, Nahkampf ohne Waffen, Strafrecht und Tatortsicherung – sogar die letzte Nachschulung zu Datenschutz und Erster Hilfe. Aber beim Thema »Türschloss öffnen« fällt ihr nicht sehr viel ein, außer dem Bild eines lauen Frühlingsnachmittags in einem grauen Schulungszimmer und einem Täschchen mit diversen Dietrichen, Haken und Bohrern auf dem Tisch vor ihr. Alle schön der Größe nach geordnet, alles furchtbar langweilig.

Sie erinnert sich sogar daran, was sie damals über diese Schulung gedacht hat: schon wieder Wissen, das ich niemals brauchen werde! So wie damals in der Schule die Vektorrechnung, das französische Wort für Meisenknödel oder die Information, dass Napoleon eine ausgeprägte Katzenphobie gehabt haben soll. Keine dieser Informationen erscheint in ihrer jetzigen Situation hilfreich, und eine *Boule de Graisse* ist gerade genauso wenig zur Hand wie eine hungrige Meise. In der Realität wird ohnehin der Schlüsseldienst oder das Sonderkommando gerufen, wenn es eine Tür zu öffnen gilt. Oder der Schließzylinder gesprengt, wenn es eilig ist. Die Lockpicking-Spezialschulung erschien ihr völlig unnötig.

Doch in diesem Moment hat sie ihre Meinung geändert.

Sie hält inne, um ihre Taschen abzuklopfen, ganz nach Vorschrift trägt sie heute das schwarz-weiße Ensemble. Nur der biedere Hosenanzug mit der weißen Bluse erinnert noch daran, dass sie an diesem ereignisreichen Abend für den Dinner-Dienst eingeplant war.

Nachdem sie Blazer und Hosentaschen erfolglos kontrolliert hat, geht sie weiter. Nichts, außer der Serviette, die Giovanni ihr vorhin zugesteckt hat. Sie schiebt das dünne Papier zurück in die Hosentasche, ohne es zu lesen.

Sarah dreht um. Vielleicht doch lieber zuerst ein Zwischenstopp in der Kabine? Irgendetwas Brauchbares muss es dort doch geben, um ein Schloss zu knacken. Aber während sie noch überlegt, auf welchem Deck sie sich überhaupt befindet und wo die nächste Treppe sein könnte, verwirft sie die Idee schon wieder. Sie beschließt, vor Ort zu improvisieren.

Also wieder zurück.

Moment – aus welcher Richtung ist sie gekommen? Als sie erneut an der Crewmesse vorbeiläuft, wird Sarah klar, dass sie sich mal wieder hoffnungslos verlaufen hat.

Im Augenwinkel nimmt sie wahr, dass jemand eilig hinter ihr vorbeiläuft. Jemand, der weiß, wo es lang geht. Es ist Niklas, der angespannt und verärgert wirkt. Sarahs Interesse ist geweckt. Eine Mischung aus Instinkt, Neugier und Leichtsinn bringt sie dazu, ihm zu folgen.

Niklas kennt den Weg genau. Er ist wild entschlossen, dreht sich kein einziges Mal um und bleibt erst stehen, als er sein Ziel erreicht hat, das überraschenderweise dasselbe ist wie ihres: die Tür neben dem Eingang zum Hospital.

Energisches Klopfen. Sarah kann sich gerade noch in die Nische hinter dem Feuerlöscher ducken, als Niklas prüfend nach rechts und links sieht. Beim zweiten Klopfen wird ihm geöffnet, auch Dr. Dvorak wirft einen hastigen Blick den Flur entlang. Schnell schließt er die Tür wieder, man hört ein lautes Klack – abgeschlossen.

Sie muss näher heran, vielleicht kann sie etwas hören. Vorsichtig schleicht Sarah von Tür zu Tür, am Eingang der Krankenstation vorbei, wo hinter dem Empfang ein gelangweilter junger Mann auf sein Handy starrt. Nur noch zwei Türen, gleich ist sie da. Stimmen dringen nach draußen, offensichtlich ist es eine hitzigere Unterhaltung. Es rumpelt, sie zuckt zusammen und drückt sich eng an die Doppeltür neben der Praxis. Sie spürt die eisige Kälte des Metalls durch den dünnen Blazer, die nass geschwitzte Bluse klebt unangenehm an ihrer Haut.

Noch einmal wagt sie einen großen Schritt nach vorne und legt ihr Ohr an die Tür des Schiffsarztes. Sie versteht nur Wortfetzen.

Die schneidende Stimme des Arztes: »… wissen, was das soll … zum Teufel … nicht vereinbart.« Niklas' wütende Antwort: »… keine andere Möglichkeit … viele Fragen.«

»Ja, wen haben wir denn da?«

Minzfrischer Atem neben Sarahs Ohr. Sie zuckt zusammen.

Eine starke Hand legt sich auf ihre rechte Schulter. Sie atmet aus, hält einen Moment inne, bevor sie sich blitzschnell umdreht und mit einer gekonnten Bewegung den Arm des Angreifers an Handgelenk und Trizeps packt. Gerade will sie ihn fixieren, als sie erkennt, wer vor ihr steht: Giovanni.

Sie lässt ihn los und tritt einen Schritt zurück. Er grinst und hebt beide Hände. »Sehr gut, Frau Kommissarin! Komm, lass uns verschwinden!«

»Spinnst du! Wo kommst du denn her?«, fragt sie schroff.

»Annemarie.« Seine Antwort ist knapp, als wäre die Frage überflüssig. Sarahs Puls beruhigt sich langsam, sie atmet aus und nickt bedächtig. So viel Geistesgegenwart hätte sie ihrer Kollegin gar nicht zugetraut.

»Wir gehen zu mir«, sagt er.

»Hast du jemanden gesehen?« Kaum in seinem Zimmer angekommen baut Giovanni sich vor ihr auf und beginnt sie auszuhorchen. Etwas Bedrohliches liegt in der Luft, sie beobachtet jede seiner Regungen genau. Er hat die Brille auf dem kleinen Tisch abgelegt, gemeinsam mit seiner coolen Art, die er bisher als Edoardo zur Schau gestellt hat. Seine Augen sind gerötet, er wirkt nervös. Sarah beschließt instinktiv, zu lügen.

»Leider nein.« Er kneift misstrauisch die Augen zusammen.

»Ich habe aber zwei Männer lautstark diskutieren gehört.«

Giovanni horcht auf.

»Worüber haben sie gesprochen?«

»Keine Ahnung. Es waren nur Gesprächsfetzen, die ich aufgeschnappt habe. Einer hat sich wohl nicht an eine Vereinbarung gehalten.« Sie zuckt mit den Schultern. »Dann warst ja du schon da und hast mich zu Tode erschreckt.«

Er nickt noch einmal kurz, ist mit ihrer Antwort zufrieden. Dann beginnt er in der kleinen Kabine, die er allein bewohnt, auf- und abzuwandern, als würde er überlegen, wo er mit seiner Erzählung beginnen soll. Sarahs nasse Kleidung klebt noch immer am Rücken, inzwischen eiskalt. Sie bemerkt es aber kaum, die Anspannung ist zu groß.

Sie unterbricht seine Wanderung, indem sie bewusst seinen Weg kreuzt.

»Weißt du etwas über den Toten? War er einer von uns?«

»Ja.«

»Und?«

Er seufzt. »Er war einer von euch. Sollte sich im Bar-Team umhören, weil es den Verdacht gibt, dass dort einer der Drahtzieher zu finden ist.« Er wartet ihre Reaktion ab. Hat er bemerkt, dass sie bei seinen Worten erschrickt, weil sie daran denken muss, wen sie gerade noch verfolgt hat? Niklas, den allseits beliebten Barkeeper. Everybody's Darling, den König der Ananas.

»Was ist passiert?« Sie hofft, dass er ihre Zaghaftigkeit als Anteilnahme deutet.

»Er hat wohl zu viel gefragt. War an einer Sache dran, wir wollten uns noch heute Abend treffen.« Giovanni dreht auf dem Absatz um, versucht einige Male seine Haare nach hinten zu streichen, die aber weiterhin widerspenstig abstehen, und beginnt schließlich wieder auf und ab zu marschieren, die Arme hinter dem Rücken verschränkt.

»Wir sollten unbedingt sein Zimmer durchsuchen.« Sarah geht Richtung Tür, will am liebsten gleich los. Es müssen endlich Antworten her, sie ist lang genug im Dunkeln getappt.

»Bloß nichts überstürzen. Ich bin bereits dran, einen Zimmerschlüssel zu besorgen.« Die Ruhe, die er ausstrahlt, kommt ihr unangebracht vor. Sie seufzt unzufrieden.

Dann sprechen sie über das weitere Vorgehen. Nur noch ein Tag, bis die *Freedom of Spirit* übermorgen ihren Zielhafen erreicht. Die letzte Station morgen: Barcelona. Da sind immer viele Tagesausflüge gebucht, was bedeutet, dass das Schiff bis zum frühen Abend nahezu menschenleer sein würde. Sie beschließen, sich aufzuteilen. Giovanni wird das obere Crewdeck inklusive Küche und Lager inspizieren, während Sarah beteuert, dass es ihr nichts ausmacht, sich auf den unteren Decks umzusehen, wo auch die Arztpraxis liegt.

»Wir dürfen uns nichts anmerken lassen, müssen unsere Rollen weiterspielen«, sagt er eindringlich.

Sie vereinbaren, sich vor dem großen Captains-Dinner zu treffen, er schlägt den *Kids Club* vor. Sie nickt, hört nur noch mit einem Ohr zu, denn bei dem Gedanken an Michael und die Kinder, die sie unter Deck finden könnte, hat sie Schwermut erfasst.

Sarah verabschiedet sich gedankenverloren und geht zu ihrer Kabine. Sie grübelt immer noch, als sie vor der Tür mit der Nummer 0619 steht und in ihrer Hosentasche nach dem Schlüssel greift. Giovannis Abschiedsworte hallen nach: »Sei vorsichtig! Hast ja gesehen, was passieren kann.« War das eine Drohung? Oder Paranoia? Sie wird nicht schlau aus ihm.

Sie hält die weiße Karte an die Tür.

Biep, die Tür entriegelt mit einem lauten Klick.

Annemarie liegt auf ihrem Bett, sichtlich wütend. Sie sagt kein Wort, schnaubt nur verächtlich, als Sarah die Kabine betritt, und wendet sich demonstrativ ab.

»Willst du darüber reden? Oder sollen wir uns zuerst ein bisschen anschweigen?«

Annemarie ist überrascht von dieser Antwort. Fast sieht es aus, als würden sich ihre Gesichtszüge entspannen, dann weicht sie ihrem Blick aus und fummelt an ihrem Bettbezug herum. Sie ist sich nicht sicher, was sie erwidern soll.

»Überleg es dir ruhig noch einen Moment. Muss sowieso mal«, sagt Sarah gespielt unbekümmert und verschwindet im Badezimmer, wo sie sich endlich aus ihren Sachen schält.

Sie steigt unter die Dusche, und als die warmen Tropfen über ihr Gesicht laufen, schließt sie für einige Sekunden die Augen und lässt los. Erst jetzt spürt sie, wie müde sie ist. Nicht nur körperlich, sondern emotional komplett erschöpft. Aber fürs Ausruhen bleibt keine Zeit, und so schnieft sie noch einmal und dreht den Hahn zu.

Das Handtuch macht ein quietschendes Geräusch, als sie versucht den angelaufenen Spiegel des Minibadezimmers frei zu wischen. Sie dreht sich leicht und betrachtet ihr Schulterblatt mit der Hibiskusblüte.

Sibylle.

Das tote blonde Mädchen. Sie erinnert sich daran, wie kalt ihr Körper gewesen ist. Wie schwer sie war. Sie hatte es kaum geschafft, sie an Land zu schleppen. Aber sie konnte sie nicht zurücklassen, eher wäre sie mit gestorben. »Meine kleine Billi«, flüstert sie in den Spiegel. »Wir wollten doch für immer zusammenbleiben.« Eine Träne läuft ihr über die Wange. Ein lautes Schluchzen entfährt ihr, sie schlägt die Hand vor den Mund.

»Alles okay?« Ein zaghaftes Klopfen.

Annemarie klingt besorgt. Sie hat die Stirn an die geschlossene Badezimmertür gelehnt und lauscht. Ihr Ärger ist verflogen. Sie spürt, dass etwas nicht stimmt. Sarah räuspert sich übertrieben laut. »Bin gleich da.«

Sie muss sich wieder in den Griff bekommen. Mit hängendem Kopf weint sie ins Waschbecken. Danach spürt sie die Erschöpfung endgültig in jeder Faser ihres Körpers. Sie öffnet die Tür.

Wenig später sitzen die beiden Frauen wieder mal auf dem kleinen Teppich vor ihrem Etagenbett und schweigen. Sarah hat ihren Kopf an Annemaries Schulter gelegt. Sie ist ihr dankbar für die Stille. Auch wenn sie weiß, dass ihrer Mitbewohnerin tausend Fragen auf der Zunge liegen.

Sarah Peters streckt den Rücken, lässt den Kopf einmal nach rechts, dann nach links kreisen. Wirbel knacken.

Dann beginnt sie zu erzählen.

Leise, langsam und ohne Pausen berichtet sie von den Erkenntnissen der vergangenen Stunden, die sich wie Jahre anfühlen. Von ihrem Zusammenbruch, ihrer wahren Identität, dem Auftrag, den Kindern und von Michael. Sie weiß, dass alles, was sie sagt, vertraulich ist, aber sie braucht zumindest eine Person an Bord dieses Schiffs, die ihre Verbündete ist. Jemanden, dem sie ohne Vorbehalte vertrauen kann. Jemanden, der kein doppeltes und dreifaches Spiel spielt. Sonst wird sie endgültig verrückt.

Annemarie hält ihre Knie mit den Armen fest umschlungen und hört Sarah regungslos zu, sagt kein Wort. Auch nicht, als Sarah fertig ist. Ihr Blick wirkt abwesend, nach innen gewandt, als müsste sie die Informationen erst mal für sich allein, in ihrem Bewusstsein ordnen. Dann rappelt sie sich hoch.

Sie geht zur Garderobe, nimmt eine dünne Jacke, steckt ihr Handy ein und wendet sich Richtung Tür. Als sie die Klinke bereits in der Hand hält, dreht sie sich noch einmal um. Sarah sitzt immer noch auf dem Boden.

»Ich muss an die Luft.« Sie wartet. Sarah versteht und folgt ihr, obwohl sie eigentlich viel zu erschöpft ist, um die Kabine noch einmal zu verlassen.

Sie gehen zum *Steakhouse* auf Deck 4. Über das Aufpreis-Restaurant wird es morgen kaum Beschwerden geben, denn es ist heute nicht viel los. Die Ereignisse haben den Gästen wohl den Appetit verdorben.

Dank Annemaries Kontakten dürfen sie auf der Terrasse des dunkel getäfelten Restaurants sitzen, während drinnen noch die letzten Vorbereitungen für den nächsten Tag laufen. Hier sind sie ungestört.

Die Nacht ist sternenklar und frisch, Sarah ärgert sich kurz, dass sie keine Jacke mitgenommen hat. Das gekühlte Bier, das vor ihr steht, ignoriert sie. Aber etwas anderes lenkt sie schnell von der Kälte ab: das Brausen des Meers, das immer lauter wird. Der Sturm hat sie erreicht und lässt ihre Angst vor dem Ozean wieder aufflammen. Sarah setzt sich auf ihre Hände, damit Annemarie das Zittern der Finger nicht bemerkt, und konzentriert ihren Blick auf den Himmel. Nicht hinsehen, nicht hinhören.

Annemarie fragt sich, ob sie diese furchtbare Geschichte wirklich glauben soll. Vielleicht hält man sie ja wieder einmal für blöd? Aber der Zusammenbruch im Bad und Stephanies, Sarahs! verstörter Blick lassen nicht viel Spielraum für Interpretationen. So eine gute Schauspielerin ist sie nicht. Diese armen Kinder! Unweigerlich muss sie an ihre kleine Leni denken. Schmerzhafte Gedanken, die sie sonst verdrängt. Ob sie ihre Mama vermisst? Was, wenn sie dortbleiben will, bei ihrem Vater? Was, wenn sie eines dieser Kinder wäre, von dem Sarah erzählt hat? Sie schüttelt sich, will diese Überlegungen nicht einmal streifen und nimmt stattdessen einen großen Schluck.

Sarahs Gedanken sind geordnet wie schon lange nicht mehr. Eine kurze Atempause, bevor sie sich wieder aufmacht, um ihre Ermittlungen fortzusetzen.

Nachdem sie sich im Kühlraum umgesehen hat, muss sie unbedingt Mayumi finden. Die Philippinerin, die sich nahezu lautlos und unsichtbar auf diesem Riesenschiff zu bewegen scheint, weiß mehr, als man ihr zutraut. Sie muss sie bitten, sich für sie umzuhören. Wenn jemand alle Verstecke an Bord kennt, dann sie.

Nur noch einen Moment sitzen bleiben. Und während sie sich nun bewusst zwingt, auf die schwarze, wogende Masse zu starren, läuft ein Gedanke in Dauerschleife durch ihren Kopf: Ich hasse Kreuzfahrten.

Sie zieht die kalte Luft noch einmal tief in ihre Lungen.

»Hast du eigentlich das Handy gesehen?«

»Liegt doch auf dem Tisch, oder?« Versonnen dreht Annemarie die leere Flasche zwischen beiden Handflächen hin und her, als könnte sie sich daran wärmen.

»Ich meine das Ding aus dem Müllraum«, erklärt Sarah.

Schulterzucken. Das Tosen wird immer lauter.

»Weißt du, wie man ein Türschloss knackt?«

»Ist das hier das Quiz der seltsamen Fragen? Oder ein Verhör?«

Annemarie stellt die Bierflasche ab und beginnt sich ächzend hochzurappeln.

»Komm, lass uns gehen!« Sie streckt Sarah die Hand hin, um ihr aufzuhelfen. Dann fragt sie ernst:

»Was hast du dabei? Büroklammer? EC-Karte?«

Sarah versteht sofort und schüttelt energisch den Kopf.

»Ich kann dich da nicht mit reinziehen!«

»Das hättest du dir früher überlegen müssen.«

»Nein! Ich *will* dich da nicht mit reinziehen! Das kann noch ernsthaft gefährlich werden, wenn ich richtigliege!«

Annemarie sieht unbeeindruckt aus.

»Glaub mir, zu zweit sind wir viel unauffälliger.« Sarah lässt ihren Blick über die schlanke Blondine wandern, die heute ein pastellrosa Tanktop – natürlich bauchfrei – und hautenge Jeans trägt. Die sonnengebleichten Wellen ihres Haars fallen ihr in natürlicher Perfektion über die Schultern, die weißen Sneakers betonen ihre gebräunten Fesseln. Was macht sie eigentlich hier? Sie gehört auf das Cover einer Beauty-Zeitschrift. Annemarie ist vieles, aber nicht unauffällig.

»Ich öffne dir die Tür, und dann stehe ich Schmiere und haue ab, sobald es gefährlich wird. Großes Ehrenwort!« Sie hebt zwei Finger zum Schwur. Sarah weiß, dass sie einen Fehler macht.

—

Es ist wieder ein Fiebertraum, der ihn quält. Er wimmert und seine Finger zucken. Unruhig döst er schließlich wieder weg. Die furchtbare Geschichte geht weiter. Noemi ist da, seine Mutter, Sarah und Joseph. Alle weinen. Noemi sieht erwachsen aus, sämtliche kindliche Züge sind aus ihrem Gesicht gewichen. Statt frechem Funkeln ist eine tiefe Trauer in ihren großen braunen Augen zu lesen. Und Ärger. Eine Schwere, die sie nie mehr loslassen wird. Sie kämpft, versucht stark zu sein, groß. Legt ihren Arm um die zitternde Oma, als wäre sie nun für sie verantwortlich.

Es ist seine Schuld. Er hat sie allein gelassen, obwohl er ihr hoch und heilig versprochen hat, immer für sie da zu sein. Er ist ein Verräter, und sie wird ihm nie verzeihen.

Joseph sitzt neben ihr und starrt betreten in eine Tasse, in der ein schokobrauner Rand klebt. Er sieht schuldbewusst aus, kauert sich zusammen. Es hilft nicht, dass sie nicht müde werden zu betonen, dass das vollkommener Blödsinn ist. Seinetwegen ist Michael ausgerastet und hat so laut randaliert, dass sie nicht anders konnten, als auch ihn mitzunehmen.

Der Traum verändert sich, nun sind es Erinnerungen. Er kann nicht mehr genau sagen, ob er wach ist oder nicht, diese Linie seines Bewusstseins verschwimmt. Aber er spürt, dass es wirklich passiert ist.

Michaels Körper krampft sich zusammen. Er erinnert sich an Bilder, die er nie wieder sehen wollte. Ein hell beleuchteter Raum. Weiße Fliesen, Edelstahl, klinisch rein. Eine Arztmaske, noch grelleres Licht hinter dem vermummten Kopf. Mehrere Behandlungstische, reglose Kinder, Blut, Walzermusik. Zwischen den beschwingten Melodien leises Schluchzen aus einer anderen

Ecke. Er will die Augen schließen und sich nicht weiter umsehen. Will aufwachen, aber es gelingt ihm nicht. Zumindest einer muss hinsehen, sie nicht allein lassen, auch wenn er es nicht verhindern kann. Er dreht den Kopf nach rechts, nur ein wenig.

Joseph. Er liegt bewusstlos auf dem Tisch neben ihm. An seiner linken Seite eine lange Wunde unter dem Brustkorb, die gerade verschlossen wird. Der kleine, magere Körper zuckt bei jeder Klammer zusammen, die ihm ins Fleisch gerammt wird.

Der Nächste bitte!

Sie tragen ihn weg.

Zu den anderen.

Es sind mindestens fünf Körper, die nebeneinander auf dem Boden liegen. Kinder, keines älter als zwölf. Zwei wachen gerade wieder auf, beginnen zu zucken und zu wimmern.

Man hört schnelle Schritte. Das Knistern von Eis, Klacken von Hartplastik. Dann wieder Schritte und eine automatische Schiebetür. Schwusch und weg.

»Eine schaffen wir noch, bis sie ablegen. Sogar bei Nacht schaffen sie es in drei Stunden an Land.«

Es ist eine leise, schneidende Stimme. »Was passiert mit dem da?« *Der Arzt sieht Michael nicht mal an. Irgendjemand muss noch im Raum sein. Dennoch bekommt er keine Antwort, deshalb gibt er sie selbst.* »Sie finden morgen eine Lösung. Wir sind hier fertig mit ihm.« *Michael bemerkt, wie er an Armen und Beinen aufgehoben wird, spürt den stechenden Schmerz an der linken Bauchseite. Dann ist alles schwarz.*

Als er die Augen wieder öffnet, ist er in seinem Rettungsboot, an dem der Sturm rüttelt.

Immer noch. Oder schon wieder? Schwer zu sagen. Auf jeden

Fall ist er allein. War alles nur ein schlimmer Traum? Nein, es war real. Alles verschwimmt. Alles schmerzt. Er weiß, dass es nicht gut um ihn steht. Er liegt rücklings auf der unangenehm schmalen Bank, sein Arm hängt an der Seite hinunter. Als er diesen wieder hochschwingt, schlägt seine Faust gegen die Bank gegenüber.

Tong.

Er wird stutzig. Sie ist hohl. Er klopft noch einmal.

Tong, tong.

Dann erst erkennt er es: die beiden hauchdünnen Spalte unter der Sitzfläche und die Schlaufe in der Mitte. Er streckt die Hand aus und zieht daran. Fester. Noch einmal. Da fällt eine kleine Klappe auf und gibt den Blick auf ihren Inhalt frei: Wasserflaschen. Viele kleine Wasserflaschen. Proviant.

Er weint vor Erleichterung.

IN DER NACHT

Irgendwann, wenn das alles vorbei ist, muss Sarah Annemarie fragen, was sie eigentlich für eine interessante Vergangenheit hat. Keine Minute hat sie gebraucht, um mit der verbogenen Zimmerkarte die Tür zur Arztpraxis zu öffnen, als hätte sie nie etwas anderes gemacht.

Mit einer galanten Armbewegung und einer angedeuteten Verbeugung lädt sie Sarah ein einzutreten. Sie selbst scheint von ihrer Leistung wenig überrascht. Sie ist nicht unbedingt stolz darauf, aber in den langweiligsten Zeiten ihrer verkorksten Jugend hat sie sich regelmäßig in anderer Leute Wohnungen umgesehen. Geklaut hat sie selten etwas, es ging um den Kick. Viel mehr aber noch um die Flucht in ein anderes Leben. Meistens hatte sie einfach nur auf dem Sofa gesessen und sich vorgestellt, wie es wäre, hier zu wohnen. Bis es so spät wurde, dass sie schnell verschwinden musste. Zurück in ihr eigenes verhasstes Leben.

Annemarie Krüger hat früh gelernt, sich vor Männern in Acht zu nehmen. Nicht vor ihrem eigenen Vater, dem war sie immer schon egal gewesen. Er hat nie einen Hehl daraus gemacht, dass er ihr die Schuld am Tod ihrer Mutter gab, die bei der Entbindung verblutet war. Irgendwann hat sie begonnen, es zu glauben. Seine Geschäftspartner, die er für eine ausgedehnte Whiskey-Session nach erfolgreichen Vertragsabschlüssen gerne mit nach Hause brachte, hatten ihr schon im Grundschulalter Angst gemacht. Als sie zwölf Jahre alt war, rettete sie nur ihr kleiner Terrier Kiki mit seinem hysterischen Gekläffe vor dem ekligen Seniorpartner. Als ihr Vater dazukam, als sie heulend mit offener Bluse aus der Toilette rannte, erkundigte er sich bloß nach dem Befinden seines Chefs. Seitdem war sie auf der Hut gewesen oder eben nicht zu Hause. Und sie hatte Kickboxen gelernt, von Matze, dem älteren Bruder eines Schulkameraden.

In fremde Wohnungen stieg sie irgendwann nicht mehr ein. Nicht, weil es zu Hause schöner geworden wäre. Aber mit Matze verband sie bald mehr als nur der Kampfsport. Sie zog bei ihm ein. Er war ihre große Liebe und wurde Lenis Papa. Sie hätte alles von ihm haben können, eine richtige kleine Familie. Hätte endlich glücklich sein können. Aber sie konnte es nicht, hatte Angst, wieder schuld am Unglück aller zu sein. Und das war sie dann auch. Sie zerstörte alles. Fing eine Affäre mit Matzes bestem Freund an. Es ging ungefähr ein halbes Jahr lang. Damals war Leni gerade zwei geworden. Matze hat versucht ihr zu verzeihen. Wegen Leni und weil er sie immer noch liebte – das vielleicht bis heute noch tut. Aber er konnte den Vertrauensbruch und die Kränkung nicht vergessen. Dann ging er.

All das schießt Annemarie durch den Kopf, als sie mit wenigen geübten Handgriffen die Tür aufbricht. Vielleicht wird sie Sarah eines Tages alles erzählen.

Kühle Luft strömt ihnen aus dem dunklen Raum im Schiffsbauch entgegen. Auf dem Schreibtisch blinkt das kleine weiße Licht am Monitor. Stand-by. Also noch kein Feierabend?

Die beiden Frauen nicken einander zu. Sie müssen sich beeilen. Kein Gedanke mehr daran, dass Annemarie versprochen hat, draußen zu warten.

Sarah geht voran und scannt den Raum routiniert, bevor

sie die Tür hinter ihnen leise ins Schloss drückt. Sie tastet nach Stephanies Handy und denkt dabei kurz daran, dass sie ihr eigenes später weiter suchen muss. Dann öffnet sie die Taschenlampen-App. Zielstrebig geht sie Richtung Schreibtisch, während Annemarie das Licht ihres Telefons die vollgestopften Regale entlanggleiten lässt.

Sarah durchforstet die Papierstapel auf dem Tisch. Befunde, medizinische Berichte und Artikel – nichts Außergewöhnliches. Natürlich der feine Füller, auf den Hubert Dvorak besonders stolz ist. Sie zieht jede der drei Schubladen heraus. Auch hier nichts Ungewöhnliches. Gerade will sie das oberste Fach wieder schließen, da fällt ihr auf: Ausgerechnet die kleinste Lade ist schwerer als die anderen. Sie beginnt mit den Fingerspitzen den Innenraum abzutasten und spürt etwas in der hintersten Ecke des Bodens: einen kleinen Schlitz. Maximal fünf Millimeter, gerade groß genug für einen kleinen Schlüssel.

»He, Houdini!« – Annemarie tritt näher heran. »Kannst du da auch hinein?« Sie leuchtet in die Schublade, sodass sie nun den kleinen Metallschlitz gut sehen können. Annemarie greift in die rechte Hosentasche, dann in die linke und zieht eine Haarnadel heraus. Kinderspiel.

Sarahs Herz schlägt schneller vor Aufregung, als sie die Klappe öffnet, ein doppelter Boden, wie vermutet. Die Angst vor dem Inhalt des Verstecks lässt sie zittern. Ihre Finger schwitzen, als sie den abgegriffenen braunen Hefter herauszieht, der mit Zetteln und Fotos prall gefüllt ist. Sarah schiebt sich den Ordner am Rücken in den Hosenbund.

So leise wie möglich schließt sie die Schublade wieder. Sie wendet sich um, Richtung Schiebetür. Geräuschlos gleitet diese auf und gibt den Weg in den Kälteraum frei. Es surrt leise aus der hintersten Ecke, wo ein paar grüne Lämpchen blinken. Ihre Schritte hallen durch das sterile Hinterzimmer. Kein Zweifel, es handelt sich um so etwas wie einen kleinen Operationssaal. Der Geruch von Desinfektionsmittel hängt noch in der Luft.

Plötzlich ohrenbetäubender Lärm.

»Scheiße«, zischt Annemarie. In der Dunkelheit ist sie gegen einen kleinen Tisch gelaufen, auf dem allerhand Besteck lag. Es scheppert und klirrt. Sarah flucht leise und folgt mit ihrem Lichtschein einer Metallschale, die ratternd über die Fliesen rollt und neben dem Mülleimer liegen bleibt. Sie geht näher heran. Was sie darin sieht, lässt sie erschaudern. Sehr viele blutige Binden, Tupfer und Verpackungen. Es passt nicht zum sauberen Image dieser Reise, dass der OP-Saal so hinterlassen wurde.

Sie lässt das Licht weiter durch den Raum wandern. Angespannt und voller Angst davor, was in der Dunkelheit lauern könnte. Aber da ist nur Annemarie, die plötzlich ganz dicht neben ihr steht.

»Bitte lass uns verschwinden«, flüstert sie, und Sarah nickt. »Gleich!« Sie hat gefunden, wonach sie gesucht hat: die Leichenkühlzellen in der Ecke. Gerade will sie darauf zugehen, als sie hören, wie im Büro ein Schlüssel in ein Schloss geschoben wird. Heiße Panik steigt auf.

Sarah nimmt Annemarie beim Ellenbogen und versucht sie so leise wie möglich mit sich zu ziehen. Hinein in das OP-Zimmer, nach rechts an die Wand. Irgendwo dort muss doch diese Tür sein, vor der sie heute schon einmal gestanden hat und die Kälte durch die Wand spürte. Panisch tasten ihre

Hände, während im Büro Licht angeht. Schnelle Schritte sind zu hören.

Da! Ein Türgriff. Sie drückt ihn fest hinunter.

Ohne sich umzudrehen, rennen die beiden Frauen davon. Den Flur entlang, durch eine unscheinbare Tür, hinein in ein Treppenhaus, das Sarah heute zum ersten Mal sieht. Sie hasten zuerst ein Deck hinunter, an einer anderen Stelle wieder hoch, vorbei an verdutzten Hilfskräften, die im Hinterzimmer der Küche noch die letzten Aufräumarbeiten oder Vorbereitungen für morgen tätigen. Immer weiter. Nur nicht stehen bleiben. Bis sie in einem anderen kühlen Raum landen, in dem sich große Bierfässer aneinanderreihen. In der hintersten Ecke ducken sie sich zwischen die kalten Metallcontainer. Sarah nimmt Annemaries Hand und drückt sie.

»Danke.«

Als beide wieder zu Atem gekommen sind, späht Sarah hinter dem Turm aus Bierfässern hervor. Annemarie tut es ihr gleich. Die Luft ist rein. Erst jetzt zieht Sarah den braunen Hefter hinter ihrem Rücken hervor.

Sie überlegt. Dann schiebt sie das Ding unter ihren Pullover zurück. »Nicht hier.« Sie deutet Annemarie, ihr zu folgen. Es fällt schwer, den Schritt nicht zu beschleunigen, als sie noch einmal in den Flur einbiegen, der am Hospital vorbeiführt. Aber es gibt keinen anderen Weg.

Die Erleichterung steht beiden ins Gesicht geschrieben, als sie kurz vor der Crewmesse an der orangenen Brandschutztür angekommen sind. Als sie das Tor zum Shoppingcenter aufstoßen, atmen beide tief durch. Sie blicken die Palmen entlang nach oben durch die Glaskuppel, wo heute keine Sterne zu sehen sind, dafür dunkle Wolken.

»Wieso gehen wir nicht zurück zu uns?«, fragt Annemarie.

»Zu gefährlich. Wer weiß, ob uns nicht doch jemand gesehen hat.«

Annemarie presst die Lippen zusammen und nickt tapfer, als Sarah sagt: »Ich weiß wohin.«

Wie sie dorthin kommt, wird ihr Annemarie zeigen müssen.

----- 00:17 Uhr -----

Als sich die Schiebetür öffnet, von einem zarten Windhauch begleitet, hat gerade ein neuer Tag begonnen. Leise hat er sich angeschlichen und dem ereignisreichen fünften Kreuzfahrttag ein Ende gesetzt.

An einem anderen Tag hätte man den Abend damit ausklingen lassen, von der malerischen Altstadt Palmas zu schwärmen, sich über die Schnäppchen zu freuen, die man gemacht hat, über das obligatorische Selfie vor dem Bierkönig oder den atemberaubenden Ausblick von der Burg auf die Bucht von Mallorca. Oder einfach damit, in Vorfreude auf Barcelona, ein Glas Rioja zu genießen.

Doch diesmal war alles anders. Zu schockierend waren die Neuigkeiten, die sich vom *Dinner Club* wie ein Lauffeuer auf dem ganzen Schiff verbreitet hatten.

Die Nachtlokale hatten vorzeitig geschlossen. Offiziell aus »Pietät vor dem tragischen Ende eines Menschenlebens«, wie es über die schiffseigenen Mediakanäle hieß. In Wahrheit hatte man Angst vor einem Shitstorm – der einzige Sturm, der einem Kreuzfahrtunternehmen wirklich Angst machen kann.

Derweil schaukeln die Wellen den weißen Riesen hin und her, als wäre er eine kleine Nussschale.

In gleichmäßigem Takt donnert das Wasser gegen die Panoramascheiben der Restaurants und der Kabinen und zieht sich schäumend wieder zurück. Ein unendlicher Rhythmus, den nicht alle Mägen gut vertragen.

Der Sturm und die Ereignisse des Abends haben nicht nur die Lokale und Clubs leergefegt, in allen öffentlichen Bereichen herrscht gespenstische Leere. Die gläsernen Aufzüge öffnen und schließen sich wie von Geisterhand, je nachdem wie weit sich das Schiff gerade neigt.

Sarah und Annemarie sind am Ziel angekommen und halten inne, nachdem sich die automatische Tür zum *Kids Club* leise hinter ihnen geschlossen hat. Regungslos, flach atmend, voller Anspannung. Sie horchen in das Spieleparadies hinein. Alles ruhig. Nur das gedämpfte Toben des Wassers und die Klimaanlage, die gleichmäßig surrt und alle paar Minuten laut knattert.

Hier herrscht nächtliche Stille, Ruhe während des Sturms.

Sarah atmet bewusst und gleichmäßig und versucht sich darauf zu konzentrieren, dass es Dringlicheres zu tun gibt, als sich vor dem Untergang zu fürchten. Die Übelkeit aber bleibt, der kalte Schweiß auch, immerhin haben ihre Beine noch nicht den Dienst versagt. Annemarie geht zügig voran in den hinteren Bereich, Richtung Bällebad. Sarah folgt ihr so schnell wie möglich. Schweigend klettern sie den Spielturm in die Höhe, vorbei an sich drehenden Walzen, tanzenden Sandsäcken, Wackelsteinen, Seilgarten, bis in die oberste Etage. Dort, wo die geschwungene giftgrüne Rutsche nach unten führt, hocken sich die beiden auf den bunten Mattenboden.

Im Schneidersitz sitzen sie nebeneinander.

Sarah legt den abgewetzten Hefter auf den Boden. Langsam und bedächtig. Sie mustert Annemarie, die nervös an ihrer Unterlippe nagt.

»Bist du dir sicher, dass du das sehen willst?« Ihr Blick ruht auf der jungen Frau, die nervös ihre Fingerknöchel knetet. Die freche, leichtfertige Art, mit der sie sonst das Leben meistert, ist verschwunden.

»Nein.« Ein Flüstern, mehr nicht.

Sarah legt ihre Hand auf die verknoteten Finger von Annemarie und wartet, bis diese aufsieht. Eine Träne kullert zwischen den vielen Sommersprossen. Sie beginnt zu schluchzen und stützt den Kopf in ihren Händen ab. Sarah streicht ihr zart über das Haar, dann nimmt sie die Mappe hoch. Sie dreht sich zur Seite, damit ihre Freundin den Inhalt nicht mitansehen muss. Ihr kann sie es ersparen.

Dr. Dvorak hat genau Buch geführt. Vor ihr liegt eine Übersicht über Bestellungen, Sonderwünsche, Lieferstatus, Abtransport, Entsorgung, Kosten und Personal. Es geht ihr nah, schnürt ihr die Kehle zu und liegt ihr zentnerschwer auf der Brust. Sie versucht die Wut, die hochkocht, zu unterdrücken. Sie muss sich jetzt bemühen, ruhig zu atmen und sich nicht zu sehr aufzuregen.

Warum existieren diese säuberlich aufbereiteten Aufzeichnungen auf Papier überhaupt? Es fällt ihr nur eine Erklärung ein: damit es keine digitalen Spuren gibt, die nachverfolgt werden können oder nie ganz gelöscht sind.

Ein Räuspern, noch ein zweites Mal, dann beginnt sie wieder zu lesen. Von vorne. Sarah hat bereits einige Beweisakten in ihrer Laufbahn studiert, aber so etwas war noch nie dabei.

Es sind vierzehn aktuelle Bestellungen aufgelistet, die meisten davon Nieren (132 000 Euro pro Stück), gefolgt von Hornhaut (20 000 Euro) und – ihr stockt der Atem – ein Herz (110 000 Euro). Ein kleines Kinderherz. Die Tränen schießen ihr in die Augen. Die Empfänger der »Ware«, wie die Organe nüchtern bezeichnet werden, tragen die Namen von Disney-Figuren. Minnie Maus, Donald Duck, Aladdin und Co. haben allesamt dieselbe Wohnadresse in Neapel. Was wie ein billiger

Treppenwitz klingt, ist wahrscheinlich die Scheinadresse der Agentur, die ihnen die wertvolle Ware verkauft. Im vollständigen Wissen darüber, woher die Spenderorgane kommen, haben die wohlhabenden Kunden bestellt. Ein Leben für ein anderes.

Sarahs Magen krampft sich immer zusammen.

Sie zwingt sich weiterzulesen.

Neben einer der Bestellungen ist ein rotes Fragezeichen eingetragen. »Niere, Blutgruppe 0« steht da. Und in Versalien: FEHLT!!! Daneben ein Datum und eine Uhrzeit – gestern Abend kurz vor ihrem Arztbesuch. Ein Schauer läuft ihr den Rücken hinunter.

Sarah kann das Gefühl nicht abschütteln, dass dieser Ordner mehr ist als eine reine Dokumentation. Er ist die Lebensversicherung für Dr. Dvorak. Eine Übersicht über alle Machenschaften, die im Notfall auch gegen die anderen Drahtzieher verwendet werden könnte. Ein Druckmittel gegen Widersacher. Diese handfeste Sicherheitskopie kann nicht mit einem Klick von einer Festplatte gelöscht werden.

Der Blick wandert zu ihrer Freundin, die fassungs- und kraftlos dasitzt. Das Make-up verlaufen, die Frisur strähnig. Es wird Zeit, dass dieser Tag auch für sie endet. Im Moment können sie nichts tun, außer ein wenig Kraft zu tanken und einige Stunden zu schlafen. Eine Riesenwelle donnert backbords bedrohlich gegen das Schiff.

Sarah Peters legt alle Blätter wieder in den Ordner und steht auf. Sie sucht nach einer Frage, um Annemarie aus der Lethargie zu holen, irgendetwas Bangloses.

»Ist dir auch aufgefallen, dass es in unserer Kabine müffelt?«

Annemarie blickt auf, rappelt sich hoch und murmelt leise: »Wahrscheinlich der Prosciutto. Ich kümmere mich darum.«
Sarah nickt.
»Klettern oder Rutschen?«
Annemarie reibt sich die müden Augen.
»Blöde Frage. Rutschen natürlich.«
Sie sind schon fast an der Schiebetür angekommen, als sie ein leises Knacken hinter sich hören. Diesmal ist es nicht der Ozean, der am Schiff rüttelt. Es sind die Fingerknochen eines Mannes, der hinter ihnen steht. Annemarie entfährt ein Schrei, Sarah duckt sich und dreht sich blitzschnell um.
»Hallo, die Damen!«
»Scheiße, hast du uns erschreckt!« Annemarie entspannt sich, als sie Edoardo sieht.
»Hallo, Edo! Wolltest du auch noch ein bisschen rutschen?«, fragt Sarah.
Weil es so dunkel ist, kann sie seine Gesichtszüge schwer erkennen. Aber irgendetwas ist anders an ihm. Sie bemerkt, dass sich seine Schulterpartie ein wenig entspannt, als sie ihn mit seinem Decknamen anspricht. Sie muss versuchen, Annemarie da herauszuhalten. Ihr entgeht nicht, dass er noch blitzschnell etwas in der Hosentasche verschwinden lässt. Vielleicht einen Zettel, vielleicht aber auch nur ein Taschentuch.
»Sagt es nicht weiter, manchmal komme ich abends her und spiele ein bisschen PlayStation. Formula Uno.« Er kratzt sich am Hinterkopf.
»Allora. Darf ich die Ladys nach Hause begleiten?«
»Wenn es sein muss«, brummt Sarah und hofft inständig, dass er die Mappe, die sie sich vorsichtig wieder am Rücken unter den weiten Pullover geschoben hat, nicht bemerkt. Sie

will sich die Beweismittel zunächst allein durchsehen. In Ruhe. Erst wenn sie sicher ist, dass sie ihm vertrauen kann, wird sie mit ihm darüber sprechen.

Als ihr Kopf zwanzig Minuten später endlich das Kissen berührt, ist es fast drei Uhr morgens. Die See scheint sich langsam zu beruhigen. Das Schiff schaukelt nur noch sanft hin und her. Nur wenige Stunden, bis sie sich für die Morgenpredigt zurechtmachen müssen. Gerade jetzt ist es wichtig, nicht aufzufallen. Es dauert nur wenige Sekunden, bis sie in einen tiefen Schlaf fällt. Neben ihr liegt Annemarie, die inzwischen auch erschöpft eingeschlafen ist. Hätte man Sarah noch vor einer Woche gesagt, dass sie einmal jemanden im Bett neben sich dulden würde, sie hätte es nicht geglaubt. Es gibt wenig, das ihr unangenehmer ist. Doch heute macht sie für ihre Freundin eine Ausnahme.

Annemarie kann in dieser Nacht nicht in ihrem Bett schlafen. Unten. Allein. Unmöglich. Sarah versteht es und lässt es deshalb wortlos geschehen.

Ausnahmsweise, denn ihr geht es genauso.

MONTAG

**Tag 6: Die Masken fallen
Barcelona
Sonnenschein, 35 °C**

----- 04:38 Uhr -----

Sarah weiß sofort, dass sie nur kurz geschlafen haben kann, als ein leises Geräusch sie weckt. Noch bevor sie etwas hört, ist es ein Gefühl, das sie erschaudern lässt. Sarah versucht möglichst gleichmäßig und flach weiterzuatmen, obwohl sie sich sicher ist: Jemand ist in der Kabine.

Sie lauscht angestrengt und bildet sich ein, einen warmen Luftstrom an ihrem Nacken zu spüren.

Ruhe bewahren!

Sie zählt bis drei.

Sehr langsam. Gleichmäßiges Atmen, hämmerndes Herz.

Eins.

Zwei.

Alle Muskeln sind angespannt …

Klack.

Die Tür ist ins Schloss gefallen. Der schwache Lichtschein der nächtlichen Flurbeleuchtung ist die Zimmerdecke entlanggewandert und zusammen mit dem Eindringling wieder nach draußen verschwunden. Stille, dumpfe, schwere Stille, die in den Ohren rauscht. Sarah horcht in den Raum hinein. Konzentriert und ohne sich zu bewegen. Sie will sichergehen, dass die Person, die sich in ihrem Zimmer umgesehen hat, nicht noch hier ist und sie nur glauben machen wollte, dass sie wieder allein wären. Sie wartet. Dann streckt sie langsam die Beine und dreht sich auf die andere Seite. Mit ruhigen, langen Bewegungen, nur nicht hektisch.

Sie atmet noch einmal in ihr Kissen hinein.

Dann wagt sie es.

Es dauert eine Weile, bis sie die Umrisse ausmachen kann. Die Schrankwand gegenüber, die Tür zum Bad, wo Annemaries elektrische Zahnbürste grün blinkt, das kleine Tischchen neben dem Bett. Und darauf: die gestohlenen Beweise, die sie vor Müdigkeit nicht mehr versteckt hat. Alles noch da.

Allein die Augen wandern hektisch durch den Raum, der Körper liegt unbeweglich. Sie atmet auf. Vielleicht doch alles nur Einbildung?

Nein!

Auf keinen Fall wird sie Annemarie von dem nächtlichen Besuch erzählen.

Die restlichen Stunden bleibt ihr nur unruhiger Halbschlaf, aus dem sie alle paar Momente hochschreckt.

Sarahs Puls rast, als sie erneut aufwacht. Was ist passiert? Was hat sie verpasst? Sie wollte doch wach bleiben. Und doch hat die Müdigkeit sie übermannt. Was wenn er wiederkommt? Oder sie? Was wenn sie die ganze Zeit beobachtet werden?

Vor ihrem inneren Auge flimmert das Bild der dunklen Augen, die auf sie herabgesehen hatten. Sie hat nicht mehr daran gedacht, doch jetzt fällt es ihr wieder ein: Bösartig und unbarmherzig ist der Blick gewesen, ein teuflisches Funkeln. Es war eine Erinnerung, die sie quälte, so viel wusste sie mittlerweile. Das Bild des Moments kurz bevor ihr Bewusstsein in die Amnesie abgetaucht war. Die Fratze des Bösen, die sie wahrscheinlich die ganze Zeit über nicht aus den Augen gelassen hat. Ihre Hände beginnen zu schwitzen. Das Herz schlägt wild gegen ihren Brustkorb.

Sarah hat Angst.

----- **06:20 Uhr** -----

Annemarie und Sarah haben kaum ein Wort gewechselt, seit der Wecker ihnen vor fünf Minuten signalisiert hat, dass diese furchtbare Nacht endlich vorbei ist. Während Sarah nur mehr döste, quälten Annemarie schreckliche Albträume, in denen sie durch endlose Flure lief, ohne zu wissen wohin, nur die Stimme ihrer Leni im Ohr. »Mama! Bitte hilf mir!« Als sie die Augen öffnete, war sie erleichtert. Aber als die Erinnerungen zurückkamen, verschwand sie gleich im Badezimmer, um das Ausmaß ihrer Verzweiflung vor Sarah zu verstecken. Eine kleine Ewigkeit stand sie nur da und starrte in den Spiegel. Sie fühlte sich unendlich leer und hilflos.

Als nun endlich das Brausen der Dusche durch die Tür zu hören ist, nutzt Sarah die Gelegenheit und greift sich den Ordner. Das abgegriffene Ding liegt immer noch auf dem kleinen Tischchen neben dem Etagenbett. Eine Mischung aus Widerwillen und Neugier begleitet sie, als sie die erste Seite aufschlägt.

Die Fotos versucht sie zunächst auszublenden, legt sie stattdessen umgedreht neben sich und konzentriert sich auf die Protokolle, die jedem Auftrag beiliegen. Die Namen der Mitarbeiter sind mit Initialen abgekürzt, eine halbherzige Tarnung. Die Kombination G. D. taucht immer wieder auf, und nun gibt es für sie keinen Zweifel mehr.

G. D. – Giovanni Digresso, genannt: *Il Bello*.

Also doch.

Wie konnte sie das übersehen? Ein Fehler, der unbegreiflich bleibt. Das muss ein ganz spezieller Drogencocktail gewesen sein, den sie ihr verabreicht haben. Sie versucht den Ärger zu verdrängen. Immer noch hat sie nicht auf alle Informationen in ihrem Gehirn Zugriff.

Doch eine Erinnerung flammt urplötzlich auf:

Eine Besprechung im Kommissariat in Konstanz. Die Stimme von Papa Friedrich, dem Leiter ihrer Dienststelle, der die Fakten vorträgt, während Giovanni ihnen mit kalten dunkelbraunen Augen und streng zurückgegelten Haaren vom großen Bildschirm entgegenstarrt, ein kleines Lächeln umspielte dabei seine Mundwinkel. Arrogant sieht er aus, als wäre er sicher, dass sie ihn nie fassen könnten.

Mord, Entführung, Menschenhandel, Korruption – die Kriminalakte des international gesuchten Verbrechers aus Italien ist lang und lässt wenig aus. Die Skrupellosigkeit hat der gutaussehende Mann auf den Straßen Roms gelernt. Weil er es versteht, im richtigen Moment unterzutauchen und in eine neue Rolle zu schlüpfen, konnte er bisher nie gefasst werden. Er weiß sich zu verwandeln. An einem Tag Edoardo mit der lockigen, sonnengeküssten Frisur, den eisblauen Augen und einer hippen Brille – der freundliche, hilfsbereite Italiener von nebenan. Dann wieder zurück in seine Paraderolle: Giovanni Angelo Digresso – unbarmherzig, die Haare streng und dunkel, genauso wie seine Augen. Deshalb die Augenwischerei, es ist kein Zeichen von Unbehagen oder Müdigkeit! Er hat sie mit ein paar Kontaktlinsen und einer anderen Aufmachung ausgetrickst.

Dabei ist sie eigentlich dafür bekannt, genau auf solche Details zu achten. Sarahs Wut wächst, obwohl sie genau weiß, dass es nicht ihre Schuld ist, dass sie sich nicht erinnern konnte. Dass Digresso tatsächlich an Bord sein würde, war zum Zeitpunkt von Papa Friedrichs Vortrag nur eine vage Theorie. Die eindringliche wiederholte Warnung davor, dass der Typ vor nichts zurückschreckte, hat sie nun wieder im Ohr.

»Seid ihr euch sicher? Ihr müsst nicht dabei sein, wir könnten auch abgeben.« Sein Zaudern war ungewöhnlich, genauso wie dieser Fall.

»Nein, wir schaffen das!«, hat Sarah versichert. Michael nickte zustimmend. Sie waren sich einig, wie eigentlich immer, wenn es um wichtige Dinge ging.

Sarah zwingt sich weiterzulesen.

Die Initialen I. M. und O. F. tauchen immer wieder auf.

Die »Ware« soll in zwei Tranchen abgeholt werden. Eine bei Ankunft in Marseille morgen Mittag. Eine in der Nacht zuvor, also heute. »Eigenartig …«

Sarah murmelt vor sich hin, den Kopf in die Hände gestützt.

Sie bemerkt dabei nicht, dass Annemarie das Badezimmer verlässt und plötzlich neben ihr auftaucht. Das Handtuch, das sie um ihren schmalen Körper gewickelt hat, hält sie fest umschlungen. Schweigend beobachtet sie Sarah.

»Wie schlimm ist es?« Ihre Frage klingt zaghaft.

Sarah sieht langsam auf und schiebt eines der Fotos unter die Mappe. Es sind Bilder der »Bereitstellung«. Fotos von bewusstlosen, kleinen Körpern – mit mehr oder weniger großen Nähten und blauen Flecken, die jede Akte begleiten. Sarah fängt Annemaries Blick, die verzweifelt versucht ihre Fassung nicht wieder zu verlieren.

»Da steht, dass heute eine Übergabe stattfinden soll.« Sie flüstert. »Heute Nacht ... ein Austausch auf hoher See ...«. Sie massiert ihre Schläfen. »... das würde schon Sinn ergeben.«

Annemarie hört schweigend zu, dann spricht sie mit überraschend fester Stimme.

»Heute Abend während der großen Show fällt es bestimmt am wenigsten auf. Das klappt aber nur, wenn jemand beteiligt ist, der sich mit dem Sicherheitssystem auskennt.«

Sarah horcht auf. Da hat sie recht! Das Schiff ist mit einem modernen Überwachungssystem ausgestattet, sie erinnerte sich an die Schulungstage. Mit großem Stolz hatte Oliver jene Informationen vorgetragen, die niemanden außer ihn interessierten. Als hätte er jede Kamera und jeden Sensor höchstpersönlich installiert, überprüft und auf seiner detaillierten Liste abgehakt.

O. F.

Ist ihm so etwas zuzutrauen?

Ihr Finger wandert weiter im Protokoll zu den nächsten Initialen: N. M. – es scheint jemand Wichtiges zu sein.

»Wie heißt Niklas mit Nachnamen?«

Annemarie sieht sie zunächst verständnislos an, dann zornig. Was für eine blöde Frage. »Hast du gerade wirklich keine anderen Sorgen?«

Sarah verdreht die Augen. »Jetzt antworte mir doch einfach mal und reg dich nicht gleich auf.« Demonstrativ hebt sie den zerfledderten Hefter in die Höhe.

»Hier, darum geht es!«

Ein Polaroidfoto rutscht zwischen den Blättern heraus, flattert lautlos Richtung Boden und landet direkt neben Annemaries makellosen lila lackierten Fußnägeln. Ein ungefähr achtjähriger Junge ist darauf zu sehen, afrikanischer Herkunft. Er sieht in die Kamera, seine Augen geschlossen. Kein Bewusstsein. »J. 8 – Niere links« ist auf den Bildrand gekritzelt.

Annemarie bückt sich und nimmt das Foto in die Hand. Mit zitternden Fingern gibt sie es Sarah zurück, die es hastig zurück zu den anderen Papieren stopft.

»Also? Wie heißt er nun mit Nachnamen?«

»Wer?« Annemarie ist in eine Art Schockstarre gefallen und nicht imstande, Sätze zu formulieren.

Sarah Peters baut sich vor Annemarie auf. Sie ist in Sorge und legt ihre Hände auf die Schultern der Freundin. Ein fester Druck auf beiden Seiten, dann ein leichtes Schütteln.

»He! Bitte bleib bei mir!« Annemarie sieht sie aus ihren müden Augen an. Das freche Funkeln darin ist erloschen. Sie hat plötzlich mit aller Klarheit vor sich, was sie seit Jahren gesucht hat: eine Antwort auf die Frage, was sie im Leben wirklich will. Auf einmal weiß sie es. Sie möchte ihre Tochter bei sich haben, ein spießiges, geregeltes Leben und nicht mehr zur See fahren. Und sie muss sich mit Matze aussprechen.

»Hallo, Annemarie! Wie heißt Niklas mit Nachnamen? Ich muss es wissen. Bitte!« Sarahs Stimme klingt eindringlich, sogar in Annemaries gedämpftes Bewusstsein hinein. Die Antwort kommt mechanisch, beinahe tonlos und bestätigt, was Sarah befürchtet hat: »Meininger.«

Niklas Meininger.

N. M. – Die Nummer zwei.

—

Das Meer hat sich beruhigt.

Der Sturm, der das Riesenschiff für einige Stunden fest im Griff hatte, war auf Deck 5 direkt über dem tobenden Wasser nicht nur zu spüren, sondern auch zu sehen und zu schmecken. Immer wieder donnerten die Wellen gegen die Wände, das Rettungsboot neigte sich an der Winde hin und her. Es knarzte, quietschte und knackte. Aber es hielt den Kräften der Natur stand. Immer wieder spritzte das Wasser durch die offene Plane an der Einstiegsluke, immer wieder schrie er vor Schmerz auf, wenn sich seine Bauchmuskeln anspannten, weil er sich festhalten musste. Bis der Wind irgendwann langsam abflaute und Michael vor Erschöpfung einschlief.

Als er die Augen wieder aufschlägt, ist er nicht allein.

Diesmal ist der andere gekommen. Wahrscheinlich hat es einen Schichtwechsel gegeben. Michael versucht sich aufzurichten, bleibt dann aber doch lieber liegen.

Leider lässt die Wirkung des Schmerzmittels langsam nach und macht jeden Atemzug zu einer Herausforderung.

Michael fürchtet sich.

Vor dem, was kommt. Vor dem, was mit ihm passiert. Vor den brutalen Schmerzen, die ihm unausweichlich scheinen. Irgendetwas in seinem Brustkorb ist nicht in Ordnung. Irgendetwas drückt auf seine Lunge. Die Wunde an der Seite hat sich entzündet und schickt brennende Impulse durch seinen Körper.

Nach dem Fund des Wasservorrates ist zumindest der quälende Durst gestillt, aber nun muss er mal. Dringend. Aber wie?

Über allem schwebt die Frage, wann sie dem Ganzen ein Ende setzen werden.

Seinem Leben.

Seinem Leid.
Seiner Hoffnung.
»Bald hast du es hinter dir.«
Michael dreht den Kopf in Richtung der Gestalt, die vor einigen Minuten ungeschickt in sein Boot geklettert ist. Der Mann wippt in seinen teuren Markenturnschuhen vor und zurück, murmelt unverständlich vor sich hin und wirkt fahrig. Irgendetwas scheint nicht nach seinen Vorstellungen gelaufen zu sein.

Er hat ihn gleich erkannt: die coole Körperhaltung, die Hände, die er in den Hosentaschen seiner Jeans vergraben hat, die Aura eines Herzensbrechers. Michael hat ihn bisher nur einmal gesehen, kurz bevor sie ihn überwältigt, gefangen genommen, eingesperrt und gefoltert haben: hinter der Crewbar. Er hatte ihm zu wenig Beachtung geschenkt.

»Wann ist bald?« Er nimmt die Unterhaltung wieder auf und versucht dabei unbeeindruckt zu klingen.

»Eigentlich gestern, der Sturm hat dich gerettet. Sonst wärt ihr alle schon entsorgt.«

Die Härte dieser Antwort nimmt ihm jegliche Hoffnung.

Was will Niklas von ihm? Es wirkt nicht so, als wäre er für die nächste Befragungsrunde zuständig. Dazu sieht er zu unkonzentriert aus, er knetet seine Fäuste, gestikuliert und wandert auf und ab, als suche er nach einer Lösung.

»Das war so nicht geplant«, murmelt er. Diesmal so laut, dass man es verstehen kann. »Aber es ging nicht anders.«

Dass Michael ihm nicht antwortet, scheint ihn nicht zu stören. Er braucht eigentlich keinen Zuhörer für die Geschichte, die er Revue passieren lässt.

Seine Geschichte.

Niklas Zacharias Meininger kommt aus gutem Hause. Sein Vater war als junger Mann in den siebziger Jahren in München als Anwalt der Schönen und Reichen zu einem beachtlichen Vermögen gekommen. Sein einziger Sohn Niklas wuchs in einer stattlichen Villa am Starnberger See auf, materiell hatte er alles, was man sich wünschen konnte, nur seine Eltern fehlten ihm. Dass sein Vater seine Mutter betrog, war Niklas schon sehr früh klar. Seine Mutter, eine schlecht gebuchte Schauspielerin, die vor ihren Schönheitsoperationen eine charismatische Frau gewesen war, versuchte sich aus Langeweile als Kunstmäzenin. Auch sie wusste von der Untreue ihres Mannes. Aber sie hatten eine stillschweigende Vereinbarung getroffen: Sie blieb bei ihm, solange er nicht fragte, wofür sie so viel Geld ausgab. Es war ein offenes Geheimnis, dass die größten Summen in Kokain und Tabletten investiert wurden.

Niklas hatte seine Mutter nicht nur einmal bewusstlos auf dem flauschigen zartrosa Teppich vor der Badewanne gefunden, als er vom Eliteinternat nach Hause kam. Beim dritten Mal schloss er einfach leise die Tür, ging ins Wohnzimmer und setzte sich vor den Fernseher. Er hatte früh gelernt, dass Emotionen lästig sind und dass seine Eltern ohnehin nur dann Interesse an ihm hatten, wenn es darum ging, ihn als Vorzeigesohn irgendwohin mitzunehmen. Seitdem sie ihn allerdings beim jährlichen Sommerfest der Hansemanns, einer halb adeligen alten Handelsfamilie, in der Bibliothek mit entblößtem Hinterteil und der vierzehnjährigen Tochter des Hausherrn erwischt hatten, stand er unter scharfer Beobachtung.

Von da an wurde Niklas nur an den Feiertagen aus dem Internat geholt. Nach dem Abitur war auch diese erzwungene Tradition beendet. Seitdem hat Niklas seinen Vater genau zwei-

mal gesehen: zunächst auf dem Begräbnis seiner Mutter, die im Drogenrausch über das maßangefertigte Eisengeländer der pompösen Freitreppe gestürzt war. Unglücklicherweise hatte sie noch in der vorangegangenen Woche darauf bestanden, das letzte Werk ihres aktuellen Lieblingskünstlers darunter aufstellen zu lassen. Es war eine Hommage an die Kunst des fernöstlichen Schwertkampfes gewesen. Es kann kein schöner Anblick gewesen sein, der sich seinem Vater bot, als der zwei Tage später von einer romantischen Wellnessreise im Trentino zurückkam. Man entschied sich entgegen der Familientradition für einen geschlossenen Sarg bei der Trauerfeier.

Das zweite Wiedersehen gab es vor kurzem, nur einen Tag vor der Einschiffung in Marseille. Es war an Ironie kaum zu überbieten, denn sein Vater, der sich ein Leben lang nichts aus seinem Sohn gemacht hat, bat ihn um Hilfe. Konkret: um eine Nierenspende. Nicht, weil er den Hauch einer Ahnung, geschweige denn Interesse daran hatte, womit sein Sohn sein Geld verdiente, sondern weil Niklas' Niere ihm die besten Genesungschancen verhieß. Mit einem Lächeln im Gesicht hatte er den schwer gezeichneten Vater im kleinen Straßencafé sitzen lassen, in dem sie sich verabredet hatten. Ohne sich noch einmal umzudrehen, war er gegangen.

»Es wäre mir lieber gewesen, er wäre nicht gestorben«, sagt Niklas, der nicht nur seine Geschichte, sondern auch das Fingerknacken und Herumwandern unterbrochen hat. Er dreht sich zu Michael um. Der hat keine Ahnung, von wem er spricht, befürchtet aber das Schlimmste. Joseph! Michael schluckt schwer, seine krächzende Stimme bricht.

»Wer?«

Es hilft nichts, er muss sich ein wenig aufrichten, um die Durchblutung in seinem Kopf und dem rechten Arm zu verbessern. Die Hand ist bereits eine geraume Zeit taub, die Finger lassen sich nur noch schwer bewegen. Mit einem lauten Ruck schiebt er sich hoch und sitzt nun einigermaßen aufrecht. Wimmernd hält er sich den Brustkorb, aber nach einem kurzen Augenblick lässt der Druck nach.

Jetzt blickt Niklas ihn zum ersten Mal an und antwortet: »Na, dein Freund.«

Michael legt sein Gesicht verzweifelt in die Hände und atmet schwer. Dieser Horror, diese Machtlosigkeit.

»Seine Tarnung war mies. Noch schlechter als deine.« Michael atmet erleichtert aus. Niklas spricht offensichtlich nicht von den Kindern. Allerdings kann es nur etwas anderes bedeuten: Er spricht von Christopher, dem Mittelsmann vom BKA, der lange bevor sie Bonuccio im Casino festnahmen, daran gearbeitet hatte, sich in den engsten Verbrecherkreis einzuschleusen. Ihr wichtigster Zeuge und Insider. Sie haben sich nie getroffen, er hat sich aus Sicherheitsgründen auf dem Schiff nicht zu erkennen gegeben. Die einzige Information, die er Michael zukommen ließ, war seine Mitarbeiternummer. Auf einen Bierdeckel gekrakelt: 37544.

So hat er es an Sarah weitergeleitet, wenige Stunden bevor dieser Albtraum begann. Damit sie im Notfall weiß, dass sie nicht allein ist. Ob die Nachricht über ihren Verbündeten sie allerdings erreicht hat, ist fraglich, da das Handy ja bei ihm ist.

Das Handy! Noch einmal meldet sich zart die Hoffnung, als ihm Mayumis Geschenk einfällt, das die ganze Zeit neben ihm lag.

»Warum erzählst du mir das alles?«

Er muss Zeit gewinnen, unauffällig wirken. Aufgeregt horcht er in sich hinein. Das Herz schlägt schneller. Ja, die Idee ist gut. Und auch seine einzige, vielleicht seine letzte.

Niklas beginnt wieder zu sprechen und zu wandern.

Michaels Frage hat er nur am Rande wahrgenommen. Irrelevant. Freiheraus erzählt er davon, wie er bereits als jugendlicher Eliteschüler begonnen hat, seinen Kundenstamm aufzubauen. Er hatte sich zunächst auf die Beschaffung von Drogen aller Art spezialisiert. Familientradition – denn die Dealer seiner Mutter kannte er alle. Der Einstieg in andere kriminelle Kreise war dann nur logisch, und sein Ehrgeiz gepaart mit einer ausgeprägten sadistischen Ader sollte ihn noch weit bringen.

Wie in einer Art Trancezustand ist er in seiner eigenen Lebensgeschichte gefangen und bekommt nicht mit, was hinter ihm passiert. Dort, wo Michaels geschundener Körper lehnt und mit der rechten, immer noch etwas tauben Hand fest das Handy umklammert, das er schon fast vergessen hatte.

Michael zittert am ganzen Körper.

Das Risiko ist groß. Ein Fehler könnte sofort tödlich sein. Er versucht so etwas wie ein Laufmuster zu erkennen, dem Niklas' Herumwanderei folgt. Zwei Schritte von der Tür zur anderen Seite, kurz innehalten, langsame Drehung, zwei Schritte zurück. Und noch einmal. Er versucht zu erahnen, wann er ihm den Rücken zudreht.

Jetzt oder nie.

Michael tapst, drückt und wischt auf dem Handy herum. Wo ist das blöde Symbol?

Sprachmemo. Der Kreis leuchtet rot, die Zeit läuft.

Schnell legt er das Gerät wieder neben sich auf die Bank. Schiebt es unter sein Bein. Nicht zu weit, um das Mikrofon nicht zu verdecken. Niklas hat nichts mitbekommen und spricht weiter.

Der Monolog eines Menschenhändlers.
Er erzählt davon, wie er gemeinsam mit Giovanni in das Geschäft hineingewachsen ist. Wie sie sich die Bereiche aufteilen – Customer Care und Service Management, wie sie es nennen. Er erzählt von ihrer Fusion mit den Big Boys, von Netzwerken, die tief in internationale Polizeistrukturen reichen, von Reichtum und Luxus. Dann bleibt er stehen und sieht Michael direkt an.
»Es war ein kluger Schachzug, ihn bei uns einzuschleusen. Fast hätte er es geschafft, uns zu täuschen. Doch dann hat er zu viele Fragen gestellt.« Michael reibt die Lippen aneinander. Bitte sprich weiter!
Doch Niklas ist wieder klar im Kopf, als hätte er sich nun erinnert, warum er ursprünglich in das Rettungsboot geklettert ist. Er nimmt die Arme hinter dem Rücken hervor und marschiert in seine Richtung. Michael hält den Atem an und schiebt vorsichtig den Oberschenkel auf das Handy.
»Ihr hättet euch besser nicht einmischen sollen. Vielleicht hätten wir euch dann verschont, so wie es besprochen war.« Er zuckt mit den Schultern.
Ein kritischer Blick, dann kniet Niklas nieder und streckt eine Hand aus. Alle Muskeln in Michaels Körper verkrampfen sich schmerzhaft.
Aber Niklas öffnet das kleine Fach unter der Bank gegenüber und räumt den Proviant aus.
»Das hier ist nicht all inclusive«, sagt er mit einem bösartigen Grinsen, als er den schweren Plastiksack mit den Wasserflaschen und Proteinriegeln hinausträgt.
Dann erst wagt Michael auszuatmen.

----- 09:00 Uhr -----

»Sie sehen müde aus, Schätzchen!«

Frau Blum ist mit einem besorgten Ausdruck im Gesicht und einer erstaunlich hippen verspiegelten Sonnenbrille in der Hand an Sarah herangetreten, die am Infotresen auf ihre Gruppe wartet. Sarah lächelt dankbar, die großmütterliche Fürsorge tut ihrer Seele gut.

Todmüde ist sie zum Dienst erschienen, sogar ausnahmsweise pünktlich. Nicht, weil sie Lust darauf gehabt hätte, sondern weil ihr keine plausible Ausrede eingefallen ist, die sie Oliver auftischen könnte, um sich vor der Arbeit zu drücken. Zumindest keine, die nicht Aufsehen erregt hätte. Und das wollte sie heute auf keinen Fall. Kurz hat sie Hoffnung geschöpft, als das Gerücht die Runde machte, man überlege, nach den gestrigen Vorkommnissen alle *Activities* für heute abzusagen. Die Idee wurde aber schnell verworfen. Ablenkung war besser. *Business as usual.*

Aber die Erlebnisse des Vortags stehen nicht nur Sarah Peters ins Gesicht geschrieben. Es herrscht gedrückte Stimmung, nicht erst seit vor ein paar Minuten fünf spanische Polizisten an Bord gekommen sind, um den Toten abzuholen und offizielle Ermittlungen einzuleiten. Es war bereits beim Frühstück spürbar. Im großen Selbstbedienungsrestaurant, wo normalerweise ein hoher Lärmpegel herrscht und die Vorfreude auf den Tag in der Luft liegt, war es ungewöhnlich still gewesen.

Und auch am Infotresen ist es nun deutlich ruhiger, als man es von fünfzig Menschen erwarten würde, die sich unter Sarahs Leitung auf »ein einzigartiges audiovisuelles Erlebnis«

freuen, wie es der Flyer verspricht, den einige von ihnen in den Händen halten. Sie alle haben sich für den Ausflug zum *New Barca Museum* angemeldet, der als Ausweichveranstaltung geplant ist, solange das legendäre *Camp Nou* des FC Barcelona umgebaut wird.

»Sie steigen bitte alle in Bus Nummer 7«, sagt sie kurz angebunden und geht voran in Richtung der Zugangsbrücken, die an Land führen.

Sarah hat sich auf viel Interesse eingestellt. Die fünfzehn Reisebusse – vier davon allein zum Fußball-Museum im vorübergehend trockengelegten Eislaufstadion *Palau de Gel* – überraschen sie aber doch. Akkurat aufgereiht warten sie am Parkplatz vor dem Pier auf die Gäste. Die gelangweilten Gesichter der Tour-Guides zeigen, dass man den Andrang gewohnt ist. »Da spüit er jetzt, unser Lewandowski. Ewig schod …« Sarahs Miene hellt sich auf, als sie Familie Korb unter den Wartenden ihrer Gruppe entdeckt. Na, da ist Tisch sieben ja beinahe komplett. Schön! Nur die Ebels fehlen, wie Sarah erleichtert feststellt.

Als Fußballinteressierte freut sie sich auf einen besonderen Arbeitstag, der sie in den kommenden Stunden von der brutalen Realität abzulenken verspricht, die auf dem Schiff wieder auf sie wartet.

Sarah mag Fußball, weil er große Emotionen erlaubt und Fans an ihrem Club festhielten, selbst wenn es aussichtslos war. Wie an einer Liebe ohne Zukunft. Unweigerlich wandern ihre Gedanken zu Michael. Sie hätte ihm früher sagen sollen, dass sie ihn mag. Ist es jetzt zu spät dafür?

Oliver hat ihn heute bei der Morgenpredigt erwähnt, die ausnahmsweise mal erträglich ausfiel. Er war nicht ganz bei der Sache. Keine Demütigungen, keine Belehrungen, keine affigen Motivationssprüche. Kurz und knapp hatte er die heutigen Aktivitäten vorgelesen. Da es diesmal kaum Änderungen gab, ging es schnell. Nur zwei »Freiwillige« wurden als Verstärkung des Serviceteams abgestellt. Eine von ihnen war Ines, die gelangweilt Kaugummi kaute und die Augen verdrehte, als ihr Name fiel. Sie stand zwei Reihen vor Sarah in der Nähe der Tür. Fluchtbereit. Als sich ihre Blicke trafen, lächelten sie einander zu.

»Ihr wisst ja, die sind seit gestern einer weniger«, fuhr Oliver fort. Mehr wollte er zum unerfreulichen Ereignis des Vorabends nicht sagen, er wurde schließlich nicht für Empathie bezahlt. Er räusperte sich laut und sah in die Runde. Betretenes Schweigen. Ja, man wusste Bescheid. »Und ein Zweiter fehlt auch noch«, fügte er kurz angebunden hinzu. Sarah schrak zusammen.

Selbst Stunden später, als sie längst neben Bus sieben im sommerlichen Sonnenschein von Barcelona auf ihre Reisegruppe wartet, kann sie nur an ihn denken. Sie seufzt, er fehlt ihr. Sein trockener Humor, seine gutmütige Art, sogar sein Musikgeschmack. Es fühlt sich wie eine Ewigkeit an, dass ihr jemand einen Vortrag über den Unterschied zwischen Classic Rock und New Metal gehalten hat.

Was für ein eigenartiges Leben hier an Bord, wo einer einfach verschwinden kann und es keinen interessiert. Jeder ist ein austauschbarer Clown, der die unbeschwerte Illusion für die zahlenden Gäste aufrechterhalten soll.

Sarah steigt in den weinroten Shuttle-Bus und richtet ihren Blick auf die Liste in ihrer Hand. Es fällt ihr schwer, zurück zur bevorstehenden Aufgabe zu finden.

»Geht's dann bald los? Oder ist das eine schwierigere Rechnung auf dem Zettel da?«

47 Augenpaare starren Sarah an, die gedankenverloren neben dem Busfahrer steht. Sie kann nicht umhin, über den Kommentar zu schmunzeln. Danke, Magdalena! Schnell zählt sie die Passagiere in den Reihen.

»Einer fehlt, wir müssten 48 sein.«

»Das muss dein Liebster sein«, raunt Adrian seiner Schwester zu, ein breites Grinsen im Gesicht, das ihm wieder einmal einen Klaps auf den Hinterkopf einbringt.

»Halt die Klappe, Kurzer!« Magdalena, heute im schwarzen bauchfreien Top, wird rot. »Der Zorn einer versetzten Geliebten«, flüstert Adrian, bevor er sich hinter seine Mutter duckt, die die Augen verdreht und ihrem Sohn warnend die Hand in den Nacken legt.

Sarah überlegt kurz, tippt mit dem Zeigefinger noch einmal durch die Luft, um alle zu zählen und sieht auf ihre Uhr. Schließlich zuckt sie mit den Schultern. »Na dann los.« Wer zu spät kommt, den bestraft das Leben. In diesem Fall ist es aber wohl eher die Sommerhitze in Barcelona und der zwanzigminütige Fußmarsch vom *Cruise Terminal* ins Stadtzentrum, wenn man sich auf eigene Faust auf den Weg machen muss – oder will, um das Geld für den Transfer zu sparen. Als Sarah mit ihren 47 Schützlingen im wohltemperierten Bus des Veranstalters sitzt, sieht sie die Karawane der Sparfüchse neben der Straße über die lange, geschwungene Brücke wandern, die die Anlegestellen der Riesenkreuzer mit dem Hafen verbindet. Der Weg ist schmal, sie gehen hintereinander wie eine Ameisenkolonne, und die Ersten sehen bereits genervt aus.

»Idioten.« Wieder einmal ist es ein Mitglied der Familie

Korb, das Sarah aus der Seele spricht, auch wenn es ihm dafür einen strengen Blick der Ehefrau einträgt.

»Ja, is' doch wahr! Da fahren sie mit dem Schiff quer übers Mittelmeer, und dann wandern sie lieber vierzig Minuten hin und zurück durch die Hitz', statt dass sie sich was anschauen, die Deppen!« Der bayerische Bär ist in Fahrt. Auch seine Sabine kann ihn nicht mehr bremsen.

»Jetzt schau hoit ned a so. Die Kinder haben mich schon schlimmer schimpfen gehört!«

»Ja, die Kinder schon.«

Sie seufzt und wendet sich wieder ihrem Gaudí-Büchlein zu. Sabine Korb hat sich fest vorgenommen, sich den heutigen Tag von niemandem vermiesen zu lassen. Nicht von einem toten Barkeeper, nicht von ihrer Familie. Ohne eines ihrer drei Kinder anzusehen, weiß sie, dass das schwierig werden wird, aber sie wird sich heute Nachmittag einen Lebenstraum erfüllen: die *Sagrada Familia* besichtigen. Das hatte sie bereits während ihres kurzen Architekturstudiums vorgehabt, das aufgrund ihrer drei Kinder leider genauso unvollendet blieb wie Antoni Gaudís Prachtbau. Aber alle vier Korbs haben ihr heute beim Frühstück versprochen, es zumindest ernsthaft zu versuchen mit dem Bravsein. Sogar Baby Ariana hatte eifrig genickt. Egal, worum es ging, sie war dabei! Mama sollte sich ihren Traum erfüllen und dann bitte endlich aufhören, davon zu reden. Weil Sabine Korb eine kluge Ehefrau ist, erfüllt sie nun aber zunächst dem lieben Maximilian einen Wunsch. Jenen, den er schon gehegt hat, bevor er sie beim traditionellen Maitanz in Oberbiberg durch ihre beste Freundin hatte wissen lassen, dass er ihr Dirndl »schneidig« fand: den Besuch des *Futbol Club Barcelona*, des zweitbesten FCB.

Fußball gegen Architektur – so lautet der Deal des Tages. Und bis jetzt schien noch alles nach Plan zu laufen. Ariana schläft selig an die Brust ihres Papas gekuschelt, sie ist sein Aufbrausen gewöhnt. Magdalena schweigt in ihr Handy, und Adrian sieht interessiert aus dem Fenster des Busses. Er trägt sein rot-blau gestreiftes Barca-Shirt mit dem leicht ramponierten gelben Messi-Schriftzug und könnte die Geschichte des Clubs auswendig vorbeten, wenn ihn bloß jemand danach fragen würde. Während Sarah die Geschwister beobachtet, denkt sie kurz an Sibylle, und ihr Herz krampft sich für einen Moment zusammen.

Sie sieht starr aus dem Fenster und hofft, dass Frau Blum neben ihr nicht mitbekommt, wie sie mit ihren Emotionen kämpft. Die Stirn an die kühle Scheibe gelehnt, lässt sie sich vom Begrüßungssermon ihres Guides Jorge berieseln und den Barcelona-Werbefilm vorbeiziehen: Palmen vor blitzblauem Himmel, Columbus' riesiger Zeigefinger, der aufs Meer hinaus zeigt, schlichte rostrote Ziegelfassaden, viele kleine Balkone, noch mehr Motorroller und Menschen mit Eistüten – es ist Sommer in der großartigen katalanischen Metropole, und es könnte auch für Sarah ein wunderbarer Ausflug werden.

Aber in den letzten Stunden ist zu viel passiert, als dass Sarah die Schönheit des Tages genießen könnte.

----- **12 : 27 Uhr** -----

Endlich Stille.

Sie will es sich nicht eingestehen, aber sie ist froh, wieder in ihrer kleinen Kabine zu sein.

Ohne Zweifel, Barcelona ist eine der schönsten Städte der Welt. Die Sonne, das Meer, die Kultur, die Architektur, das Leben, der Fußball, die spanischen Köstlichkeiten – ein Traum. Unter normalen Umständen hätte sie bleiben wollen, am liebsten für immer. Aber heute war nichts normal. Tausend Fragen, Ängste und Überlegungen rasten ihr durch den Kopf, während sie die animierten Messis, Lewandowskis und Iniestas im virtuellen Fußball-Museum schwindlig spielten. Die künstliche Welt war eindrucksvoll gemacht, aber Sarah hätte trotzdem lieber das alte Stadion besucht, von den steil abfallenden Rängen auf das heilige Grün hinuntergesehen und das Motto des FC Barcelona gelesen: »Més que un Club«.

Während im virtuellen Traumland Adrian Korb aufgeregt und begeistert alle fünf Minuten am Shirt seines Vaters zupfte, weil er es so toll fand, zogen über Sarah Peters wieder dunkle Wolken auf. Die vielen fröhlichen Menschen auf den Ramblas, die Schausteller und viel zu lauten Touristengruppen mit ihren Unterhaltungen passten nicht zu ihrer Stimmung. Am allerwenigsten jene, die ihr schon den ganzen Vormittag hinterhergelaufen war, um im Fünf-Minuten-Takt dieselbe blöde Frage zu stellen.

»Frau Mayrhofer? Wann müssen wir wieder am Schiff sein?«, »Frau Mayrhofer, was passiert, wenn wir zu spät zurück sind? Legt das Schiff ohne uns ab?«, »Hallo, Fräulein! Glauben Sie, dass wir uns heute lange bei der *Sagrada Familia* anstellen müssen? Ich frage nämlich, weiheil … Schaffen wir das dann noch rechtzeitig, bevor wir wieder am Schiff sein müssen?«

Mit einem gekonnten lauten Pfiff, der sonst Snickers vorbehalten war, trommelte sie ihre Schäfchen zusammen und wartete ab, bis die Herrschaften, die sie heute durch den Vormittag begleiten durfte, zur Ruhe gekommen waren. Sie machte sich nicht die Mühe zu versuchen, ihre Ungeduld zu verbergen.

»Bevor mich jetzt die restlichen 30 Teilnehmer auch noch fragen: Ja, es wäre in Ihrem eigenen Interesse, wenn Sie um 18 Uhr wieder an Bord des Schiffs wären. Und ja, sowohl ein Besuch des Gotischen Viertels, der Ramblas oder der vielen wundervollen Souvenir-Shops sollte da noch drin sein. Denn es ist nun sieben Minuten nach halb zwölf.« Sie sah in die Runde, in teils zufriedene, teils verwunderte Gesichter. Denjenigen, die so aussahen, als hätten sie noch weitere Fragen, drehte sie schnell den Rücken zu und stapfte voran wieder Richtung Reisebus.

Dort zählte sie die Gruppe noch einmal durch. »46, 47 – okay, alle noch da. Super!« Sie schafft es auch diesmal nicht, die Art von Lebensfreude zu versprühen, von der Teamleader Oliver in der Schulung gesprochen hatte. Die, bei der »deine Freude über die Arbeit mit den Menschen, die dich umgeben, von innen nach außen strahlt«.

Eine Stunde später genießt Sarah in Kabine 0619 stattdessen die Freude darüber, von keinem einzigen Menschen umgeben zu sein. Eine Minute Ruhe, bevor sie sich wieder in die Ermittlungen stürzt. Sie darf jetzt keine Fehler machen, zu viel steht auf dem Spiel.

Sie muss sich auf dem Schiff umsehen und unbedingt Mayumi sprechen, bevor sie zum vereinbarten Zeitpunkt mit Giovanni geht. Denkt sie daran, wird ihr mulmig. Noch mehr, weil sie immer noch nicht weiß, wer I. M. ist. Was hat sie übersehen?

Sie greift unter ihr Laken, um sich den Ordner erneut vorzunehmen und stutzt. Wo ist das Ding? Sie hebt die Matratze an, um zu sehen, was die Hände schon festgestellt haben: Da ist nichts, der Hefter mit den Beweisen ist verschwunden.

»Verfluchte Scheiße!« Sarah entfährt noch eine Reihe weiterer Flüche, als es an der Kabinentür klopft.

----- 12:36 Uhr -----

»Schnell.«

Es bleibt keine Zeit für Rückfragen. Sarah folgt dem mintgrünen Fascinator, der ihr auf Kinnhöhe vor dem Gesicht herumtanzt. Das zarte Deko-Netzchen, das vom Reinigungspersonal leicht schräg am streng frisierten Kopf drapiert werden muss, soll die langweilig funktionelle Arbeitsuniform ein wenig charmanter aussehen lassen. Wäre es jemand anderes, sie könnte ihn nicht ernst nehmen in diesem Aufzug. Aber es war Mayumis Tonfall gewesen, der Sarah Peters alles vergessen ließ, auch ihren Vorsatz zum Beispiel, niemandem an Bord mehr zu vertrauen. Doch bei ihr ist sie sich sicher. Sie täuscht sich nicht! Mayumi steht auf der richtigen Seite.

Das zierliche Zimmermädchen kann höchstens Anfang zwanzig sein, aber in ihrem Gesicht fehlt jede Form von jugendlicher Leichtigkeit und Unbeschwertheit. Sie wirkt, als hätte sie schon alles erlebt.

Auch als sie vor Sarahs Tür stand, lag in ihrem Blick eine Ernsthaftigkeit und Schwere, die man nicht spielen konnte. Doch diesmal wirkte sie zusätzlich nervös wie ein fluchtbereites Tier, als sie Sarahs Hand griff, sie mit sich zog und immer wieder dasselbe Wort sagte: Schnell.

Offensichtlich ist Zeit hier ein wichtiger Faktor, so viel hat Sarah verstanden. Immer und immer wieder murmelt Mayumi vor sich hin. »Schnell.« Sie ist froh, dass ihr das deutsche Wort überhaupt eingefallen ist in all der Aufregung. Sie sagt es mehr zu sich selbst als zu Sarah, die ihr hinterherstolpert.

Es geht durch Treppenhäuser, die Sarah noch nie gesehen hat, geschweige denn vermutet hätte, dass es sie gibt.

Ein Deck hinauf, Richtung Heck des Schiffes, gleich müssen sie am Ende der schwimmenden Welt angekommen sein und hinten hinunterfallen. Dann durch mehrere schwere Brandschutztüren, der Geruch von gelagertem Gemüse kommt ihr bekannt vor. Feucht und süßlich. Sie fröstelt. Hier ist sie schon einmal gewesen und vielleicht wäre sie es immer noch, wenn Mayumi ihr nicht den Weg zurück gezeigt hätte. Gleich müssen sie am Ziel sein, Mayumis kleine Schritte werden immer schneller, bis sie abrupt stehen bleibt.

Sarahs Augen benötigen einen Moment, um im Halbdunkeln zu fokussieren. Es dauert, bis die Beleuchtung über ihnen angegangen ist. Dann noch einmal so lange, um zu begreifen, wer da zwischen Kisten voller Salatköpfen und Karotten vor ihr liegt.

Briand.

»Was zum …« Sarah tastet nach seinem Puls. Ein Glück, er lebt. Aber die Verletzung an seiner linken Schläfe sieht besorgniserregend aus.

Sie dreht sich zu Mayumi um und sieht gerade noch, wie diese schon wieder hinter einem Regal verschwinden will, das mit kleinen Brotkörben, Kokosnusshälften und Jausenbrettchen gefüllt ist. Gerade noch rechtzeitig hat sie die Philippinerin gesehen, bevor sich die Meisterin im An- und Davonschleichen wieder weggezaubert hat. Jetzt reicht es Sarah mit dem Versteckspiel. Sie ist erschöpft, genervt, und vor ihr liegt ein verletzter Jugendlicher, der seine Magdalena nicht freiwillig versetzt hat.

»Halt! Stehen bleiben!« Es ist ein polizeilicher Befehl.

Mayumi gehorcht und dreht sich um. Sie zittert am ganzen

Körper, das kann Sarah auch aus der Entfernung sehen. Es tut ihr leid, dass sie der jungen Frau Angst gemacht hat.

»Was ist mit ihm passiert? Bitte helfen Sie mir!«

Sie muss endlich wissen, was Mayumi weiß. Sarah streckt ihr die Hand entgegen.

»Bitte!«

Mayumi tritt zögernd einen Schritt näher. Sie schüttelt den Kopf, ihre Stimme ist kaum hörbar.

»Ich kann nicht. Cannot! No, no!« Mayumi hat die Hände abwehrend vor den Körper gehoben. Eine lange Pause, bevor am Ende des nächsten Satzes die zarte Stimme vollkommen versagt: »Meine Familie, sie braucht mich. Meine Kinder.«

Sarah versteht, dass sie Angst hat. Sie sieht die Verzweiflung in Mayumis Augen und nickt. Das Zimmermädchen wendet sich zum Gehen, dann zögert sie und schleicht vorsichtig noch einmal näher. Sie kämpft mit sich, beide Hände zu Fäusten gekrampft, die Lippen fest zusammengepresst, als wolle sie die Worte daran hindern, ihren Mund zu verlassen.

»Ich habe ihm das Handy gebracht. Sie müssen sich beeilen, sonst ist es zu spät. In einem Rettungsboot, Deck 5. Er ist verletzt.« Dann macht sie auf dem Absatz kehrt und ist laut- und spurlos verschwunden wie eine zerplatzte Seifenblase. Sarah hockt wie erstarrt neben Briand, der langsam zu sich kommt. Er wimmert. Die Blutung am Kopf muss dringend gestoppt werden. Erst wenn der Junge versorgt und in Sicherheit ist, darf sie sich erlauben, über das nachzudenken, was Mayumi gerade gesagt hat.

Michael.

Ihn muss Mayumi gemeint haben.

Vorsichtig zieht sie Briand hoch und greift ihm unter die

Arme. Er sieht sie dankbar aus seinen gläsern schimmernden Augen an, die er kaum offenhalten kann.

»Bitte bleib bei mir. Ich kümmere mich um dich!«, sagt sie eindringlich.

Er nickt einmal mit seinem schweren Kopf und versucht etwas zu antworten. Es gelingt nicht, nur ein wenig Spucke ist ihm aus dem weniger geschwollenen Mundwinkel geronnen. »Das wird schon wieder!«, lügt Sarah.

Zweimal sacken Briand die Beine weg, aber Sarah hält ihn fest. Offensichtlich hat er auch eine Verletzung am rechten Bein, das er nicht richtig aufsetzen kann. Jeder Schritt sieht schmerzhaft aus, aber er kämpft weiter. So viel Biss hätte sie dem Ebel-Sohn niemals zugetraut.

Sarah schleppt den Jugendlichen weiter, der mit jedem Schritt schwerer wird. Sie hofft inständig, dass sie sich nicht verlaufen. Bitte, nicht diesmal! Müsste einer der zwanzig gepriesenen Aufzüge nicht in der Nähe sein? »Denn nichts ist uns ein höheres Gut als der Komfort und die unbeschwerte Urlaubsfreude unserer Gäste«, verspricht die Hochglanzbroschüre, die in jeder der 2596 Kabinen gut sichtbar im Eingangsbereich platziert wurde. Sarah hofft, dass diese geballte Ladung an Annehmlichkeiten auch auf jene Decks zutrifft, die auf den bunten Übersichtsplänen der zahlenden Gäste nicht aufscheinen. Es sind die beiden untersten, die genauso namenlos sind wie die zahlreichen Menschen, die hier die weniger glamourösen Dienste verrichten. Auf den Sklavendecks, wie sie im Mitarbeiter-Slang sarkastisch genannt werden. Wer unter der Meeresoberfläche Dienst schieben muss, ist auch in der Gehaltstabelle ganz unten zu finden.

Bing. Ein Geräusch holt sie aus ihren Gedanken.

Dann ein mechanisches *Schwusch*.
Ein Aufzug!
»Gleich sind wir da.« Sarah spricht mehr mit sich selbst als mit dem armen Jungen, der im hellen Licht des Fahrstuhls noch erbärmlicher aussieht als im Dämmerlicht. Sie überlegt. Ihre Hände beginnen zu schwitzen. Erst jetzt wird ihr klar, dass sie eine wichtige Frage beantworten muss: Wohin soll sie Briand bringen?

Auf keinen Fall zu Dr. Dvorak. Bei den Eltern kann und will sie ihn so auch nicht abgeben, sie würden hysterisch werden und ihn dann ins Bordhospital bringen. Denk nach, Sarah, denk nach!

In ihre Kabine? – Eine Möglichkeit, aber keine gute. Wer weiß, ob die nicht beobachtet wird.

Briand blutet an der Stirn, und ein Tropfen ist auf den Boden gefallen. Mitten auf das blank polierte, schwarz-weiße Retro-Karo. Sie starrt noch auf den leuchtend roten Punkt auf der marmorierten Fliese, als sich der Aufzug in Bewegung setzt. Hastig drückt sie auf mehrere Knöpfe der Kabinendecks. 10, 11, 12 leuchten auf.

Zu spät, schon vorbei.
Bing.
»Deck vierzehn, Deck fourteen, Pont quatorze«, säuselt es aus dem Lautsprecher. Auf dem Bildschirm blinkt zusätzlich das orangene Muschelsymbol. Die Türen öffnen sich, und Sarah macht das Einzige, das ihr in dieser Situation übrigbleibt: Sie setzt ihr freundlichstes Entertainmentlächeln auf und versucht damit vom blutenden Briand abzulenken, der mittlerweile an ihre Schulter gesunken ist.

»Ja, aber, Fräulein Mayrhofer ...«

Frau Blum lugt schockiert über den Rand ihrer coolen Brille. Sie trägt eine Basttasche bei sich und ein geblümtes Kleid, offensichtlich wollte sie gerade zum Pool. »Der Junge sieht nicht gut aus«, bemerkt sie trocken.

»Da haben Sie recht«, murmelt Sarah, während sich die Türen hinter dem neuen Fahrgast wieder schließen. Energisch dreht sich Frau Blum zu den langen Knopfreihen an der Wand um und sucht nach dem roten Kreuz – da ist es! Hospital, Deck 2. Sarahs Herz schlägt bis zum Hals, als sich der Aufzug wieder nach unten bewegt. Dann drückt sie reflexartig die rote Stopptaste und hofft noch einmal auf das Beste.

»Wir können nicht zur Krankenstation.«

Dann schildert sie in wenigen Sätzen, warum es dort kein sicherer Ort für Briand ist. Sie wählt jedes Wort mit Bedacht und verrät nur so viel, wie sie muss. Nichts über ihren Einsatz, nichts über die Organhändler. Nur, dass sie in einem früheren Leben Kommissarin war und den verletzten Jungen auf einem unteren Deck gefunden hat. Ihre Erklärung kommt ihr selbst abstrus vor, aber mehr kann sie nicht sagen. Frau Blum hört schweigend zu.

»Bevor er das Bewusstsein verloren hat, hat er etwas von einem gefährlichen Arzt gefaselt.« Dann schweigt Sarah und sieht die Rentnerin hoffnungsvoll an.

Bitte. Bitte. Bitte glaub mir diesen Blödsinn.

»Hallo! Hier Notrufzentrale. Alles in Ordnung bei Ihnen?«

Es tönt aus dem runden Lautsprecher. Frau Blum nimmt ihre Brille von der Nase und lässt sie in ihrer Badetasche verschwinden. Dann beugt sie sich runter und sagt: »Entschuldigen Sie, ich bin aus Versehen an den falschen Knopf gekommen, es ist alles in Ordnung!«

Danach zu Sarah: »Mein Schätzchen, ich glaube nicht, dass Sie mir die ganze Wahrheit erzählen. Aber ich glaube auch, dass nicht Sie schuld daran sind, dass der junge Mann so aussieht.« Sie streicht ihm über die Wange und murmelt etwas Aufmunterndes. Dann wendet sie sich noch mal den Knopfreihen des Fahrstuhls zu, kramt ihre Brille wieder hervor und drückt die Vierzehn.

Als Sarah wenig später mit einer Tasse Tee in der Hand in Frau Blums Außenkabine sitzt, wundert sie sich sehr über diese wunderbare Fügung des Schicksals. Außerdem über den Kontrast der luftigen Suite zu ihrer engen Doppelzelle dreizehn Etagen tiefer. Hier trifft stilvoller Mix aus Holz und hochwertigen Materialien auf atemberaubende Aussicht. Am meisten staunt sie aber über die gekonnten Handgriffe, mit denen Briand gerade verarztet wird. Als hätte Frau Blum nie etwas anderes gemacht.

Briands Eltern, die sie zwischenzeitlich zu erreichen versuchte, hatte sie nur eine Nachricht hinterlassen können. Die beiden waren noch auf den Ramblas unterwegs.

Sarah nimmt einen großen Schluck Kräutertee und atmet durch. Gabriele Blum bemerkt es aus dem Augenwinkel, nickt zufrieden und setzt ihre Arbeit fort. Drei große Handtücher sollen dafür sorgen, dass das einladende Queensize-Bett mit den vielen Zierkissen strahlend weiß bleibt. Vorsichtig haben die beiden Frauen Briand dort hingelegt. Während Sarah versuchte ihm Jeanshemd und Schuhe auszuziehen, zauberte Gabriele Blum einen kleinen, überraschend gut bestückten Verbandskasten aus ihrem Badezimmer.

»Das haben wir gleich! Ich war bei uns in der Bibliothek die ausgebildete Ersthelferin. Mein Mann hat mich immer damit aufgezogen, dass ich nie ohne Ausrüstung verreisen wollte.« Sie lächelt versonnen. »Nun hat es sich endlich ausgezahlt!« Sie wirft einen Blick gen Zimmerdecke und ruft laut: »Siehst du das, Gustl! Ich hab's dir gesagt: Irgendwann brauche ich den noch!«

Nachdem die Kopfverletzung gesäubert und verbunden und der rechte Knöchel bandagiert ist, sitzen die beiden Frauen schweigend nebeneinander auf einem gemütlichen kleinen Sofa, das mit senfgelbem Samt bezogen ist, und warten auf ein Zeichen von Briands Eltern.

»Werden Sie mir irgendwann alles erzählen?«

»Ich hoffe es sehr.« Sarah will keine falschen Versprechungen machen. Das hat ihre Retterin nicht verdient. Sie weiß aber leider zu gut, dass manche Details unter Verschluss gehalten werden müssen. Einige für die Ewigkeit. Gabriele Blum nickt versonnen.

»Sie sollten wieder als Kommissarin arbeiten.«

Sarah nickt.

Ein Rascheln beendet ihr Gespräch.

Briand wird wach.

Seine Lider sind schwer. Immer wieder zucken sie, er versucht sie zu öffnen. Sein Mund fühlt sich furchtbar trocken an, er spürt einen starken Druck in seinem Schädel, aber was ihm am eigenartigsten erscheint, ist der blumige Geruch im Zimmer. Und die beiden Stimmen, die miteinander tuscheln.

Er blinzelt, versucht etwas zu erkennen. Zuerst nur ein wenig, dann fängt ein unerwartetes Bild seinen Blick: das von zwei Frauen, die neben dem Bett stehen und ihn mit besorgten Mienen mustern.

»Was soll'n das hier?«, murmelt er und bemerkt erst jetzt, wie geschwollen sein Mund ist. Jedes Wort ist Schwerstarbeit. Er lässt den Blick aus dem Fenster gleiten, hinaus auf den wunderschön schimmernden Ozean. Es muss schon Nachmittag sein. Schweigend beobachten die beiden Frauen seine Versuche, sich zu orientieren.

Und dann erst nach einigen Minuten: »Wo sind eigentlich meine Eltern?« In Briands jugendlichen Augen blitzt so etwas wie Angst auf.

»Ich habe ihnen Bescheid gegeben. Sie müssten bald hier sein. Kannst du dich erinnern, was passiert ist?« Sarah Peters spricht ruhig.

Gemeinsam mit Frau Blum gelingt es ihr, den jungen Mann vorsichtig aufzusetzen. Ungefragt drückt ihm die ehemalige Bibliothekarin eine warme Tasse in die Hand. »Trink das!« Sarah ist überrascht, als er widerstandslos gehorcht.

Während Briand versucht durch die weniger geschwollene Seite seines Mundes den Tee zu schlürfen, stehen Sarah Peters und Gabriele Blum Seite an Seite vor dem Panoramafenster und blicken auf das blaue Wasser im Hafen hinaus, das heute glatt und unschuldig vor ihnen liegt. Als wollte der Ozean von seinem Fehlverhalten in der vergangenen Nacht ablenken. War was? Zwei Terminals weiter legt gerade der nächste Riesenkreuzer in beeindruckender Zentimeterarbeit an.

Frau Blum muss wieder an ihren Mann denken. Sie hängt ihren Gedanken nach, während sie den Hafen von Barcelona betrachtet. Sie ist schon einmal hier gewesen, damals aber nicht allein. Vor einer Ewigkeit, sie waren gerade wenige Jahre verheiratet. Sie seufzt.

Briand räuspert sich.

»Was ist passiert?«

»Du kannst dich an nichts erinnern?« Kaum hat Sarah Peters es ausgesprochen, fällt ihr wieder ein, wie sehr sie selbst noch vor gar nicht langer Zeit diese Frage gehasst hat. Sie schüttelt den Kopf und versucht es anders. »Als ich dich gefunden habe, warst du bewusstlos. Jemand hat dich ziemlich übel zugerichtet und dort liegen lassen. Kannst du dich an irgendetwas erinnern?« Er sieht sie ernst an – erwachsen und erschrocken. Er versucht sich zu erinnern, aber es fällt ihm sichtlich schwer. Seine Augen beginnen zu glänzen.

Sarah legt ihre Hand auf seine.

»Es ist okay, wenn du dich nicht erinnerst. Das war alles ein bisschen viel. Vielleicht ruhst du dich erst …« Briand zieht seine Hand schroff weg. Sein Blick ist plötzlich wieder der des pubertierenden Stiers.

»Wer sagt, dass ich mich nicht erinnere? Vielleicht ist das alles hier einfach nur megaätzend …«

Frau Blum legt Sarah die Hand auf die Schulter, in der Hoffnung, dass sie das mit dem Beruhigen besser hinbekommt. Dann sagt sie weich: »Erzähl doch mal, Schätzchen! Was ist denn eigentlich passiert?«

Und dann erzählt Briand.

Wie er auf dem Weg zum Sammelpunkt für die Tour zum Barca-Museum war, auf die er eigentlich überhaupt keinen Bock hatte. Er ist kein Fußballfan. »Viel lieber hätten wir ein bisschen länger …«, er stockt, spricht nicht weiter. Man muss kein Experte für Körpersprache sein, um zu verstehen, was er mit der lieben Magdalena lieber ein bisschen länger gemacht hätte.

Briand war guter Laune gewesen, als er plötzlich angesprochen wurde. »Dauert nur einen Moment, deine Gruppe wartet auf dich!«, hieß es freundlich; Briand kannte die Person, die sich ihm genähert hatte. Er wäre nicht so blöd gewesen, mit einem Fremden mitzugehen, betont er. Es ginge um die schrecklichen Ereignisse von gestern, da wären noch ein paar Fragen offen. Briand dachte, es wäre irgendetwas Offizielles, so etwas wie ein Verhör. Er folgte ohne Widerworte durch die tapezierte Tür, die vom Einkaufszentrum in den Crewbereich führt. Hinein in eine andere Welt. »War ganz cool, mal zu sehen, welche end-nervigen Jobs es hier gibt.«

Schnell nimmt er den Faden wieder auf: »Wir kamen in so einen komischen Besprechungsraum. Ziemlich weird und mit lauter so dämlichen Sprüchen an der Wand.« Er äfft: »Sei der Sonnenschein, der andere zum Strahlen bringt.« Sarah weiß genau, welches Zimmer er meint. Sie hat das große gelbe Poster vor Augen. »Dort wurde mir plötzlich eins übergezogen. Weiß nicht, womit. Vielleicht mit einem von diesen dummen Pokalen, die da herumstehen.« Er tastet vorsichtig mit den Fingern an seine Stirn. Als er den Verband spürt, zuckt er zurück und lässt die zitternde Hand wieder in seinen Schoß sinken. Er ist wieder ganz grau im Gesicht, sieht die Frauen erschrocken an, erinnert sich an die Angst, die er so noch nie empfunden hat. Aufgewacht sei er dann erst wieder hier, an den Zwischenstopp beim Gemüse kann er sich nicht erinnern.

»Das war's. Mehr weiß ich nicht.«

»Wie hat er denn ausgesehen? Blaue Augen? Oder braune? War er tätowiert?« Sarah Peters macht eine Pause und blickt auf ihre Daumen, die nervös aneinanderklopfen. »Oder trug er eine Spießerbrille und ein Klemmbrett …«

Briand schüttelt langsam den Kopf. Mit der Hand macht er eine Abwehrbewegung, um sie zu unterbrechen. »Nein, nein, nein. Ganz falsch. Hab ich gesagt, dass es ein Mann war?« Die Müdigkeit übermannt ihn wieder, das alles ist furchtbar anstrengend. Der blasse Jugendliche sieht verwirrt von einer zur anderen.

»Es war eine Frau?«

Briand nickt. Sarah muss sich setzen, ihre Gedanken fahren Karussell. Gabriele Blum sieht von einem zur anderen und versteht nichts. Sie will gerade etwas fragen, als Briand leise weiterspricht.

»Sorry. Sie ist deine Freundin, oder?«

Sarah sieht ihn an und nickt. Alle Alarmglocken schrillen. Sie wurde verraten. Schon wieder droht ihre ganze Welt zusammenzustürzen. Briand berührt mit den Fingerspitzen ihre Hand, die sich auf der Suche nach ein wenig Halt neben seinem Bein in die Bettdecke gekrallt hat.

Nun platzt es aus Frau Blum heraus. »Ja, verflixt, wer ist es denn nun?« Briand und Sarah sehen nach oben in das verstimmte Gesicht. Gabriele hat die Arme in die Seiten gestemmt und tappt mit dem rechten Hausschuh energisch auf den Teppichboden. Dann sprechen Sarah und Briand zugleich aus, was sie sich denken.

»Annemarie.«

»Die nervige Alte mit der Stromschlagfrisur ...«, Pause, »... mit der du in diesem beschissenen Kindergefängnis gearbeitet hast.«

Sarah sieht ihn scharf an.

Ines!

Ines Möhring.

I.M.

Glühend heiß durchzuckt es sie. Nein! Die sympathische Ines aus dem *Kids Club*? Warum hat sie es nicht bemerkt? Wie konnte ihre Menschenkenntnis sie so im Stich lassen? Sarah Peters kämpft gegen das zunehmende Schwindelgefühl an.

Sie versucht sich an alle Details zu erinnern. Worüber haben sie gesprochen? Was hat sie ihr erzählt? Hat Ines damals schon gewusst, wer sie ist? Natürlich weiß sie es jetzt.

Sarah wippt mit dem Oberkörper vor und zurück, kann nicht mehr still sitzen. Was kann, was muss der nächste Schritt sein? Welche Schachzüge bleiben ihr noch?

Oder ist das Spiel längst vorbei?

Inzwischen hat Briand die Augen geschlossen und atmet schwer. Die Müdigkeit hat ihn niedergerungen. In seiner Hilflosigkeit tut er Sarah aufrichtig leid. Sie fühlt sich dafür verantwortlich, dass er das durchmachen muss, weil sie die Situation nicht richtig eingeschätzt hat. Immer hinkt sie einen Schritt hinterher, es ist zum Verzweifeln. Sie muss sich beeilen, damit nicht noch Schlimmeres geschieht.

In zwanzig Minuten findet die vorletzte Team-Besprechung auf dieser Reise statt. »Ein absoluter Pflichttermin.« Sogar in ihrem Kopf nervt Olivers Stimme.

Sie wird ihre Undercover-Identität noch nicht aufgeben. Giovanni würde sofort Verdacht schöpfen. Jetzt, wo ihr wieder klar ist, mit wem sie es zu tun hat, muss sie doppelt vorsichtig sein und darf nicht wieder einen Fehler machen. Die Hoffnung, dass Giovanni und Ines noch nicht wissen, dass Sarah ihr dreifaches Spiel durchschaut hat, ist der einzige Vorteil, den sie noch hat.

Heute steht der große Abschluss auf dem Programm, der

letzte Höhepunkt eines unvergesslichen Urlaubs. Das Grande Finale wird eine Art Show-Dinner sein, ein Mix aus Fine-Dining und Akrobatikvorführung.

Sie sieht nervös auf die große Wanduhr und dann auf den schlafenden Briand. Da legt Frau Blum eine warme Hand auf ihre Schulter. »Gehen Sie ruhig, ich passe auf ihn auf und schreibe Ihnen, sobald er wach wird.« Sarah nickt und versucht ein Lächeln.

»Danke. Für alles!«

Für einen Moment hält sie inne. Ist es möglich, dass sie sich auch hier irrt? Dass die liebevolle Oma, die dem schlafenden Jugendlichen gerade mit einem Lappen die Stirn kühlt, Teil eines Netzwerks ist, das Kinder ermordet, verschleppt und verkauft? Sie wischt den Zweifel weg.

Als die Kabinentür hinter ihr ins Schloss fällt, ist sie bereits losgelaufen. Die Zeit, bis Briand wieder wach ist und sie ihn zu seinen Eltern bringen kann, wird sie nutzen, um nach diesem Rettungsboot zu suchen.

—

Er war naiv.

Als er sah, wie sie zu ihm ins stickige Rettungsboot kletterte, hatte er tatsächlich gedacht, das Ding würde endlich seinem Namen gerecht werden und es wäre vorbei. Alle wären gerettet und sie hätten gewonnen.

Es brauchte allerdings nur einen Blick in ihre Augen, und seine aufflammende Hoffnung wurde brutal ausgebremst. Sie wirkten kalt, irgendwie verklärt. Ein süffisantes Lächeln umspielt ihren Mund, während die hellen Locken ihren Kopf wie einen Heiligenschein umrahmen. Sie ist nicht gekommen, um ihm zu helfen.

»Hallo, Süßer! Wie gefällt dir unsere Kommandozentrale?«

»Du ...« *Pure Resignation.*

Sie beugt sich über ihn, so nah, dass ihre Lippen seine fast berühren. Ein perfides Machtspiel. Er kann die Frische ihres Kaugummis riechen.

Sie flüstert ihm etwas zu. Er muss sich konzentrieren, um es zu verstehen. Sie lallt, hat offensichtlich getrunken. Wegen des frischen Geruchs bemerkt er es erst jetzt. Sie spricht mit schwerer Zunge. »Ich hab dir doch erzählt, dass ich mit Kindern arbeite.« *Laut und verrückt lacht sie über ihren eigenen makabren Scherz.*

Dann geht alles sehr schnell.

Männerstimmen sind zu hören. Sie diskutieren heftig, scheinen eine Meinungsverschiedenheit zu haben. Es geht um Fußball.

Mittlerweile kennt Michael jeden aus der ungleichen Besuchsrunde: Giovanni, Mark, Niklas und den Schiffsarzt Dr. Hubert Dvorak. Einst ein aufgehender Stern am Chirurgenhimmel der Berliner Charité, der aufgrund seiner flinken und präzisen Tech-

nik unter der ständigen Beobachtung seiner neidischen Kollegen stand. Ein bedauerlicher Kunstfehler hatte ihn aus der Bahn geworfen und zu einem emotionslosen Operationsroboter gemacht, der versucht kurz vor seiner endgültigen Pensionierung noch so viel Geld wie möglich anzuhäufen, um im Ruhestand mit dem Lebensstil der Kollegen mithalten zu können – Golf, Gourmet-Restaurants, Weltreise.

»Ah, gut, da bist du ja«, sagt der Doktor zu Ines, die versucht ihren Alkoholpegel zu verbergen und sich betont lässig neben Michael auf die Bank setzt, der in ihrer Wahrnehmung schon gar nicht mehr existiert.

Das Treffen ist eine Art Team-Besprechung, und das letzte Mitglied trifft verspätet ein. Die Gespräche verstummen, ein hagerer Spießer mit Brille murmelt eine leise Entschuldigung und stellt sich dazu. Er wirkt nervös und fühlt sich sichtlich unwohl. Das Unwohlsein steigert sich noch, als Mark, der Mann fürs Grobe, ihm die linke Hand so fest zusammenquetscht, dass der Mittelhandknochen laut knackt. Der Unpünktliche schreit auf, wimmert, da war wohl etwas gebrochen. »Zu spät kommen muss bestraft werden.«

Giovanni deutet ihm, sich zu beruhigen. »Mach ihn nicht kaputt, wir brauchen ihn noch. Oder kennst du dich mit dem System aus?« Ein freundschaftliches Klopfen auf die Schulter und ein sehr freundliches Lächeln dazu. Mark wirft dem jammernden Mann einen verächtlichen Blick zu und wendet sich ab. Ines nimmt die Szene desinteressiert wahr.

Nachdem das geklärt ist, geht die Besprechung los: Aufgaben werden verteilt, Probleme besprochen, letzte Fragen beantwortet. Zum Beispiel warum Niklas den miesen Verräter nicht ein wenig unauffälliger hat beseitigen können. Ging nicht, weil der *kleine Kiffer im Anmarsch war. Hat ihn ganz schön erschreckt, der schnöselige Bengel. Aber da auch dieses Problem bereits gelöst ist, scheinen alle zufrieden. Ines nickt zustimmend. Hat sie erledigt.*

»*Was passiert mit dem da?*«, *fragt Ines dann.*

Alle starren Dr. Dvorak an. »*Sie kümmern sich darum. Ist alles vereinbart.*« *Zufriedenes Raunen und Nicken. Das Meeting ist beendet, einer nach dem anderen klettert nach draußen.*

Dass Niklas in seinem Monolog vor einer Stunde nicht nur über seine eigene Biographie sinnierte, sondern auch sämtliche Details, Namen und Informationen ausgeplaudert hat, über Kunden, über das Netzwerk und über den großen Drahtzieher aus Polizeikreisen, der seine Hand über die ganze Operation hält, wissen sie nicht. Genauso wenig wie sie ahnen, dass es eine Handyaufnahme des Monologs gibt.

Michael lässt ungefähr zehn Minuten verstreichen, bevor er es wagt, sich zu bewegen. Vorsichtig führt er das Handy an sein Ohr, um zu überprüfen, ob man alles verstehen kann.

»… *man kann gar nicht so viele verlotterte Kinder finden, wie sich Organe verkaufen lassen* …« *Niklas' emotionslose Stimme.*

Es hat tatsächlich geklappt.

Michael sinkt erschöpft auf die schmale Sitzbank und erwacht erst, als zwei Männer ihn grob aus dem Boot zerren und davonschleppen.

Schreien kann er nicht mehr, dafür ist er inzwischen zu schwach.

----- 14:27 Uhr -----

Sarah kann es nicht glauben. Sie hat es gefunden. Ohne sich ein einziges Mal zu verlaufen. Ohne sich nur einen Gedanken über den richtigen Weg gemacht zu haben. Sie steht jetzt auf Deck 5. Acht Rettungsboote sind es, die auf dieser Seite des Schiffes aufgehängt sind, wie eine orangene Kette hintereinander an den mächtigen Seilzügen und Winden, die sie im Notfall zu Wasser lassen. Alle Boote sehen gleich aus. Strahlend weißer Rumpf, orangener Deckel. Nur dieses eine, das Letzte in der Reihe, sieht anders aus: Die Plane, die den Einstieg verdeckt, flattert im Wind. Sie muss geöffnet worden sein. Einer der Metallkarabiner schlägt gegen die Seite des Bootes.

Sie sieht sich um, niemand da. Dann klettert sie über die Absperrung und bleibt auf der Reling sitzen. Der Einstieg ist sehr weit oben. Aber nicht unerreichbar. Wenn sie sich auf das hölzerne Geländer stellt, könnte es gehen. Langsam balanciert Sarah sich aus und streckt den rechten Arm. Sie kann die orangene Plane zur Seite schieben und den Handlauf am Einstieg greifen.

Es ist heiß hier drinnen, ein beißender Geruch schlägt ihr entgegen, aber aus Angst, entdeckt zu werden, wagt sie es nicht, die Plane ganz zu öffnen, um frische Luft hereinzulassen. Sie hält sich fest die Nase zu.

Sarah Peters hat versucht sich keine großen Hoffnungen zu machen und auch nicht damit gerechnet, dass Michael in diesem Boot sitzt und auf sie wartet. Aber trotzdem ist die Enttäuschung groß, als sie feststellt, dass dort niemand ist.

Sie richtet sich wieder auf. Schultern zurück, Brust raus. Es muss weitergehen. Sie muss weitermachen. Weil Aufgeben in ihrer Welt keine Option ist.

Sie versucht ihre Gedanken zu ordnen.

Vielleicht gibt es irgendwo im Boot Hinweise auf Michaels Verbleib. Die strukturierte Ermittlungslogik hilft ihr, den Fokus wieder zu schärfen. Dann greift sie nach ihrem Handy. Fotos machen. Nicht nur einmal war es ein Detail, dem sie zuerst keine Beachtung geschenkt haben, das am Ende alles veränderte.

Als sich ihr verzerrtes Gesicht im zersprungenen Display spiegelt, fallen ihr Mayumis Worte ein: »Ich habe ihm das Handy gegeben.«

Das Handy. Sie schien davon auszugehen, dass Sarah wüsste, welches sie meint.

Ihr Handy?

Das plötzlich verschwunden war?

Das Gerät aus dem Müllraum?

Es muss so sein. Denn das Ding in ihrer Hand ist schließlich noch da. Und es ist das Telefon von Stephanie Mayrhofer.

Sie wählt ihre eigene Mobilnummer

Klick. »Der Teilnehmer ist im Moment nicht erreichbar …«

Kein Empfang.

Trotzdem fühlt sie sich, als hätte sie einen wertvollen Schatz entdeckt. Eine direkte Verbindung zu Michael. Als könnte sie die Hand nach ihm ausstrecken. Und vielleicht auch nach den Kindern. Sie dreht sich einmal langsam um die eigene Achse, lässt den Blick schweifen. Am Ende der weißen Sitzbank offenbart sich der Ursprung des Gestankes. Angewidert nähert sich Sarah. Abfall, Papierfetzen und einige leere Wasserflaschen schwimmen in einem kleinen trüben Rinnsal. Gerade will sie sich umdrehen, als etwas Weißes in der anderen Ecke ihren Blick fängt. Ein Schuh. Sie tritt näher, und ihr Herz macht einen kleinen Sprung.

Da liegt ein Sneaker, der sicher irgendwann einmal weiß gewesen ist, einen Meter weiter entdeckt sie auch den zweiten. Michaels Lieblingsschuhe, angegraute Turnschuhe, die dringend mal gegen ein neues Paar ausgetauscht werden sollten. Aber er war immun gegen diesen Rat gewesen.

Was ist passiert? Wo ist er?

»Er ist verletzt«, hatte Mayumi geflüstert.

Er muss es schaffen.

Hoffentlich weiß er, dass sie ihn nicht aufgegeben hat und ihm auf der Spur ist. Ganz sicher, er kennt sie und ihre zielstrebige Sturheit zur Genüge. Sie will sich nicht erlauben, darüber nachzudenken, was sie mit ihm gemacht haben könnten.

Ein Blick auf das Handy in ihrer Hand.

Verdammt, sie kommt zu spät.

Wieder einmal.

Als sie endlich da ist, hat das Meeting längst angefangen.

»Herzlich willkommen, Frau Mayrhofer! Wie schön, dass Sie es einrichten konnten, zur Arbeit zu erscheinen. Morgen haben wir es dann endlich hinter uns!« Er spricht zu laut.

»Die Freude ist ganz meinerseits.«

Sie sieht Oliver scharf an, ihr stechender Blick vermittelt unmissverständlich, dass er sich jetzt lieber nicht mit ihr anlegen sollte, will er nicht an der zweiten Hand auch einen Verband haben. Ständig nestelt er an der weißen Bandage herum, die es ihm unmöglich macht, sein Klemmbrett vernünftig zu halten. Es ist ein kleines Zucken in seinen Augenwinkeln, das

Sarah signalisiert, dass er verstanden hat, der miese Feigling. Oliver räuspert sich, wirft einen Blick auf seine Notizen.

Sarah entdeckt Ines, die gerade hinter der Bühne heranschlendert und keinerlei Anstrengungen unternimmt, nicht aufzufallen. Noch immer fällt es Sarah schwer zu glauben, was Briand über sie erzählt hat. Wie konnte sie sich so täuschen? Vielleicht war es die geteilte Abneigung gegen Oliver und diesen Job, die ihr Urteilsvermögen getrübt hatte? Wen hat sie womöglich noch falsch eingeschätzt? Annemarie? Nein, hier ist sie sich sicher. Ihr erschrockenes Gesicht, als sie die Bilder sah ... Nein. Hätte sie sich als Verräterin entpuppt, müsste Sarah ihren Job aufgeben.

Annemarie.

Wo ist sie eigentlich?

Sarah spürt, wie sich ein nervöses Kribbeln in ihrer Magengegend ausbreitet. Es liegt aber nicht daran, dass Oliver nach seiner gewichtigen Ansprache auf sie zusteuert. Sie hört gar nicht mehr hin, was er zu sagen hat, sucht ihre Umgebung ab, immer hektischer. Ihre Lippen bewegen sich mechanisch, ohne sich mit dem Hirn abzusprechen. »Was meinst du mit *unserem* Auftritt?« Es ist mehr ein gedankenverlorenes Murmeln als eine ernst gemeinte Frage. Es war schon zu ihr durchgedrungen, dass alle Crewmitglieder eine kleine Rolle spielen müssen in der großen Abschlussshow – sie sicher nicht mehr.

»Wo ist eigentlich deine beste Freundin geblieben?«

»Das wüsste ich auch gern«, murmelt Sarah.

Derweil tanzt das emsige Ballett rund um den glitzernden *Megapool* auf Deck 14. Nervöse Vorfreude liegt in der Luft. Man fiebert dem großen Abend entgegen. Sarah Peters fühlt sich, als wäre sie inmitten eines Ameisenhaufens gelandet. Alles sieht wohlorganisiert aus, im Gewusel sind die einzelnen Tätigkeiten aber kaum zu erfassen. Das Dinner-Show-Akrobatikspektakel feiert heute Premiere. Alles findet bei bestem Wetter unter freiem Himmel vor dem großen Pool statt. Ringsherum werden gerade unzählige kleine Bistrotische weiß eingedeckt.

Hinter dem Pool steht jetzt eine Bühne, ein massives Konstrukt aus Trampolinen und Seilzügen. Eine weitere mehrstufige Drehbühne wurde hochgefahren und thront wie eine große Torte mitten im Wasser. Darauf springen Artisten gefährlich nahe am Abgrund herum und gehen noch einmal schwierige Passagen ihrer Choreographien durch, die sie an Land bereits Monate zuvor einstudiert haben. Weiße Stoffbahnen hängen von Haken, die an einem filigran aussehenden Stahlseil befestigt wurden, das hoch über ihren Köpfen den Himmel entlang von einem Ende des Outdoor-Bereichs bis zum anderen führt. In einen Hüftgurt geschnallt rollt dort oben im Zentrum mehrerer dünner Seile eine junge Frau. Es sieht aus, als würde sie in Zeitlupe über den Himmel laufen, federleicht.

Es ist schwer, den Blick von ihr abzuwenden, wie sie dort oben ganz ruhig turnt. Unbeeindruckt, obwohl rechts und links von ihr Kollegen durch die Meeresluft wirbeln und schließlich aus vielen Metern herabstürzen, um sich erst in letzter Sekunde, kurz vor dem Aufprall auf der Wasseroberfläche des Pools, an einem hauchdünnen Stückchen Stoff abzufangen. Es sieht alles luftig leicht und zauberhaft aus. Als würde die Schwerkraft für diese Artisten nicht gelten, die bei ihren Übungen sogar versonnen lächeln.

»Hallo? Langweile ich dich?«

Sarah ist sich nicht sicher, welche Antwort von ihr erwartet wird. Sie hat vergessen, dass Oliver immer noch neben ihr steht.

»… egal. Wird schon auftauchen, schließlich hat sie sich freiwillig als Moderatorin gemeldet. Oder willst du einspringen?« Mit einem trockenen Lachen geht er seiner Wege.

Sarah weiß für einen Moment nicht weiter. Wo ist Annemarie? Was nun? Wohin zuerst? Dann setzt sie sich in Bewegung, als sie bemerkt, dass Ines sich aus der Gruppe gelöst hat und gerade hinter der Bühne verschwindet. Sarah beschleunigt ihren Schritt, sie darf sie nicht aus den Augen verlieren. Als sie Techniker mit einem Wagen voller Kabel, Stewards bepackt mit Tischdecken, Stuhlhussen und Servietten und trippelnde, verschwitzte Artisten umschifft hat und endlich hinter der großen LED-Wand ankommt, sieht sie gerade noch, wie sich Ines' Gesprächspartner verabschiedet.

Oliver sieht zerknirscht aus. »Sag ihm, es ist das letzte Mal! Ich mache es nicht mehr!« Seine Worte klingen bemüht resolut, als müsste er seinen ganzen Mut zusammennehmen, um sie laut auszusprechen. Während er von dannen schleicht, zupft er verlegen an seinem Verband herum. Ines bleibt unbeeindruckt. Sie wirkt gut gelaunt, dreht sich auf dem Absatz um, ihr Blick trifft Sarahs. Grinsend schlendert sie zu ihr herüber.

»Bereit für den großen Showdown?«

»Klar. Wo soll ich denn eigentlich hin?« Es kostet viel Energie, ruhig zu bleiben.

Ines lacht, hakt sich bei ihr unter und führt sie zu den anderen. »Komm mit!« Zum Glück bemerkt sie das leichte Zittern nicht, als sie Sarahs Arm berührt.

»Hast du heute zufällig Annemarie gesehen?«

Ines zuckt mit den Schultern. »Wieso fragst du?«

Sarah bemerkt, wie ihr Herzschlag sich beschleunigt. Ihr wird gerade bewusst, dass auch Giovanni nicht da ist. Erschrocken reißt sie die Arme hoch, als das Handy in ihrer Hosentasche vibriert. Schnell fischt sie es heraus und wendet sich ab, damit Ines das Display nicht sehen kann.

»Er ist wieder wach. Ich denke, es ist Zeit, Schätzchen.«

Ines mustert Sarah konzentriert, ein Lächeln im Gesicht. Nicht nötig, sich weiter zu verstellen.

»Meine Mutter ...«, sagt Sarah unbeirrt, während ihre Finger schnell über das Display fliegen. Ines verzieht keine Miene. Nicht nur, weil sie spürt, dass sie gerade angelogen wird, sondern weil ihre eigene Mutter ihr schon seit Jahrzehnten keine Nachrichten mehr schreibt.

Sarahs SMS ist kurz, trotzdem vertippt sie sich in der Hektik zweimal. »Okay.«

Sie hebt die Hand, wendet sich zum Gehen, murmelt etwas von »kurz weg«, »gleich wieder da« und »kein Internet«. Als sie außer Sichtweite ist, nimmt sie das Handy ans Ohr. Sie kann nicht länger warten. Zu viele Menschen sind verschwunden, verletzt und getötet worden. Sie schafft es nicht allein, das alles hier zu stoppen. Und sie hat nun ein klares Bild davon, wie sich der Austausch auf hoher See zutragen könnte.

Oliver hat eine wichtige Rolle in diesem ekelhaften Spiel. Er muss derjenige sein, der es ermöglicht, die Organe und Kinder wieder von Bord zu bringen. An seinen umfassenden Kenntnissen über das Sicherheitssystem des Schiffs hat er sie ja großzügig teilhaben lassen. Er muss derjenige sein, der die Kameras und Sensoren so lange deaktiviert, bis alles erledigt ist. Er muss O. F. sein.

Es läutet. Noch einmal.
Komm, geh ran! Könnte schließlich ein Notfall sein.
Endlich.
»Polizeipräsidium Konstanz. Wie kann ich Ihnen helfen?«

----- 15:44 Uhr -----

Kabine 4007, Kategorie 2bA – Außenkabine, 17 Quadratmeter, Espressomaschine und Bademäntel inklusive. Nach den vielen schlaf- und rastlosen Stunden in ihrer Kabine wäre Sarah Peters gerüstet für einen Promotion-Job auf einer Fachmesse für Hochseereisen. »Hier bleiben keine Wünsche offen!«, »Die luxiuriöseste Art, die ganze Welt zu erleben!«, »Besonderes muss nicht besonders teuer sein!« Den Werbekatalog über die mannigfachen Annehmlichkeiten auf der *Freedom of Spirit*, das Standardwerk in jedem Zimmer, kann sie schon auswendig, nur an ihrer »Attitude« müsste sie noch arbeiten. In diesem Bereich hat sie sich leider nur marginal verbessert seit dem ersten Schulungstag an Land vor drei Monaten, die ihr vorkommen wie Abermillionen Jahre. Damals, als sie noch dachte, dass ihre Abneigung gegen Wasser ihr größtes Problem werden würde. Damals, als sie zwar ahnten, dass das hier kein Spaziergang werden würde, aber nicht damit rechneten, dass sich gleich hinter der Planke das Tor zur Hölle öffnen würde.

Kategorie 2bA, die zweitgünstigste, nur das Fenster hätten sie noch einsparen können. Sarah ist nicht überrascht. The Ebels – mehr Schein als Sein. Sie glaubt nicht einmal, dass Thorsten und Brigitte Ebel es sich nicht hätten leisten können, eine Junior-Suite (26 Quadratmeter, inklusive Spielkonsole für den eigenen Junior) zu buchen. Geld dürfte schon da sein, zumindest sprechen Schmuck und das sonstige Equipment der beiden dafür. Dem lädierten Briand neben sich hätte Sarah zumindest ein richtiges Bett statt der Ausziehcouch im Zimmer seiner Eltern gewünscht.

Sarah mustert ihn eingehend, er ist eigentlich ein gutaussehender junger Mann.

Er lächelt tapfer und nickt ihr zu.

Sie klopft an die Tür.

Dann warten sie, umhüllt von der gedämpften Atmosphäre des pastellgrünen Flurs, der ein frühlingshaftes Gefühl der Wärme und Hoffnung ausstrahlt.

»Danke. Für alles«, murmelt Briand und sieht sie sehr ernst an. Die vergangenen Stunden haben ihn verändert. Sie kann nachfühlen, wie es ist, wenn einem plötzlich klar wird, dass die eigene kleine Welt ganz schnell einstürzen kann.

Sarah schenkt ihm ein aufmunterndes Lächeln. »Gern.« Sie meint es so. »Magdalena hat heute nach dir gefragt.« Briands Miene hellt sich auf, sein geschwollener Mundwinkel versucht so etwas wie ein Grinsen. Es sieht schmerzhaft aus. Plötzlich sind Schritte zu hören.

Flip, Flop, Flip, dann das Knarzen der schweren Türe.

»Hast du schon wieder was bestellt, Brigittchen?«

Thorsten Ebels genervte Frage verhallt im Flur vor der Kabinentür und hat sich in der Sekunde erledigt, als er seinen Sohn sieht. Sarah bemerkt, wie seine Gesichtszüge weicher werden, dann das Entsetzen über den Anblick und die Erleichterung auf beiden Seiten. Auf dem Schreibtisch blinkt am Telefon noch das rote Lämpchen mit ihrer Nachricht.

Briand schluchzt ganz leise.

»Was machen Sie denn hi…??«

Brigitte Ebel steht nun auch vor der Kabine, schlägt beide Hände vor den Mund und schnappt nach Luft, ein Wimmern entfährt ihr, als sie ihren Sohn in die Arme schließt. Ihren Mann hat sie einfach zur Seite gedrängt, immer wieder hört man ein weinerliches »mein Baby« aus dem Menschenknäuel piepsen.

Briand lässt es geschehen, obwohl der Klammergriff seiner Mutter schmerzhaft sein muss.

»Können wir nach drinnen gehen? Ich würde gerne mit Ihnen sprechen.« Sarahs Tonfall ist bestimmt, ihr Blick so ernst, dass Thorsten Ebel sie ohne Rückfragen hereinlässt. Er mustert sie und sieht aus, als würde er versuchen, sich auf all das hier einen Reim zu machen: Seinen verletzten Sohn, die unfähige Crewmitarbeiterin, ihr verändertes Auftreten. Natürlich gelingt ihm das nicht.

So kurz und knapp wie möglich informiert Sarah Peters Familie Ebel über alles, was sie wissen müssen: dass Briand heute Vormittag attackiert, aber nicht lebensgefährlich verletzt wurde. Dass sie ihn gefunden und nach seinem Hinweis lieber nicht ins Hospital gebracht hat. Dass sie das bitte auch tunlichst unterlassen sollten, wenn ihnen etwas an seinem Wohlergehen liegt. Und dass sie mit der Polizei zusammenarbeitet, um die Verbrechen an Bord aufzuklären. Sie vermeidet es, ins Detail zu gehen und zu schildern, um welche Grausamkeiten es sich genau handelt. Als Sarah ihre komprimierten Ausführungen beendet hat, blickt sie in drei fragende Gesichter.

Sie versucht so viel Geduld wie möglich aufzubringen. Zählt in ihrem Kopf bis zwanzig, um ihnen Zeit zu geben, über ihre Worte nachzudenken. Trotzdem kann Sarah nicht stillsitzen und beginnt in der kleinen Kabine auf und ab zu wandern wie ein eingesperrter Tiger. Den Blick aus dem Fenster vermeidet sie möglichst, denn auch wenn sie sich mit dem Ozean arrangiert hat, verursacht ihr der schwankende Horizont noch immer ein flaues Gefühl im Magen. Kälte breitet sich in ihrer Brust aus und bringt Erinnerungen zurück, die sie mit aller Kraft zurückzuhalten versucht.

Sie hat keine Zeit.

»Er ist verletzt.« Mayumis Worte ziehen Kreise in ihrem Kopf. Bitte, lass es nicht zu spät sein! Sarah versucht diese Gedanken nicht zuzulassen, aus Angst, sie könnten sie endgültig lähmen. Aber die Schublade mit all den Dingen, über die sie nicht nachdenken darf und will, ist mittlerweile übervoll. Nur mit größter Mühe lässt sie sich noch schließen.

Sarah Peters bleibt vor den Ebels stehen, die gemeinsam am Fußende des großen Betts sitzen und betreten schweigen. Ihr Blick fällt auf die glitzernden Radhelme, die an der Garderobe hängen. Sie muss den Kopf schütteln.

»Also dann …«, versucht sie sich vorsichtig abzumelden. Die Eltern sehen auf, fragend und besorgt. Briand döst gerade wieder ein. »Haben Sie keine Sorge, in Ihrer Kabine sind Sie sicher. Verstärkung ist unterwegs.«

----- 16 : 29 Uhr -----

Sarah Peters kennt den Weg. Rein in den Aufzug, Seepferdchensymbol gedrückt, *schwusch,* Tür zu, gemeinsam mit den Beach Boys acht Decks nach oben, *schwusch,* Tür auf, leider auf keiner Karibischen Insel angekommen, stattdessen Deck 12. *Kids Club.*

Es graut ihr davor. Nicht vor den Kindern mit all ihren sekündlich wechselnden Lebenskrisen, klebrigen Händen oder der Fähigkeit, ein geordnetes Bücherregal in Rekordzeit komplett zu entkernen. Sie wird Giovanni gegenüberstehen, zum ersten Mal, seitdem sie genau weiß, wer er ist.

Sarah hält abrupt an, direkt neben einer großen Fächerpalme, und starrt in das Grün, als hätte sie mit der Topfpflanze schon lange etwas Wichtiges zu besprechen gehabt, wüsste aber nicht so genau, wie sie beginnen sollte: »Es liegt nicht an dir, sondern an mir …«

Sie hört in ihrem Kopf das Ticken eines Sekundenzeigers. Schnell und erbarmungslos. Aber sie benötigt diesen Moment, um sich kurz zu sammeln. Ihr ist plötzlich klar geworden, was sie unterbewusst beschäftigt: die Wahl des Treffpunktes, der dreißig Minuten vor dem Ende der Öffnungszeiten doch bestimmt stark frequentiert ist. Eigenartig. Es kommt ihr sinnlos vor. Sie nimmt sich vor, auf der Hut zu sein, noch mehr als sonst, und geht langsam weiter. Sie darf sich keine Fehler mehr erlauben.

Als sie Giovanni in den ersten Stunden dieses unendlichen Tages zuletzt gesehen hat, waren die beiden offiziell noch Undercover-Partner und gemeinsam auf Verbrecherjagd. Ihr wird ganz schlecht, als sie daran denkt, wie übervorsorglich er sich gegeben hatte, als er sie und Annemarie zu ihrer Kabine eskortierte. Sarah geht davon aus, dass er mittlerweile zumindest eine Vermutung hat, dass sie seine Rolle anzweifelt.

Umso wichtiger ist es, dass sie nicht wie ein nervöses Wrack zu ihrem Treffen erscheint. Gleich ist sie da. Aber ...

Was ist denn da los?

Fast wäre sie mit voller Wucht gegen die Glastür gelaufen. Leise, schnell und fließend öffnet sich diese normalerweise und gibt den Blick auf Leseecke, Krabbelstube und Trinkstation frei. Gleich daneben sorgt der Feng-Shui-Brunnen, in dessen Mitte eine dunkle Steinkugel gleichmäßig von Wasser umspült wird, für beruhigendes Plätschern. Ein Spieleparadies, das in beruhigende Klänge und harmonisch moderne Farben gebettet ist, geöffnet täglich von 8:30 bis 17 Uhr.

Nur heute nicht.

Die Tür bleibt zu.

Kein Spiel, kein Spaß, kein Trallala stehen heute auf dem Programm. Stattdessen hängt an der Tür auf Augenhöhe ein simpler DIN-A4-Zettel.

»Vorübergehend geschlossen. Bis zum nächsten Mal!«

Was soll das hier? Was bedeutet es für sie und Giovanni? Für die Ermittlungen?

Sarah weicht einen Schritt zurück, als würde der Meter Entfernung etwas ändern. Als müsste sie die geschlossene Glastür in ihrer vollen Pracht betrachten, um sich ein Bild von der Gesamtsituation machen zu können.

Moment! Was ist das?

Sie kniet sich auf den Boden und begutachtet die kleine weiße Papierecke, die gerade so viel hervorsteht, dass sie diese mit den Fingerspitzen greifen kann. Stück für Stück friemelt sie das Ding unter dem Türspalt hervor. Dann ringt sie nach Luft.

Es ist eine Botschaft, eine Drohung.

Fassungslosigkeit und Zorn liefern sich ein Duell, während sie das kleine Foto anstarrt. Sie hält es so fest zwischen den Fingern, dass es Knicke bekommt.

Einige Stunden sind vergangen, seit sie die Bilder gesehen hat. Kleine Polaroids, die riesiges Leid dokumentieren. Sie weiß nicht mehr, wie viele es genau waren, die sie in Dr. Dvoraks Ordner gefunden und mit der Bildseite nach unten zur Seite gelegt hat, weil der Anblick ihr körperliche Qualen verursachte. Auch diesmal ist das Foto ein Bildbeweis für ein Verbrechen. Auch diesmal zeigt es einen verletzten Menschen, der bewusstlos daliegt.

Aber diesmal ist es kein Kind.

Es ist Annemarie.

Sie hat sich gewehrt. Das erkennt man an den Blutspuren an ihren pink lackierten, künstlichen Fingernägeln. »Es tut mir leid. Tut mir so leid ...« Ein Wimmern. Sarah schlägt die Hände vors Gesicht, als ließen sich die Grausamkeiten so fernhalten. Sie hätte sie nicht mit hineinziehen dürfen. Sie kennt die Regeln. Sie schließt die Augen und presst die Lippen so fest zusammen, dass es wehtut. Es ist ihr egal, sie will den Schmerz. Tränen stehen in den Augenwinkeln, bereit für den großen Dammbruch, für die unaufhaltsame Welle der Emotionen. Zornig werden sie weggewischt.

Nein. Nein. Nein!

Sarah rappelt sich hoch, lässt das Polaroid in ihrer Hosentasche verschwinden und macht sich auf den Weg. Diesmal rennt sie einfach drauflos. Ungebremst und so schnell sie kann, durch einen Passagierflur, natürlich ohne Namensschild. Die Zeit der gespielten Freundlichkeiten ist vorbei. Ihre Tarnung längst aufgeflogen. Sie muss wieder nach unten, dorthin, wo die dunklen Geheimnisse lagern. Dorthin, wo das Bild aufgenommen wurde.

Sie weiß, wo das ist.

---- 17:17 Uhr ----

Nichts.

Da ist nichts.

Keine Spur von einem Kampf, nur das übliche Zeug, das hier aufbewahrt wird. Die Karotten sehen so aus, als wären sie froh, dass das Ganze hier morgen vorbei ist. Sie sind nicht die Einzigen.

Was hat sie eigentlich erwartet? Sie weiß es nicht. Aber es war der einzige Anhaltspunkt auf dem Foto. Wahrscheinlich ist Annemarie hier nur zwischengelagert worden, wie das Gemüse oder Briand vor ihr.

Sarah versucht sich in Annemarie hineinzuversetzen, ohne sich dabei das Schlimmste auszumalen. Sie ruft sich das Bild der toughen jungen Frau in Erinnerung, ihrer Zimmerkollegin und neuen Freundin. Sie wäre doch bestimmt nach der Bike-Tour zuerst in ihre Kabine gegangen, um sich zu duschen, umzuziehen und zu stylen. Niemals wäre sie verschwitzt und mit Helmfrisur noch mal unter Leute gegangen.

Diesmal weiß Sarah Peters zumindest, dass es noch nicht sehr lange her sein kann, dass ihr etwas zugestoßen ist. Noch einmal nimmt sie sich zusammen und beschließt, ihre Suche in der Kabine zu starten, vielleicht gibt es dort einen Hinweis.

Sie macht auf dem Absatz kehrt und stößt plötzlich einen lauten Schrei aus.

Schnell schlägt sie die Hände vor den Mund und sinkt auf die Knie. Vor ihr kauert ein verschreckter, dreckiger Junge. Er hält seinen Körper umschlungen und zittert. Es ist der Junge von dem Foto, mager sieht er aus, und seine fiebrigen Augen sind ausdruckslos. Sie kniet nieder, greift vorsichtig nach seiner Hand. Er zuckt zusammen. Sie rückt ein Stück ab, entschuldigt sich. »Sorry! Es ist alles okay. Ich werde dir helfen.«

Sein Blick wandert zu ihrem Gesicht, als hätte er erst jetzt bemerkt, dass sie da ist. Er wirkt verwirrt und orientierungslos. Und er stinkt bestialisch. Fragend sieht er sie an.

»Ich bin Sarah.«

Er nickt. Als wäre nun alles klar.

»Er hat von dir erzählt.« Ein brüchiges Flüstern.

»Wer?«

»Michael.«

Sarah schluckt schwer, aber der Kloß in ihrem Hals bleibt. Sie schließt seine kleinen Hände in ihre. »Komm, wir müssen hier weg.« Willenlos lässt sich der Junge von ihr hochheben und davontragen.

»Ich bin Joseph«, flüstert er.

Sarah lässt eine Minute verstreichen, bevor sie fragt: »Wo sind die anderen?«

»Sie haben sie weggebracht. Bin entwischt.«

Als die beiden fünf Minuten später vor Gabriele Blums Kabine ankommen, werden sie sofort hereingelassen. Sie stellt keine Fragen.

Während Sarah ihr einige Sätze ins Ohr flüstert, sieht sich Joseph verschreckt in der schönen hellen Kabine um. Klassische Musik dringt leise aus dem Wohnraum. Er bleibt in der Garderobe stehen. Er weiß, dass er hier nicht hingehört. Aber da kennt er Oma Blum schlecht. Sie legt ihm ihren weichen Arm um die Schulter, ganz ohne Berührungsängste, drückt ihn an sich und sagt in einem bestimmten Ton: »Komm herein, mein Schatz! Hier bist du in Sicherheit.« Ungläubig sehen sie die großen Kinderaugen an. Josephs kleiner knochiger

Körper entspannt sich. Er spürt, dass ihm nichts passieren kann, solange diese freundliche Dame da ist. Und plötzlich beginnt er bitterlich zu weinen.

Sarah läuft los.

----- 18 : 03 **Uhr** -----

Immer wieder hat sie über die Schulter geschaut, um sich zu vergewissern, dass ihr niemand folgt oder sie dabei beobachtet hat, wo sie herkommt. Statt den direkten Weg zu nehmen ist sie durch das Versorgungstreppenhaus hinunter, an einer anderen Stelle wieder hoch und an der Außenpoolanlage des *Beach Clubs* auf Deck 14 vorbeigelaufen. Nun grüßt sie dort an der *Waikiki-Bar* auffällig laut, um jedem zu zeigen, dass sie da ist. Nach den Tagen des Versteckens ist nun größtmögliche Aufmerksamkeit ihr Ziel. Je mehr Zeugen, desto besser. Sven, der hinter dem Tresen in einem Baströckchen gerade Cocktails kredenzt, sieht verwundert auf. Beinahe hätte er dabei sein schönes Früchte-Bouquet umgeworfen. Er flucht leise in seiner Muttersprache.

»Jävla ...«

Kaum ist Sarah wieder unbeobachtet im Treppenhaus auf der anderen Seite angekommen und auf dem Weg Richtung Crewbereich, beginnt sie zu laufen, so schnell sie kann.

Gleich ist sie da. Das Herz rast, und sie ringt nach Luft.

Noch einmal links, dann geradeaus und ...

Was ist denn da los?

Am Ende des Flurs hat sich eine kleine Menschentraube gebildet, die eifrig vor sich hin plappert und in eine Kabine starrt. Farbcode: Mintgrün. Sie stehen auf Zehenspitzen, es wird mit Fingern gezeigt, wild durcheinandergeredet, Köpfe werden gereckt und geschüttelt. Unter den fünf Damen des Putzpersonals entdeckt Sarah auch Mayumi. Sie hat Sarah bereits kommen sehen und deutet ihr mit dem Finger vor den Lippen, nichts zu sagen.

Alles klar.

0617

0618

Nein! Sie läuft die letzten Schritte und schiebt die kleinen dunkelhaarigen Frauen beiseite, um in ihre Kabine zu gelangen. Die Gespräche verstummen, die Schaulustigen treten zurück und stellen sich artig in einem Halbkreis auf. Betreten sehen die meisten hinunter auf den beigen Linoleumboden, nur Mayumi blickt ihr direkt ins Gesicht. Sarah sieht ihr an, dass sie gerne etwas sagen würde, aber nicht kann. Dann versucht sie die Kabine mit der Nummer 0619 zu betreten.

Bis auf Brusthöhe versperrt eine quergelegte Matratze Eingang und Sicht. Sie geht näher heran und lugt darüber hinweg, in das unfassbare Chaos, das in der kleinen Zweibettkabine herrscht.

Es gibt keinen Quadratzentimeter, der nicht bedeckt ist. Man muss sich konzentrieren, um einzelne Teile auseinanderhalten zu können. Kleidung, Shampoo-Flaschen, Papiere und der Inhalt der Obstschale liegen auf dem Lattenrost des unteren Bettes. Die Kissen wurden aufgeschlitzt, überall verteilt finden sich weiße Daunen.

Vorsichtig schiebt sie einen Fuß durch den Spalt zwischen Matratze und Türstock und schubst den kleinen Tisch beiseite, der dahinter liegt. Sie zwängt sich hindurch. Glasscherben knirschen, es ist ein furchtbares Geräusch. Jetzt, auf der anderen Seite der Barriere, offenbart sich die gesamte Brutalität, mit der hier gewütet wurde. Mechanisch greift Sarah in ihre Gesäßtasche, zieht das Handy heraus und beginnt zu fotografieren. Beweissicherung. Sie geht in die Knie und hebt etwas Pinkes vom Boden auf. Es schnürt ihr die Kehle zusammen, als sie erkennt, was es ist. Es handelt sich um einen blutigen pinken Fingernagel aus Kunststoff. Einen, den sie heute morgen noch an Annemaries Hand gesehen hat. Sie schluckt schwer und richtet sich langsam wieder auf. Hinter der Matratze hört sie die philippinischen Damen leise tuscheln. Sie räuspert sich. Alle verstummen.

»Ist Mayumi noch da?«

Es raschelt, und die weiße Wand wackelt ein wenig. Dann taucht ein dunkler Haarschopf auf, der sich an der Seite durchzwängt. Das Tuscheln wird wieder lauter. Gemeinsam mit Mayumi beginnt Sarah die Matratze, die sich zwischen einer zertrümmerten Schranktür und einem kleinen Hocker verkeilt hat, herauszuziehen. Sie wuchten das Ding wieder in das untere Bett. Nun, da die Sicht in die Kabine wieder frei ist, können auch die Kolleginnen das gesamte zerstörerische Werk sehen. Für einen Moment verharren alle in Schockstarre. Dann gibt Mayumi ein scharfes Kommando. Daraufhin wieseln alle in unterschiedliche Richtungen davon. Ihre Stimmen sind noch zu hören, bis sie um die nächste Ecke biegen. Mayumi mustert das Chaos mit weit aufgerissenen, angstvollen Augen.

Mit einer Hand hat sich Sarah an den Pfosten des Stockbettes geklammert. Sie kann den Blick nicht von der Blutlache wenden, die dort zu sehen ist, wo einmal das Tischchen stand. Sie will sich nicht vorstellen, was hier passiert ist, aber diese Gedanken lassen sich nicht mehr einfangen.

Jemand muss Annemarie aufgelauert haben. Giovanni. Was wollte er von ihr? Die Mappe mit den Protokollen und Fotos war doch längst weg.

Alles war umsonst.

Sarah Peters sinkt auf den Boden vor dem Bett und beginnt zu schluchzen. Mayumi beobachtet sie stumm.

Da vibriert das Handy in ihrer Gesäßtasche. Durch die Risse des zersplitterten Displays sieht sie das Kackhaufensymbol aufleuchten.

»Ja«, sagt sie wie in Trance.

»Hast du keine Uhr?« Olivers Stimme klingt noch unsympathischer als sonst.

»Ja.«

»Weißt du, was es bedeutet, wenn jemand sagt: Wir treffen uns pünktlich um 18 Uhr wieder? Pünktlich! Ich wurde angewiesen, auf dich heute extra aufzupassen. Bin wirklich froh, wenn ich dich wieder los …«

»Ja.«

Sie legt einfach auf. Als das Handy noch einmal in ihrer Hand zu vibrieren beginnt, stellt sie es aus. Ihr fällt nichts ein, das noch relevant sein könnte. Sie hat verloren.

Sarah lehnt ihren schmerzenden Kopf an das braun lackierte Holz des Bettrahmens und lässt die Tränen laufen. Eine unfassbare Müdigkeit befällt sie. Enttäuschung und Trauer verursachen körperliche Schmerzen.

Da stößt ihr rechter kleiner Finger plötzlich an etwas Gummiartiges. Etwas Kleines, das unter das Bett gerutscht sein muss. Sie hebt den Kopf. Es ist der kleine Radiergummi, der aussieht wie ein Regenbogen. Das kleine Teil, das sie im Badezimmer gefunden hat, als sie erwachte. Es ist ein Jahr und drei Leben her – oder waren es wirklich nur fünf Tage? Als Sarah den Blick nach oben wandern lässt, entdeckt sie am Fußende des oberen Bettes noch etwas anderes unter der Matratze.

Das kann doch nicht sein.

Der Ordner. Der furchtbare braune Hefter aus Dr. Dvoraks Büro. Der Beweis für die Existenz des Bösen. Das doppelt gestohlene Diebesgut, das sie verloren glaubte. Hat sie sich getäuscht? Nein! Bestimmt nicht. Sie versteht nichts mehr und blickt durch den kleinen verwüsteten Raum. Mayumi hat begonnen, Annemaries Kleidung zu falten und wieder in den Schrank zu legen. Sarah hat nicht die Kraft, sie darüber zu belehren, dass das hier ein Tatort ist, der nicht verändert werden darf. Ihre Blicke treffen sich, die Philippinerin sieht ihr fest in die Augen und nickt. Sarah Peters sieht die Beweise in ihrer Hand an.

Dann versteht sie.

—

Es ging alles ganz schnell.

Zu schnell, um es begreifen zu können. Zu unerwartet, um damit zu rechnen. So sehr sie es auch versucht, es fällt ihr schwer, das Erlebte in irgendeine halbwegs sinnvolle Ordnung zu bringen. Und trotzdem kann sie nicht aufhören, es zu versuchen. Wie jemand, der probiert, einen Zauberwürfel zu ordnen, aber keine Ahnung hat, wie das funktionieren soll, weil er längst nicht mehr weiß, mit welcher Seite des Spielwürfels er begonnen hat. Annemarie versteht nichts von beidem – nicht das Nerd-Spielzeug aus den Achtzigern, und ihr Leben erst recht nicht mehr.

Dabei schien der Vormittag eine erfreuliche Wendung zu nehmen nach den furchtbaren Entdeckungen der Nacht, den Albträumen und dem nagenden Gefühl, dass Stephanie ... nein, Sarah, ihr etwas verschwieg. Wahrscheinlich wollte ihre Freundin sie bloß beschützen, was gut gemeint, aber völlig unnötig ist. Vielleicht dachte sie auch, Annemarie könnte die ganze furchtbare Wahrheit nicht ertragen. Dabei ist nichts schlimmer als die Ungewissheit, die Bilder und Geschichten, die sie sich in ihrem Kopf ausmalt. Das hätte sie ihr vielleicht mal sagen sollen. Sie braucht niemanden, der auf sie aufpasst. Schon lange nicht mehr.

Auf die heutige sportliche Aufgabe hatte sie sich eigentlich gefreut: Bike-Tour durch Barcelona – es hätte sie schlimmer treffen können. Am meisten freute sie sich aber darüber, dieses Schiff verlassen zu können. Die ganze Nacht über hatte sie das Gefühl gehabt, nicht richtig atmen zu können. So sehr sie es auch versuchte, das Gefühl, ein Elefant säße auf ihrer Brust, ließ nicht nach. Albträume hatten sie durch die wenigen Nachtstun-

den getrieben, die ihnen nach den furchtbaren Entdeckungen noch geblieben waren.

Umso mehr genoss sie den Anblick des blauen Himmels, der Palmen und ausgelassenen Menschen in den belebten Gassen Barcelonas. Dieses positive, bunte Lebensgefühl hatte sie aus ihrer Schockstarre befreit. Es fühlte sich gut an, sich körperlich zu betätigen und zu spüren, wie sich die Muskeln langsam aufwärmen. Mit jedem Tritt in die Pedale ging es ihr ein wenig besser, und die Kraft kehrte in ihren Körper zurück. Am liebsten hätte sie Vollgas gegeben und sich bis zur Erschöpfung ausgepowert. Aber ein Blick auf ihre Reisegruppe reichte, um mehrere Gänge runterzuschalten. Das Durchschnittsalter lag irgendwo zwischen siebzig und achtzig, und der bevorzugte Dresscode war »Beige«.

Die Stimmung war überraschend gut, nachdem vor dem Start die Schrecken des Vorabends ausgiebig besprochen worden waren. Man einigte sich darauf, den Tag bestmöglich zu genießen – es könnte schließlich der letzte sein.

Es wurde ein erfrischend unbeschwerter Vormittag, und Annemarie fühlte sich deutlich besser, als sie zurück auf ihre Kabine ging. Die Energie war zurück, und auch ihre Gedanken hatten sich etwas geordnet. Sie fühlte sich bereit für die nächsten Aufgaben und ging zielstrebig Richtung Kabine.

Dort wurde sie schon erwartet. Er hatte sein strahlendstes Lächeln aufgesetzt, als er sie kommen sah – das hätte ihr gleich merkwürdig erscheinen müssen.

Kaum war die Tür hinter ihnen ins Schloss gefallen, war Edoardos Lächeln verloschen. Stattdessen blickte Annemarie in den Lauf einer Pistole. Seine Mundwinkel zuckten nervös. Er fuchtelte mit der Waffe ziemlich knapp vor ihrer Nase herum.

»Gib es mir zurück«, zischte er bedrohlich.

Annemarie neigte den Kopf und sah ihn fragend an.

»Was ...? Ich meine, ... wieso?« Eine schallende Ohrfeige traf sie. Sie schrie vor Schmerz auf, krümmte sich zu Boden und hielt die Hände vors Gesicht.

»Sag mal, spinnst du!«, wimmerte sie. Da zog er sie an den Haaren wieder hoch, zwang ihren Kopf in den Nacken und sprach mit seinem Mund ganz dicht an ihrem Ohr.

»Ich wiederhole mich nicht gerne.« Er warf die Pistole auf das Tischchen vor ihnen. Ihre blonde Mähne hatte er immer noch fest im Griff, sie jammerte vor Schmerz. Dann griff er in seine linke Hosentasche, dann in die Gesäßtasche, fluchte, riss ihren Kopf auf die andere Seite und wechselte die Hand, um an die rechte Tasche heranzukommen. Er knurrte verärgert.

»Also, wo ist es?«

Annemarie war verwirrt.

War die Frage an sie gerichtet oder sprach er mit sich selbst? Als er sie noch einmal brutal am Haarschopf riss, wusste sie immer noch keine Antwort. Tränen stiegen in ihre Augen, sie wimmerte lauter.

»Ich weiß nicht, ich weiß wirklich nicht, wovon du sprichst. Bitte ...« Wütend warf er sie zu Boden und trat ihr kräftig in die Rippen. Sie schrie laut, musste husten und begann zu schluchzen.

»Da! Allora!«

Endlich schien er gefunden zu haben, was er suchte. Er zog etwas kleines Weißes heraus und packte Annemarie wieder am Schopf. Als sie erkannte, was er ihr vor die Nase hielt, befiel ein unkontrolliertes Zittern ihren Körper. Ihr wurde übel.

Es war ein Foto.

Ein Foto von einem Kind mit einer langen Narbe an der linken Seite. Ein Mädchen. Mager, schmutzig, in einem Shirt, das wohl einmal pink gewesen war. Der Schmerz fuhr ihr direkt ins Herz. Das Kind sah tot aus, die starren Augen weit geöffnet.

Jetzt verstand sie.

Wer er war. Wonach er suchte. Wie dumm sie gewesen war.

Das Zittern wurde stärker.

Sarah. Wo war nur Sarah? Sie blickte verzweifelt Richtung Kabinentür. Edoardo folgte ihrem Blick und schlug ihr noch einmal ins Gesicht.

»Du weißt, was das ist? Lüg mich nicht an!«

Tränen liefen ihr über das Gesicht. Dann deutete sie ein Nicken an. Er schnaubte verächtlich und lockerte den Griff. Mit einem brutalen Schlag warf er sie zu Boden und wandte sich ab. Er drehte sich einmal um die eigene Achse und ließ den Blick durch die Kabine schweifen. Verärgert begann er alle Schränke und Schubladen zu durchwühlen und die Sachen herauszuwerfen. Gerade krachte ihr Lockenstab auf den Boden, ein Teil splitterte ab. Annemarie verfolgte das Geschehen wie in Trance. Sie kauerte vor dem Bett und weinte leise.

Dann fiel ihr seine Waffe ins Auge.

Die schwarze Kleinkaliberpistole lag immer noch auf dem kleinen Tisch. Annemaries Herz schlug wild, sie zitterte am ganzen Körper.

Giovanni trampelte ins Bad. Für so einen Kinderkram war er normalerweise nicht zuständig. Sie hatten gewusst, dass die Polizei an Bord sein würde, aber er hatte nicht gedacht, dass sie solchen Ärger machen würde. Er dachte, alles wäre unter Kontrolle. Das Foto, das die beiden in der Nacht im Kids Club ver-

loren hatten, hatte alles geändert. Er hatte einen heftigen Streit mit dem Doktor vom Zaun gebrochen, der schlussendlich zugeben musste, dass etwas aus seinem Büro entwendet worden war. Dieser verdammte Idiot mit seinen Verfolgungsängsten. Wer sonst ist so blöd, eine Mappe voller Beweise vorzubereiten?

Aus dem Bad tönte eine Tirade italienischer Flüche, während es klirrte und schepperte. Vorsichtig wechselte Annemarie die Position, kniete nun auf einem Bein. Absprungbereit wie ein Hürdenläufer. Sie musste es drauf ankommen lassen. Es waren nur zwei Schritte bis zum Tisch.

Ein lauter Rums.

»Vaffanculo! Fuck you!«, tönte es aus dem engen Bad.

Sie hielt inne und horchte.

Es knurrte und schimpfte aus der kleinen Kammer, aber dann wurde weitergesucht und geraschelt.

Annemarie machte sich zum Sprung bereit.

Ein Schritt, zweiter Schritt.

Und ...

Tock, tock, tock.

Sie erschrak furchtbar und hockte sich schnell wieder auf den Boden. Heftig schlug ihr Herz. Hatte er es gehört? Das musste Sarah sein, die vielleicht ihre Karte vergessen hatte.

Noch einmal.

Lauter. Energischer.

Tock, tock, tock, tock.

Ein italienischer Haarschopf lugte aus dem Badezimmer, sah sie fragend an. Dann zur Tür. Sie harrte versteinert in ihrer Position. Giovanni wirkte irritiert, schüttelte den Kopf und deutete ihr harsch, leise zu sein. Sarahs Besuch schien ihn nicht besonders zu beunruhigen, eher zu nerven. Er ging zur Tür, öffnete sie und drehte sich nach einem kurzen Blick auf den Besucher wieder um. »Na, endlich. Das hat aber gedauert«, *beschwerte er sich auf dem Weg zurück ins Bad.*

»Sorry.«

Jetzt sah auch Annemarie, wer gekommen war, und verstand gar nichts mehr.

Ines.

»Hallo, Süße!«, *säuselte sie übertrieben freundschaftlich.*

Kurz bevor sie einen harten Schlag auf dem Hinterkopf spürte, hörte sie ihn aus dem Bad rufen: »Wir müssen alles durchsuchen!«

Dann wurde es dunkel.

----- 18:47 Uhr -----

Das Schloss funktioniert noch, was darauf hindeutet, dass Annemarie ihren Angreifer hereingelassen haben muss. Aber nach all dem, was auf diesen sechs Quadratmetern schon vorgefallen ist, will Sarah lieber auf Nummer sicher gehen. Eine der kleineren demolierten Schranktüren dient gemeinsam mit dem einzigen verbliebenen intakten Stuhl als Sicherheitssperre hinter der Tür. So kann sie immerhin nicht überhören, wenn jemand hereinkommt.

Wonach sie gesucht haben müssen, liegt vor ihr auf dem Badezimmerboden. Sarah hat den Teppich aus durchwühlten Hygiene- und Beautyprodukten einfach beiseite in die Dusche geschoben und sitzt auf den kühlen weißen Fliesen. Sie erinnert sich daran, wie sie vor fünf Tagen schon einmal hier gekauert hatte. Verkatert, ohne Erinnerung, panisch und in dem Glauben, dass es nicht schlimmer kommen könnte. Wie falsch sie gelegen hat.

In einem Halbkreis hat sie den Inhalt des Ordners vor sich aufgefächert. Links Ablaufpläne und Protokolle, in der Mitte Bestellungen und Wartelisten, ganz rechts die kleinen Polaroids, zu denen sie auch das von Annemarie gelegt hat.

Die Sammlung vor ihr gibt Aufschluss über ein ausgeklügeltes Menschenhandelssystem. Die Drehscheibe des Unternehmens ist die Agentur in Neapel, bei der die Bestellungen aus aller Welt eingehen. Giovanni Digresso – G.D. – ist zuständig dafür, dass die Kinder an Bord geschleust werden und den Anforderungen entsprechen, Dr. Dvorak führt medizinische Kontrollen durch und ist für die Entnahme zuständig, Ines Möhring – I.M. – und Niklas Meininger – N.M. – sind

Handlanger, Aufpasser und Mädchen für alles. Dann gibt es noch Mark, der offenbar zu unbedeutend für einen Nachnamen oder eine Abkürzung ist, und zwei »freie Mitarbeiter«. Sie scheinen für Abtransporte verantwortlich zu sein, werden aber nicht mit Initialen erwähnt. Austauschbare Söldner.

Blieb nur noch eine Frage offen: Ist Oliver tatsächlich dieser O. F.? Immer wieder tauchen die Initialen auf, wenn es um Zeitfenster für Übergaben, Ein- und Ausladen und die Anzahl der Wachmänner des Reiseveranstalters geht. Es muss sich um jemanden handeln, der in der Hierarchie weit oben steht. Jemanden, der den Überblick hat und Kontakte zu lokalen Behörden und Insidern.

Ein dumpfes Brummen reißt Sarah aus ihren Überlegungen. Sie hätte das Handy nicht mehr einschalten sollen. Aber nach ihrem Notruf in Konstanz will sie erreichbar bleiben. Das Telefon ist ihre Rettungsleine nach draußen. Auch wenn ihr nun nicht viel mehr übrig bleibt, als darauf zu hoffen, dass die Kollegen schnell reagieren.

Sie springt auf und läuft Richtung Bett. Dort irgendwo hat sie das Ding liegen gelassen. Unbekannte Nummer.

»Hallo?«

Nervöses Räuspern.

»Hallo, Sarah!«

Sie sinkt auf Annemaries Bett. Es tut gut, seine Stimme zu hören. Papa Friedrich strahlt diese väterliche Ruhe aus, die einen für den Augenblick alles Schlimme vergessen lässt. Alles wird gut.

Nun klingt er aber kein bisschen ruhig, sondern alarmiert. »Wie geht es dir? Mach dir keine Sorgen. Wir werden die beiden schon finden!« Er spricht schnell, klingt nervös, als er das weitere Vorgehen erläutert, danach informiert sie ihn in groben Zügen über das, was sie herausgefunden hat. Als sie über Michael spricht, versagt ihr die Stimme.

»Bitte beeilt euch!«

»Ja, ja, furchtbar. Wir hätten uns da raushalten sollen«, stammelt er mitgenommen.

Sarah verspricht, in ihrer Kabine zu bleiben und auf die Ankunft des Spezialkommandos zu warten. »Die übernehmen ab sofort«, sagt Papa Friedrich eindringlich. Als sie wieder allein dasitzt, starrt sie noch lange auf das Handy in ihrer Hand. Es fühlte sich komisch an, seine Stimme gehört zu haben. Als wären sie nicht mehr dieselben Menschen wie bei ihrem letzten Gespräch. Sarah lässt sich zurückfallen und schlägt mit dem Kopf an der Wand an. Obwohl ihr Nacken unangenehm abgeknickt ist, bleibt sie liegen. Sie muss kurz die Augen schließen. Totale Erschöpfung. Nun ist es vorbei, sie kommen.

Hektisches Klopfen lässt sie hochschrecken. War da was? Zuerst leise, dann ein wenig lauter. Sie richtet sich auf.

Wie lang hat sie geschlafen?

Sie greift nach ihrem Handy. 19:49 Uhr – gleich beginnt die große Show. Das Geräusch, das sie geweckt hat, ist nicht mehr zu hören.

Doch dann wird ein Zettel unter ihrer Tür durchgeschoben. Sarah Peters schleicht sich an, als hätte sie Angst, das Blatt Papier könnte aufschrecken und davonlaufen, wenn es sie kommen hört. Es ist ein eilig aus einem Block gerissenes Stück, auf dem die Umrisse eines Schiffes aufgezeichnet sind. An einer Position ist ein Kreuz, neben dem »YOU!!« steht, an einer anderen eine zweite Markierung, die dreimal unterstrichen und eingekreist wurde. Es handelt sich um eine Stelle am Heck des Schiffes, hinter dem Maschinenraum. Auch hier steht nur ein Wort: KIDS.

Hektisch schnürt Sarah ihre Turnschuhe und sprintet wieder los.

—

Nun hat er zumindest freie Sicht auf den Sternenhimmel. Es ist eine kühle Sommernacht, und das Wasser wiegt ihn sanft hin und her.

Michael kann nicht sagen, wie lange es her ist, dass er das Transportmittel gewechselt hat: Rettungsinsel statt Boot, auf dem Wasser statt in luftiger Höhe, Cabrio-Style statt weißen Wänden. Klingt nach einer Verbesserung, ist es aber nicht. Sie haben ihn in eines der sechseckigen orangenen Schlauchboote geworfen, von denen es unzählige auf jedem Schiff gibt. »Der macht es ohnehin nicht mehr lang, die Strömung wird ihn hoffentlich von uns wegtreiben«, hat Niklas geknurrt, der die Aufsicht über das Beseitigungsmanöver hatte.

Ein kleines rotes Stückchen Folie, das irgendwann einmal ein noch kleineres Stückchen Schokolade umhüllt hat, tanzt auf den Wellen. Er kennt die Sorte gut, erinnert sich an den Geschmack auf der Zunge und muss an den vergangenen Sommer denken, als Sarah und er zum Innendienst eingeteilt waren und Papa Friedrich eine Packung davon spendiert hatte. Sommerloch, nichts war los. Der einzige Anruf kam von Frau Bräutigam. Die 85-Jährige meldete sich fast täglich wegen irgendeiner Lappalie: Ein Nachbar sei zu laut, einer auffällig leise, einer würde ihre Zeitung klauen, lesen und gebügelt und gefaltet zurückbringen. Und dann war da natürlich noch die Katze der drogensüchtigen Nachbarin über ihr, die ihr regelmäßig auf den Teppich vor ihrer Tür pinkelte. Die Vermutung der ermittelnden Beamten war allerdings, dass man den Vorfall nicht der Katze in die Schuhe schieben konnte. Die Größe der Pfütze rund um den Fußabstreifer sprach dagegen. Die meisten von Frau Bräutigams Beobachtungen entsprangen der puren Langeweile, die sie seit dem Tod ihres Mannes vor eineinhalb Jahren plagte.

Sarah und Michael machte es nichts aus, mit ihr zu plaudern. Sie hatten ohnehin nichts Wichtigeres zu tun. Klar, sie hätten, wie von Papa Friedrich vorgeschlagen, alte Akten durchsehen und ablegen können, aber dafür war ihnen noch nicht langweilig genug. Irgendwie hatten sich alle an Frau Bräutigams Anrufe gewöhnt. Als sie vor einem halben Jahr starb, nahmen Sarah und Michael sogar am Begräbnis teil.

Michaels Erinnerungen schweifen auch ab zu jenem regnerischen Herbsttag. Wenige Menschen waren gekommen. Einige alte Mütterchen, die zwei jungen Pflegekräfte, die sie oft zum Arzt gefahren hatten, und die angeblich drogensüchtige Nachbarin von oben. Die beiden Kommissare standen etwas abseits in ihren Uniformen und waren in Gedanken versunken. Sie waren ehrlich traurig, Sarah schluckte schwer und setzte schnell ihre Sonnenbrille auf. Als er sie besorgt ansah, schnauzte sie ihn an: »Ist was?«

Als sie wieder im Auto saßen, entschuldigte sie sich. Es war das erste Begräbnis seit dem Tod ihres Großvaters, das sie besuchte. Manchmal könne sie es immer noch nicht glauben, dass er nicht mehr da war. »Tut mir leid, ich wollte kein Arsch sein!«

Damit war es erledigt.

So ist sie.

Er hat sehr viel Zeit vergeudet. Lebenszeit, die ihm nun zwischen den geschundenen Fingern zerrinnt. Das wird ihm schmerzlich bewusst. Eine große Welle lässt das Gummiboot schaukeln.

In der Ferne sieht er noch die hell erleuchteten Fenster des riesigen Schiffes. Das schwimmende Erlebnishotel bewegt sich von ihm weg. Er hat keine Kraft mehr, um wütend zu sein. Fieberkrämpfe schütteln ihn. Immer wieder fallen ihm die Augen zu. Es fehlt an Energie, um seinen Körper am Laufen zu halten, ständig geht hier das Licht aus. Immer wenn er seine Augen wieder erschrocken aufreißt, ist das Schiff ein bisschen kleiner geworden. Stück für Stück gleitet es in die entgegengesetzte Richtung auf den Horizont zu.

Er muss an die Kinder denken. An Joseph und an das kleine Mädchen, das immerzu geschluchzt hat. Wenn er nur endlich ein Signal auf dem Handy empfangen könnte, dessen Akku sich langsam dem einstelligen Prozentbereich nähert. Jetzt, da er die Beweise hat, die es benötigt, um den ganzen Verbrecherring hochgehen zu lassen, wäre es höchste Zeit, einen Notruf abzusetzen.

Aber Michael hat auf dem offenen Meer keinen Empfang.

Wieder fallen ihm die Augen zu. Es ist vorbei.

Dann schreckt er hoch.

Was war das?

Etwas an seinem rechten Bein hat sich bewegt. Es ist so dunkel, dass er nicht erkennen kann, was da im Boot liegt. Irgendetwas haben sie ihm neben die Füße geworfen, einen schwarzen Sack, ziemlich groß.

Es bewegt sich.

»Bernd?«

----- 20 : 01 Uhr -----

Es war leicht zu finden gewesen.

Der Maschinenraum, in dem die großen Motoren das Leben an Bord am Laufen halten, ist nicht zu überhören. Ein schmaler Gang führt neben der Technikzentrale vorbei Richtung Heck. Kameras zeigen jeden Winkel der taghell erleuchteten Halle zwischen den meterhohen Motorblöcken, Rohren und Schläuchen. Hier drinnen könnte man niemanden verstecken. Aber der markierte Bereich liegt ohnehin dahinter, am Ende des Schiffs. Nur noch ein Stück. Sarah geht weiter, dorthin, wo der Versorgungsweg schmaler wird und im Vergleich zum gleißenden Licht des Maschinenraums nur schwach beleuchtet ist.

Die Flure, die gerade so breit sind, dass man eine entgegenkommende Person ohne Berührung passieren könnte, münden in eine riesige dunkelgrüne Doppeltür.

Hier verbirgt sich eine eigene Welt, die weit entfernt vom Hochglanzzauber über dem Meeresspiegel ist.

Die Größe des abgeschotteten Bereichs ist beeindruckend, genauso wie das akkurate System der Mülltrennung, *Green Cruising* ist zum Verkaufsargument geworden.

Förderbänder rattern kreuz und quer durch den Raum, in dem die Maschinen niemals stillstehen. Anders wäre es nicht möglich, die Müllberge zu bewältigen, die täglich produziert werden. Es klappert und brummt, rattert und müffelt. Pressen werden befüllt, Flaschen geschreddert, Säcke geschleppt und riesige fahrbare Mülltonnen davongeschoben.

Sarah ist überrascht, dass es weniger stinkt, als sie befürchtet hat. Sie geht bis ans Ende des hohen Raums. Zielstrebig, damit niemand auf die Idee kommt, sie anzusprechen.

Durch ein großes Tor am Ende des Recycling-Raums wird gerade wieder ein Wagen herausgeschoben. Sarah hechtet hinterher, erreicht die Tür, bevor sie zufällt. Und da ist er nun, der Gestank von Müll, der seit sechs Tagen durch die Sommerhitze des Mittelmeeres geschippert wurde. So bestialisch, wie es hier stinkt, muss dies das Lager für die verderblichen Reste sein. Es ist das perfekte Versteck. Wie eine Ohrfeige trifft sie der lauwarme Mief, sie hustet und verbirgt ihre Nase tief in der Ellenbeuge. Als die Tür hinter ihr ins Schloss gerumst ist, wird es dunkel. Sie versucht sich nicht zu bewegen, sondern lauscht in die Dunkelheit.

Nichts.

Keine Stimmen, keine Schritte. Es ist still. Und heiß. Der Gestank brennt in ihren Augen.

Plötzlich ein Niesen. Das Blut rauscht ihr in den Kopf. Das war das Niesen eines Kindes.

Sie macht einen vorsichtigen Schritt in die Richtung, aus der das Geräusch gekommen ist. Mit einem leisen Klick springt der Bewegungsmelder wieder an. Plötzlich ist es sehr hell, und sie sieht gerade noch, wie jemand hinter einem großen Container verschwindet. Sarah sprintet voran, wild entschlossen.

»Halt, stopp!«, ruft sie, und der Gestank ist ihr in diesem Augenblick völlig egal. Sie hat es so weit geschafft, nichts kann sie jetzt noch aufhalten.

Bis sie mit voller Wucht gegen eine hüfthohe Wand aus Hartplastik läuft, die plötzlich vor ihr herausfährt. Schmerzend hält sie sich den Bauch und schnappt nach Luft.

Was ist das?

Vor ihr stehen zwei der dunkelblauen Kunststoffwagen

aus der Wäscherei. Ungefähr einen Meter breit und doppelt so lang. Auf dem Schild an der Seite steht groß »Clean«. Das kann allerdings nicht auf den Inhalt der fahrenden Wäschekörbe zutreffen. Als Sarah, immer noch ächzend, über den Rand eines blauen Containers späht, erschrickt sie furchtbar.

Den Kindern geht es genauso.

Sie sehen sie mit großen, ängstlichen Augen an – diejenigen von ihnen, die bei Bewusstsein sind.

Sarah schlägt die Hände vor den Mund und muss sich für einen Moment auf den Rand eines Wagens stützen. Sie ringt immer noch nach Luft und um Fassung.

Sie hat die Kinder gefunden.

Ein Schluchzen entfährt ihr, vergeblich versucht sie die Kontrolle über ihre Emotionen wiederzuerlangen.

Erst jetzt entdeckt sie Mayumi. Sie steht hinter einer der Wannen und hält ein lebloses Mädchen im Arm. Die Kleine muss dringend versorgt werden. Mayumi streicht ihr über den Kopf, murmelt etwas Beruhigendes, das Wimmern wird leiser. Dann setzt sie die etwa Sechsjährige in den zweiten Wagen, zu den anderen. Sie war die Letzte. Auch die zweite Frau, die das Outfit der Wäscherei trägt, sieht asiatisch aus. Allerdings ist sie älter als Mayumi, vielleicht sogar doppelt so alt. Sie hat Sarah mit schreckgeweiteten Augen angestarrt und sich keinen Millimeter bewegt. Als könnte man sie nicht sehen, wenn sie nur ganz still stehen würde. Der Anblick hat etwas sehr Kindliches. Mayumi flüstert ihr zwei Sätze zu, die sie zu beruhigen scheinen. Die beiden nicken einander stumm zu, dann Sarah.

Einvernehmliches Schweigen.

Da beugt sich Mayumi zu Boden und taucht mit einem

weißen Wäscheberg wieder hinter dem Wagen auf. Gemeinsam verteilen sie behutsam Handtücher und Bettwäsche über den Kindern, bis keines mehr zu sehen ist. Sie achten darauf, dass die Tücher nicht zu dicht liegen, damit genügend Luft in den Wagen dringen kann. An einem Ende hält Mayumi den Stoff in die Höhe, damit er nicht auf die Köpfe der Kinder sinkt. Dann geht die Fahrt los. Kein Mucks ist zu hören, kein Wort wird gewechselt.

Zielstrebig werden die beiden dunkelblauen Wagen durch die erste Tür geschoben, dann quer durch den großen Müllraum. Das Rattern der Räder wird vom Knirschen und Scheppern der Schredder übertönt. Als sie an der Kartonpresse vorbeirollen, nickt der junge Mann ihnen zu. Schnell, kaum merklich. Dann legt er die nächste leere Kiste in die Maschine.

Als sie die schwere Brandschutztür vor dem Maschinenraum passiert haben, atmet Sarah kurz auf. Nachdem sie den Lastenaufzug hinter dem Technikraum genommen haben und ein Deck höher in den Lagerräumen der Küche gelandet sind, legen sie an Tempo zu. Nur nicht stehen bleiben, das würde Fragen aufwerfen. Vor allem jetzt, wo das Dinner in vollem Gange ist und in der Küche Hochbetrieb herrscht. Geschirr klappert und klirrt, der Umgangston ist rau. Auch hier muss jetzt alles auf den Punkt sein, der letzte Abend an Bord ist die wichtigste Werbeveranstaltung für die nächste Buchung.

Sie rollen vorbei an meterlangen Regalen mit Spirituosen, an Bierfässern und vielen müden Menschen, die seit viel zu vielen Stunden auf den Beinen sind. Das Ziel scheint in Reichweite. Gleich sind sie am Ende der Kühlräume angelangt, dort wo ein anderer Aufzug auf die höhergelegenen Decks führt. Schnell hinauf ins Licht mit den Kindern, raus aus der Anonymität der Arbeitsdecks hier unten. Wenn sie erst einmal von den Passagieren gesehen wurden, sind sie in Sicherheit. Dann würden sie es nicht mehr wagen, ihnen etwas anzutun.

Sarah greift nach der Klinke und drückt sie, die Wärme der Räume dahinter dringt bereits durch den Spalt zu ihnen hinein, das Ziel ist nah.

Da hört sie es: schwere, laute Schritte, die sich schnell nähern.

—

»Du siehst scheiße aus.«
»Danke.«
Eine ganze Weile hatten sie einander schweigend angestarrt. Er: Auf der einen Seite der Rettungsinsel, gekrümmt in einer Position, die schmerzhaft aussieht, schmutzig und blutverschmiert, mit schweren Augenlidern. Sie: Gegenüber, etwa einen Meter entfernt, ihr Körper steckt zur Hälfte in einem schwarzen Müllsack, nur der Oberkörper schaut heraus. Annemarie hält sich den schmerzenden Schädel und kann den Blick nicht von Michael abwenden.
Nichts ergibt Sinn.
Sie treiben auf einer einsamen Plastikinsel verlassen auf dem Iberischen Meer, irgendwo auf der Strecke zwischen Barcelona und Marseille. Egal, in welche Richtung man blickt, es gibt keinen Orientierungspunkt. Nur in der Ferne ist noch die Festbeleuchtung des Kreuzfahrtschiffs zu sehen, das unbeirrt Kurs auf den Zielhafen hält.
Sie wurden ausgesetzt, um zu sterben. Entsorgt. Gemeinsam mit einer kleinen Menge an Abwasser. Nachts ist es schwer, so ein Umweltvergehen nachzuweisen, noch dazu, wenn es auf offener See geschieht.
Es stinkt.
An Bord bekommt niemand etwas von den schmutzigen Geschäften mit. Dort wird der letzte Abend voller gutem Essen, Heiterkeit oder Entspannung zelebriert. Zartbesaitete Menschen finden den Gedanken, dass auf diesem Schiff jemand umgebracht wurde, vielleicht belastend. Aber spätestens wenn die Dinner-Show in vollem Gange ist und die Artisten durch die Luft wirbeln, werden auch die Letzten einsehen, dass es den bedauernswerten jungen Mann auch nicht wieder lebendig macht,

wenn sie auf das Shrimpstörtchen mit der Avocadocreme und dem kunstvollen Parmesangitter verzichten. Schöne Erinnerungen werden ausgetauscht, und ein Hauch von Abschiedsnostalgie wird sie beseelen. Immerhin war der wunderschöne, schwimmende Palast sieben Tage lang ihr Zuhause. Man stößt mit den neuen Freunden an, verspricht Kontakt zu halten, wissend, dass man sich doch nicht melden wird. Aber für diesen einen letzten Abend spielen alle mit.

Annemarie und Michael wissen, dass ihr Verschwinden frühestens morgen bei der Ausschiffung bemerkt wird. Dann wird ein stiller Prozess eingeleitet, möglichst wenig Aufhebens gemacht. Wieder jemand von einem Kreuzfahrtschiff verschwunden. Blöd, sehr bedauerlich. Es passiert zu oft, als dass es jemanden schockieren würde. So oft, dass es dafür ein feststehendes Protokoll gibt. Von der polizeilichen Bestandsaufnahme bis zum Kondolenzschreiben an die Familien ist alles vorbereitet. Name des Verstorbenen eintragen, ausdrucken, fertig. Als kleinen Trost legt der Veranstalter zusammen mit einer Karte noch einen kleinen Reisegutschein bei. Das Detail, dass eine der Rettungsinseln fehlt, wird vertuscht werden. Ist ja nur ein Schlauchboot, das kann schon mal passieren. Was hätte man auch tun sollen, wo doch der Notsender abmontiert war? Pech gehabt.

Annemarie und Michael denken an ihre Töchter. Daran, dass sie die Mädchen nicht aufwachsen sehen, nicht erleben werden, wie sie als erwachsene Frauen ihre eigenen Erfahrungen machen – und Fehler natürlich. Michael wird zusehends schwächer, nimmt kaum noch etwas wahr.

Er weiß nicht, wie lange er gedöst hat. Alles verschwimmt, und die Ereignisse der letzten Stunden fühlen sich wie lang zurückliegende Erinnerungen an. Er versucht seine Position zu verändern, der Kunststoff der Rettungsinsel gibt ein quietschendes Geräusch von sich.

»Das war das Boot«, murmelt er.

»Kann jeder sagen«, antwortet Annemarie. Er mag sie.

Und er ist froh, dass endlich jemand bei ihm ist. Ihr geht es ähnlich. Annemaries größte Angst ist es aber, dass er stirbt und sie ganz allein lässt. Er sieht nicht aus, als würde er noch lange durchhalten.

Michael hat das Gefühl in seiner rechten Hand verloren. Keine Chance, etwas aus seiner Hosentasche zu nehmen.

»Kann ich dir irgendwie helfen?«, fragt Annemarie.

Er erklärt, was es mit dem Handy auf sich hat, erzählt von den Aufnahmen. Vorsichtig beugt sie sich auf seine Seite der Schwimminsel, die wild hin und her zu schwanken beginnt. Kaltes Wasser schwappt über den Rand. Geschickt stabilisiert sie es wieder und tastet nach dem Telefon in seiner Hosentasche. Sie reicht es ihm. Sie weiß nicht, dass sie und Sarah genau dieses Handy vor zwei Tagen schon einmal in Händen hielten – damals, als Sarah noch Stephanie hieß und Annemaries Leben insgesamt unbeschwerter schien.

Etwas schlägt gegen das Boot. Noch einmal. Es ist ein eigenartiges Geräusch, das durch das fest aufgepumpte Plastik gespenstisch nachhallt. Annemarie beugt sich über den Rand. »Wahrscheinlich irgendein Müll von diesem Dreckschiff«, knurrt Michael ungehalten. Annemarie wirft ihm einen Blick zu, der bedeutet: »Sei doch nicht so negativ, Mann!« Dann beugt sie sich über den Rand und streckt den Arm ins Wasser, das überraschend kalt ist.

»Keine Angst vor Haien?«, fragt Michael schwach. Er ist noch nicht bereit für vollkommene Stille.

»Pffft…«, macht Annemarie abschätzig, zieht ihre Hand aber schnell wieder ins Boot. Nachdem das Klopfen aufgehört hat und sie gerade eine große Fanta-Flasche auf den Wellen vorbeitanzen sieht, stellt sie ihre Nachforschungen ein. Sie lässt sich zurück in die Rettungsinsel fallen und beobachtet ihn.
»Hier ist aber kein Empfang. Erst wieder in Küstennähe.«
»Hab ich gemerkt«, brummt Michael.
»Was willst du denn damit?«
Unbeholfen fummelt er auf dem Handy herum.
Michael bemerkt ihr Interesse. Er spürt regelrecht die Frage, die in der Meeresluft hängt und darauf wartet, endlich gestellt zu werden, aber er hat keine Zeit für weitere Erklärungen. Er muss mit seiner Energie haushalten, und es gibt noch diese eine Sache, die er zu Ende bringen muss. Er räuspert sich.
»He, Siri!«
Stille.
»Hallo, Siri!« Lauter.
Das Meer rauscht. Michael seufzt. Das Gerät bleibt dunkel. Annemarie beobachtet ihn gebannt.
»Siri öffnen!« Er schüttelt das Gerät, als könnte er die Sprachassistentin so zur Arbeit bewegen.
Er knurrt verärgert. Dreckstell!
»Kann ich dir irgendwie helfen?« Annemarie spricht langsam und vorsichtig, sie kann sein Leid nicht länger mitansehen. Müde reicht er ihr das Handy. Die Erklärung ist so simpel wie der Auftrag an Siri: Schreib eine Nachricht an die Notrufzentrale und sende die Audiodatei. Annemarie benötigt keine Minute für diesen Auftrag. Michael schließt die Augen. Jetzt wo er weiß, dass die Nachricht verschickt wird, sobald sich das Handy wieder irgendwo einwählt, lässt die Anspannung nach. Er hat alles getan.

»Eins noch«, flüstert er, greift ein letztes Mal nach dem Telefon und drückt die Aufnahmetaste.

Danach kann er sich endlich ausruhen.

Ihre Stimme dringt nur noch aus weiter Ferne in sein Bewusstsein. »Bitte lass mich nicht allein …«

—

Sarah schließt die Tür leise wieder. Hektisch deutet sie Mayumi, mit den Kindern zu verschwinden. Zurück zum Versorgungsaufzug, sie werden einen anderen Weg nach oben finden müssen.

»Kabine 14002. Schnell! Jetzt! 14002!«, flüstert sie eindringlich. Dann wendet sie sich um, atmet einmal tief ein, reißt die Tür auf und zwängt sich durch. So laut sie kann, lässt sie das schwere Ding ins Schloss rumsen. Dann wartet sie am Ende des klinisch weißen Flurs auf das, was kommt. Zwei schwarz gekleidete muskulöse Männer mit Springerstiefeln und starren Mienen. Sarah stellt sich ihnen in den Weg. Sie muss Mayumi und den Kindern etwas Zeit verschaffen. Jede Minute zählt. Sie atmet tief ein.

»Entschuldigen Sie bitte!«

Der Erste knurrt wie ein verärgerter Hund und will sie gerade zur Seite schubsen, da deutet ihm der andere, sich zu beruhigen, und fragt mit französischem Akzent: »Wie können wir Ihnen 'elfen, Madame?«

»Ich habe mich wohl verlaufen, ich suche ... äh ...« Während Sarah noch überlegt, welcher Ort am plausibelsten wäre, nähert sich aus der Richtung der Krankenstation eine Gestalt mit energischen Schritten.

»... meinen Mann. Er muss hier irgendwo sein.«

»Ich kümmere mich um sie«, ruft eine bekannte Stimme mit italienischem Akzent. Er deutet den zwei Schlägern zu verschwinden, beide nicken gehorsam und marschieren weiter. »Findet die Kinder, sonst war das eure letzte Fahrt«, ruft er ihnen noch hinterher.

Sarah ist wie gelähmt, als Giovanni ihr ins Gesicht sieht. Da sind sie, die teuflischen dunklen Augen und das diabolische

Grinsen aus ihren Albträumen. Nun sind sie Wirklichkeit geworden.

Sie duckt sich zu spät, der Griff einer Waffe trifft sie an der Schläfe, und alles wird schwarz.

----- 20:57 Uhr -----

Es ist kalt. Und dunkel. Ihr Atem hört sich merkwürdig an. Laut. Er wird von einer glatten Oberfläche zurückgeworfen. Sarah versucht ihren Arm zu heben, da erst bemerkt sie es: Sie ist festgezurrt. Arme und Beine sind straff an eine harte, schmale Liege gebunden. Und plötzlich begreift sie, wo sie ist: hinter einer der blinkenden Türen im Kühlraum des Hospitals.

Sarah versucht erst gar nicht, die Mathematik zu bemühen, um sich auszurechnen, wie lange es bei der Größe ihres Gefängnisses wohl noch dauern wird, bis die Luft verbraucht ist. Das Stechen in ihrer Brust und die drückende Müdigkeit sind die ersten Anzeichen von Sauerstoffmangel. Es wird schnell gehen.

Noch etwas macht ihre Lage unbequemer, als sie es ohnehin schon ist. Ein harter Gegenstand in ihrer Hosentasche. Sarah zieht die rechte Hand gewaltsam ein Stück höher, der scharfe Gurt schabt ihr über die Haut. Es brennt. Sie versucht die Hüfte so weit zu heben, dass sie mit der Hand an die Gesäßtasche rankommt. Sie kann das Ding mit Mühe fassen. Es ist ein wenig herausgerutscht und drückt sie nun am unteren Rücken. Dann endlich hält sie das Handy in der Hand. Was nun? Wie nutzlos das Teil doch plötzlich wird, wenn es sich in kein Netz einwählen kann. Was dann?

Die Müdigkeit gewinnt die Oberhand. Zu wenig Sauerstoff, das Hirn will ruhen.

Musik!

Wenigstens Musik zum Abschied.

Mit letzter Kraft spannt Sarah ihren Körper an. Hebt den

Kopf, um auf das zerbrochene Display in ihrer festgezurrten Hand sehen zu können. Drei Lieder sind gespeichert, das dürfte reichen. Sie tippt das erstbeste an, drückt die Lautstärke an der Seite auf Maximum und lässt sich zurück auf ihr Metallbett fallen.

Das Gitarrenintro schreit aus dem Handy und hallt ohrenbetäubend durch das Kühlfach, ihren Edelstahlsarg.

But I won't cry for yesterday
There's an ordinary world
Somehow I have to find ...

Sarah Peters' Bewusstsein macht sich auf die Reise, während sich Duran Duran zum letzten unendlichen Refrain aufschwingen.

—

»Es ist noch nicht vorbei. Hallo!«
Ein penetrantes Rütteln an seiner Schulter. Bitte lass mich einfach in Ruhe. Und bitte hör auf, immer wieder denselben Satz zu sagen.
»Es ist noch nicht vorbei.«
Wann denn endlich? Michael versucht Worte zu formulieren, aber es fehlt ihm die Kraft. Er brummt ungehalten.
»Bitte gib noch nicht auf!«
Er öffnet die Augen und blinzelt durch einen schmalen Spalt. Ein verheultes Gesicht hat sich über ihn gebeugt, langes blondes Haar ist über die Schultern gefallen. Anna oder so heißt sie. Sportlich und lebensbejahend, nichts für ihn.
»Sarah sucht immer noch nach dir. Du weißt ja sicher, wie stur sie sein kann.« Ein wohliges Gefühl breitet sich in seiner Brust aus, als er diesen Namen hört. Wie ein Lächeln oder eine Umarmung, die ihn wärmt. »Es ist noch nicht vorbei.« Diesmal flüstert sie es mit zitternder Stimme. Mehr zu sich selbst. Und diesmal stört es ihn nicht, es noch einmal zu hören. Er greift nach Annemaries Arm. Sie lässt es geschehen, versteht zunächst nicht, dass Michael ihr etwas reichen will. Er schiebt ihr das Mobiltelefon in die Hand und schließt ihre Finger fest darum.
»Gib es ihr! Bitte!«
Jedes Wort ist ein Kraftakt. Sie nickt und drückt seine kalte Hand. Tränen strömen über ihr Gesicht.
Es ist vorbei, nun versteht sie es.
Er kann nicht mehr warten. Er hat es versucht, so lange er konnte. Sie beugt sich nach vorne, nahe an sein Gesicht und streicht ihm mit den Fingern vorsichtig über die schmutzige Stirn. So wie sie es bei ihrer Leni macht, wenn sie Albträume hat. »Es ist okay. Ich bin da. Ich kümmere mich darum.«

Michael schließt seine schweren Augen.
Endlich.
Er sieht seine fünfjährige Noemi im Elsa-Kostüm durchs Wohnzimmer tanzen. Es ist die tausendste Wiederholung desselben Disney-Liedes. Sie lacht übermütig und singt lauthals mit: »Ich bin frei, endlich frei!« Er lacht mit ihr. Es ist ein Moment der reinen Liebe. Dann stimmt er mit ein.
Und lässt los.

----- 21:05 Uhr -----

Jemand zerrt an ihren Beinen.

Die Wärme, die auf die unterkühlte Haut trifft, kribbelt und schmerzt. Ihr Atem beschleunigt sich wieder. Und dann hört sie die Stimme eines jungen Mannes. Er klingt genervt.

»Jetzt mach doch mal diese schreckliche Musik aus!«

Stille, dann trifft sie der erste Klaps auf der Wange. Es patscht und hallt ein wenig nach. Ein vehementer Weckruf.

»Hallo, aufwachen! Wir sind da! Alles wird gut«

Sarah nimmt es wahr, aber aus weiter Entfernung. Sie spürt den Druck an Armen und Beinen, ihr Körper wird hochgehoben und auf etwas Weiches gelegt. Ein Bett. Es wackelt, man rollt sie davon. Erschöpft schläft sie ein.

Als sie ihre Augen wieder öffnet, spürt Sarah als Erstes das Ding in ihrem Gesicht. Die Sauerstoffmaske über Nase und Mund. Ihr Blick wandert hektisch hin und her durch den zitronengelben Raum, der in warmes Licht getaucht wird. Noch fünf Minuten die Augen schließen.

Ein Rascheln weckt sie abermals, jemand steht neben ihrem Krankenbett und hantiert an einem Monitor herum. Sie blinzelt und wendet ihm den Kopf zu. Dann greift sie in ihr Gesicht. Die Maske ist weg. Sie ächzt und versucht sich aufzurichten, doch das weiche Bett und die fehlende Kraft machen es ihr unmöglich. Der junge Mann im blauen Shirt drückt für sie den Knopf an der Seite, mit einem Surren fährt das Kopfteil hoch. Er mustert sie ruhig, misst ihren Puls. Dann spricht er leise und langsam.

»Sie haben großes Glück gehabt. Ihr schlechter Musikgeschmack hat Sie gerettet.«

Sarah hat keine Ahnung, wovon er spricht. Ihre Erinnerung zeigt ihr noch einen glatten engen Tunnel, danach reißt alles ab. Sie bittet um einen Schluck Wasser und versucht sich aus dem Bett zu hieven. Der Druck auf ihrer Brust ist gewichen, die rasenden Kopfschmerzen sind geblieben, aber dagegen wird ihr gerade eine Tablette gebracht. »Ibuprofen« steht auf der Verpackung, die ihr ein junger Krankenpfleger mit ernstem Gesichtsausdruck reicht. Er bemerkt ihr Zögern.

»Sie können es ruhig nehmen. Sie sind hier in Sicherheit.« Er scheint es tatsächlich zu glauben. Und trotz allen Misstrauens gegen das Bordhospital nimmt Sarah Peters das Medikament.

»Danke, Julian!«, sagt sie heiser nach einem Blick auf das Namenschildchen an seiner Brusttasche und rutscht von der Liege. Sie muss weiter, weiß, was auf dem Spiel steht. Diesmal hat ihre Erinnerung keinen Schaden genommen. Ohne ein Wort zu sagen, steht Julian da, in einer Hand den Wasserbecher, in der anderen die leere Plastikhülle der Schmerztablette. Er geht zurück hinter den Empfangstresen. Langsam und nachdenklich entsorgt er das Papierchen, dann greift er zum Telefon.

»Hallo, Mario! Stell mich mal bitte zu deinem Chef durch!«

Nach dem Vorfall mit dem toten Barkeeper waren sie dazu angehalten worden, noch aufmerksamer als sonst zu sein und Auffälligkeiten sofort zu melden. Julian ist zwar erst drei Monate im Bordhospital tätig, aber eine Patientin, die einfach die Krankenstation verlässt, nachdem man sie zuvor bewusstlos in einer Leichenzelle gefunden hat, stuft er als Auffälligkeit ein. Und die alarmiert klingende Stimme des Sicherheitschefs bestätigt ihn in dieser Beurteilung. Diese eigenartige

Frau muss schnell gefunden werden. »Kopfverband, Mitte 40, Jeans, dunkles Shirt«, funkt er an sein Team. Hopp, hopp!

Während sich fünf austrainierte Mitarbeiter des Schiffssicherheitsdienstes auf den Weg Richtung Deck 2 machen, um alle Bereiche rund um die Krankenstation abzusuchen, ist Sarah auf dem Weg zur Kabine 14002. Sie nimmt den Weg durch die Küche. Ein Fehler.

Als sie durch die Schwingtür tritt, ist ihr sofort klar, dass auch Giovanni genug von dem Versteckspiel hat. Zehn Mitarbeiter – weiße Kittel, schwarze Schürzen, Haarnetze – knien dicht aneinandergedrängt in einer der Küchenzeilen. Einer von ihnen, ein blonder Junge, hält sich die Schulter, Blut tropft zwischen seinen Fingern hervor. Er ist fahl im Gesicht und sieht aus, als würde er gleich in Ohnmacht fallen. Verfolgt man seine Blutspur entlang der Küchenzeile, sieht man zwischen Dampfgarstation und den Spülen einen leblosen Körper liegen.

Rechts außen in der Reihe der Gefangenen kniet Küchenchef Martin Ostrowicz. Er jammert, wie er es sonst nur von seinen Lehrlingen kennt, die er mit unbarmherziger Strenge zu gefragtem Hochsee-Gourmet-Personal zu formen versucht.

Giovanni marschiert ungeduldig vor den Gefangenen auf und ab. Die Absätze seiner teuren Raulederschuhe klappern auf den Fliesen, fahrig fuchtelt er mit einer Pistole vor den gesenkten Häuptern herum. Irgendetwas brennt gerade an.

»Ähm ... dürfte ich den 'erd abdrehen?«, fragt die freundliche muskulöse Küchenhilfe mit dem Sturmgewehr in der Hand.

»Si, si, ja klar!« Giovanni setzt seine Wanderung fort. Plötzlich bemerkt er, dass Sarah im Eingang steht. Überrascht wendet er sich ihr zu.

»Du schon wieder! Ich dachte, du wärst gut gekühlt.«

Sarah spürt den Zorn in sich aufsteigen, sie hält seinem Blick stand, als er langsam näherkommt. Fast berühren sich ihre Nasenspitzen, als er knapp vor ihr stehen bleibt. Sarah weicht keinen Millimeter zurück, obwohl die dunkelbraunen Augen ihr einen Schauer über den Rücken jagen. Es ist schwer, seinen Gesichtsausdruck zu deuten. Er wirkt unberechenbar und gefährlich wie ein gerade freigelassenes Raubtier.

»Wo sind sie?«, zischt er gefährlich.

»Du wirst sie nicht finden.«

Ein Telefon klingelt unaufhörlich. Ansonsten ist es still in der Großküche.

Sarah hält Giovannis zornigem Blick stand, sie neigt den Kopf, versucht die richtigen Entscheidungen zu treffen.

Mayumi hat es mit den Kindern nach oben geschafft, das beruhigt sie. Jetzt muss sie Zeit gewinnen, um Giovanni hinzuhalten, bis das Spezialkommando da ist.

Sarah spricht langsam und laut, sodass es alle hören können: »Es ist vorbei. Die Polizei ist unterwegs. Wenn ihr klug seid, ergebt ihr euch und lasst die Leute hier gehen.« Die Information gilt nicht Giovanni, der keine Miene verzieht, sondern seinen Handlangern, die nervöse Blicke wechseln. Dann lassen sie die Waffen sinken und laufen Richtung Heck. Dort, wo sich die kleine Rampe befindet, durch die sie auch an Bord gekommen sind. Dort, wo ihr Motorboot wartet. Die beiden sind dem Geld verpflichtet und nicht dem schönen Mann.

Giovanni hebt seine Waffe und setzt den Lauf an Sarahs Stirn. Sie schließt die Augen und beginnt zu zählen.

21
22
23

»Eines muss man dir lassen: Du bist mutig ...«, zischt er ihr zu, während sein Zeigefinger nervös auf dem Abzug liegt. Doch plötzlich ändert sich seine Körperhaltung, als wäre ihm etwas Wichtigeres eingefallen. Er entspannt sich und nimmt die Pistole aus ihrem Gesicht. »... und sehr naiv.« Mit der Waffe im Rücken lotst er sie aus der Küche in Richtung der Lagerräume.

----- **22:37** -----

»Komisch, dass sie noch nicht da sind, oder?«

Er stellt diese Frage bereits zum zweiten Mal. Er mag es nicht, ignoriert zu werden. Schon gar nicht von einer wie ihr. Einer privilegierten Frau, die nichts vom richtigen Leben weiß. Davon, wie es ist, nichts zu haben, außer den schmutzigen Kleidern, die man am Leib trägt. Wie es ist zu hungern – nicht, weil es gerade im Trend liegt, sondern weil es keine Alternative gibt. Wie sich die Aussicht auf Reichtum anfühlt. Dass man dazu bereit ist, alles Furchtbare zu ertragen, wenn die Verzweiflung groß genug ist. Dinge, über die man niemals sprechen wird. Davon weiß sie nichts, die Frau Kommissarin aus Konstanz.

Ja, er weiß Bescheid über sie. Über alles.

Hat sie beobachten lassen, wie sie mit ihrem fröhlichen Hund am Ufer entlangflanierte. Er wollte wissen, mit wem er es zu tun haben würde. Wen sie auf das Schiff schicken würden. Über ihre Idee, ihnen so auf die Schliche zu kommen, hatte er milde geschmunzelt.

Es würde ein Kinderspiel werden. Im Nachhinein muss er zugeben, dass er sie unterschätzt hat. Sie ist wie eine Klette, diese Frau Kommissarin. Wie ein Hund, der sich in eine Beute verbissen hat. Man wird sie einfach nicht los.

Ärgerlich tritt er gegen einen Turm aus schwarzen Plastikboxen, der mit roten Paprika gefüllt ist. Dieser wackelt, und der Inhalt kullert heraus, hinunter auf den welken Babyspinat.

Sarah hat immer noch nicht geantwortet. Stattdessen sieht sie ihn hasserfüllt an. Wütend und herablassend, obwohl sie es ist, die am Boden liegt. Eingepfercht zwischen den Gemüseboxen, die in wenigen Stunden allesamt in den Müll wandern. Genau wie sie.

Als sie gerade zum Sprechen ansetzt, lässt Giovanni sich lässig neben ihr auf der Palette mit den Bambussprossen nieder. Seine linke Hand angelt sich nebenbei eine Karotte von gegenüber. Ein skurriles Bild.

»Eigentlich musste ich ihm versprechen, dass euch nichts passiert. Es war ganz süß, wie er gebettelt hat.« Sarah fühlt, dass sie das, was nun kommt, nicht hören will. Doch sie muss.

»Ich lasse mir aber schon lang nicht mehr von anderen sagen, was ich zu tun habe.«

Er genießt ihre Anspannung, den aufkeimenden Horror in ihren Augen. »Schon gar nicht von jemandem, der von seinen Leuten ›Papa‹ genannt wird.« Er grinst bösartig und lässt seine Worte in ihr Bewusstsein sickern.

Papa.

Papa Friedrich.

Ottmar Friedrich.

O. F.

Sarahs Welt stürzt ein.

Nicht er. Es kann nicht sein, dass er ihnen das antut. Und den Kindern. Er ist doch selbst erst vor einigen Jahren zum ersten Mal Opa geworden. Wie oft mussten sie sich Kinderfotos von seiner Tildi ansehen? Wie sehr hatten sie sich alle mit ihm gefreut. Und dann gemeinsam gelitten, als sie vor zwei Jahren krank wurde und dringend ein Spenderherz benötigte. Es waren bange Wochen gewesen.

Und plötzlich ist das Bild klar.

Sarah erinnert sich wieder an alles. Daran, wie Mathildas

Leben auf der Kippe stand. Daran, wie verzweifelt er war. Und wie groß die Erleichterung, als sich plötzlich doch ein kleines Herz fand. Es schien wie ein Wunder.

Sarah lehnt ihren Kopf an die Rückwand und starrt auf die hoch gestapelten Boxen. Giovanni legt die Karotte beiseite und nimmt die Pistole zur Hand. Er legt noch zwei Patronen nach, die er aus seiner Hosentasche kramt. Er hat alle Zeit der Welt. Pfeift eine kleine Melodie, streicht sich die Haare aus dem Gesicht. Er hat keine Angst, bestimmt wartet ein Boot auf ihn, das ihn von Bord bringt.

»Hast du noch irgendwelche letzten Fragen?«

Ihr Blick wandert zu ihm. Müde, tieftraurig, in Gedanken.

Es fällt ihr nichts mehr ein, das noch wichtig wäre. Dann flüstert sie: »Wenn ihr alles wusstet, warum habt ihr uns nicht gleich umgebracht?«

»Weil wir möglichst keine Leichen auf einer Route hinterlassen, die wir noch mal benutzen wollen.« Ein bisschen ärgert er sich nun doch. »Damit ist es nun wohl vorbei.« Er lädt die Waffe durch.

Plötzlich dringt ein monotones Geräusch durch die Lüftungsklappe zu ihnen herein. Es ist ein regelmäßiges Knattern. Zuerst leise, dann immer lauter. Unaufhörlich.

Sie sind doch gekommen.

Giovanni steht wie versteinert da, den Blick zur Decke gerichtet. Plötzlich erwacht sein Körper zum Leben, und er stürzt zur Tür des Lagerraums. Er rennt den engen Flur entlang, die Waffe immer noch in der Hand. Eine weitere Tür, dann vorbei an den Biertanks und Schnäpsen, rein ins nächste

Lager – Schinken und Würste baumeln von der Decke, es riecht salzig –, gleich hat er es geschafft bis zur seitlichen Rampe, die für die Warenanlieferung genutzt wird. Dort wartet sein Fluchtboot.

Da hört er die Durchsage: »Bitte begeben Sie sich unverzüglich in Ihre Kabinen und bleiben Sie dort. Dies ist keine Übung und gilt für Passagiere und Crew. Dear Passengers and Crew ...« Er hält inne.

Plötzlich ohrenbetäubendes Rumpeln hinter ihm.

Er zuckt zusammen, reißt den Körper herum und zieht blitzschnell die Pistole hoch. Der Inhalt eines gesamten Regals scheppert über den Boden: Pfannen, Deckel, Töpfe, Wurstwaren, Schneidebretter, alles. In der Mitte steht Sarah Peters mit einem großen Küchenmesser in der Hand.

Sein schönes Gesicht verzieht sich zu einer Fratze, er ist in Rage, lacht hysterisch.

»Du hast nichts erreicht. Oder glaubst du, dass das hier unser einziges Schiff ist?«

Giovanni hebt die Waffe und zielt auf den Punkt zwischen Sarahs Augenbrauen. Konzentriert atmet er aus. Dann wieder tief ein. Hält die Luft an.

Diesen kurzen Moment nutzt sie, lässt sich seitlich fallen und tritt ihm brutal gegen das Knie, dass es laut knackt und es ihm die langen Beine unter dem Körper wegzieht. Er rudert mit den Armen, der Schuss hallt durch den Raum. Dann fällt er hart zu Boden und bleibt regungslos liegen.

Sarah greift sich an die rechte Schulter, erst vorne, dann hinten. Ein glatter Durchschuss. Sie stürzt zu Giovanni, der sich noch nicht bewegt hat. Sein Kopf liegt zwischen den gusseisernen Pfannen unnatürlich verdreht. Das große Messer, das Sarah eben noch hielt, steckt in seiner Brust. Der überhebliche Gesichtsausdruck ist verschwunden.

»Wo sind sie? Wo habt ihr sie hingebracht?«

Aber Giovanni kann nicht mehr antworten.

—

Annemarie hat ihn mit dem schwarzen Müllsack zugedeckt, in dem sie aufgewacht ist. Nicht nur, weil sie seinen geschundenen Körper nicht mehr sehen wollte. Sondern auch, um ihn vor den Vögeln zu schützen, die sich auf ihm niederlassen wollten. Zuerst erschien es ihr pietätlos, ihn wie Abfall einzuwickeln, aber es war nichts anderes im Boot zu finden. Kurz hat sie überlegt, ihn über Bord zu werfen, aber sie wagte es nicht. Wollte ihn nicht anrühren, es fühlte sich falsch an.

Alles ist still.

Sogar die Wellen scheinen sachter zu schaukeln, leiser. Als würde das Meer für einen Moment innehalten und dem verloschenen Leben die letzte Ehre erweisen. Annemarie hat den Kopf nach hinten auf den Rand des sechseckigen Schlauchbootes gelegt. Sie zwingt sich, nicht zu blinzeln, und starrt in den Sternenhimmel hinauf. Sogar als sie spürt, wie ihre Augen austrocknen, blinzelt sie nicht. So lange, bis es wehtut und sie die Lider sinken lässt. Die Verzweiflung ist zu groß, um zu weinen. Sie kann diesen Horror nicht begreifen.

Im Takt der Wellen atmet sie ein und aus. So lange, bis sich ihr Herzschlag beruhigt hat und sie wegdöst. Alle paar Minuten schreckt sie hoch und stellt fest, dass sie immer noch da ist. Allein auf dem offenen Meer.

Das Wasser wiegt sie langsam hin und her, und sie versucht ihr Bestes, nicht daran zu denken, dass sich unter ihr nur ein Luftkissen befindet, das sie von den Tiefen des Ozeans trennt. Dunkel, ungewiss und furchterregend wartet das Meer auf seine Chance. Wie ein Monster, das noch ein wenig mit seiner Beute spielt, bevor es sie endgültig verschlingt. Annemarie verkrampft sich und versucht der Panik standzuhalten. Einfach noch einmal die Augen schließen. Vielleicht ist es doch nur ein böser Traum.

Als sie die Lider das nächste Mal aufschlägt, fröstelt es sie am ganzen Körper. Sie ist nass, es hat leicht zu regnen begonnen, und der Wind hat aufgefrischt. Der Himmel ist nicht mehr tiefschwarz, sondern lässt bereits zarte Konturen erahnen. Ihr Hals schmerzt vor Trockenheit, und sie spielt mit dem Gedanken, das salzige Meerwasser zu trinken.

Sie hält sich zurück. Der Kopf hat immer noch das Sagen. Wer weiß, wie lange noch. Mit jeder Minute wird das Grau des Himmels ein wenig heller.

Der nächste Tag hat begonnen.

Es könnte ihr letzter sein, denkt sie gerade und fühlt nichts mehr, außer einer großen Leere.

Und plötzlich taucht ein zartes Lichterband am Horizont auf. Land in Sicht.

DIENSTAG

Tag 7: Land in Sicht
Marseille
Wolkenlos, 19 °C

Sie hat darauf bestanden hier zu sein, wenn das Schiff einläuft.

Sie muss es ihr persönlich sagen.

Sie hat es ihm versprochen.

Annemarie hat großes Glück gehabt. Kurz nach Mitternacht waren zwei Beamte der Küstenwache von Cerbère mit dem Motorboot bei ihr angekommen. Ein Naturfotograf auf einer nächtlichen Wanderung auf dem Cap hatte die Rettungsinsel entdeckt, die auf dem Meer trieb, und die Polizei verständigt. Annemarie war unendlich erleichtert, kraftlos und traurig zugleich. Die französische Polizei war über die Vorfälle auf der *Freedom of Spirit* bereits informiert worden. Nach der Rettungsinsel wurde längst gefahndet. Irgendjemand musste ausgepackt haben.

Im Hubschrauber wurde Annemarie nach Marseille gebracht, wo sie eine Stunde später am Pier der Môle Léon Gourret in Marseille aussteigt.

Endstation Kreuzfahrtterminal.

Dort, wo den anderen Schiffen vorerst das Anlegen verweigert wird, wartet jetzt nicht nur Annemarie. Ein ganzes Aufgebot an Polizei, Rettungswagen und der GIGN ist da, einer Spezialeinheit der französischen Gendarmerie. Niemand spricht, alle starren angespannt auf das Meer hinaus. Schaulustige und Journalisten haben sich vor dem Parkplatz versammelt, werden notdürftig hinter einer Absperrung gehalten. Sie protestieren und versuchen trotzdem, ein Sensationsfoto zu schießen. Ein Toter, Schüsse, Hubschraubereinsatz – in den sozialen Medien geht es schon hoch her: Horrorschiff, tausende Tote, Mittelmeermassaker.

Es ist kühl am frühen Morgen im Hafen von Marseille. Die Sonne steht noch tief am Himmel. Ein strahlender Sommertag fängt an. Dunst liegt über der Wasseroberfläche, durch die langsam und bisher unhörbar ein riesiges weißes Kreuzfahrtschiff pflügt. Es sieht friedlich aus, als es zum Wenden ansetzt, um mit dem Heck am Pier anzudocken. Das Wasser schäumt auf, dort, wo die Schiffsschrauben schwere Arbeit leisten und sich bemühen, die 16 Decks in die richtige Position zu ziehen.

Nach einer Weile öffnen sich die Türen des Schiffes, und Menschen strömen heraus.

—

Sarah hat endlich wieder festen Boden unter den Füßen. Es fühlt sich an wie eine Ewigkeit, die sie an Bord verbracht hat.

Sie trägt einen Verband an der Schulter und geht neben einem Rollstuhl, in dem von einem Sanitäter ein Junge geschoben wird: Joseph – sehr blass, aber trotzdem neugierig. Interessiert beobachtet er den Hafen und die fremde Stadt vor sich. Er wollte in ihrer Nähe bleiben.

Begleitet von zahlreichen Sanitätern und Polizisten verlassen hinter ihnen auch die anderen Kinder das Kreuzfahrtschiff. Mit Decken werden sie vor neugierigen Blicken und Fotolinsen geschützt. Fünf von ihnen werden direkt in die wartenden Krankenwagen geschoben und mit Blaulicht abtransportiert.

Sarah macht große Schritte, will Abstand gewinnen, endlich flüchten. Dann erstarrt sie, als sie jemanden auf sich zukommen sieht.

Annemarie!

Die Männer des Spezialkommandos an Bord hatten ihr noch nichts sagen können. Nur dass sie in einer Rettungsinsel vor der französischen Küste gefunden worden war. Zusammen mit Michael. Die beiden Frauen fallen sich in die Arme und klammern sich aneinander, schluchzend und gezeichnet von den Ereignissen des vergangenen Tages.

Joseph sieht fragend von einer zur anderen, sagt aber nichts. Erst nach einigen Minuten löst sich Sarah aus der Umarmung und ringt um Fassung. Ihr Gesicht ist fleckig, die Augen sind rot geweint.

Wo ist Michael?

Sie sieht ihre Freundin an. In die verquollenen, müden Augen. Annemarie nimmt Sarahs Hand in ihre, streicht zart darüber und schüttelt langsam den Kopf. Sie bringt die Worte nur mühsam und leise heraus. »Er schafft es nicht zu eurem Date. Er hat dich geliebt.«

Dieser Schmerz ist zu viel für Sarahs Körper, sie zittert und muss sich übergeben.

Dass wenig später ein Hafenmitarbeiter mit einem Wassereimer in der Hand auftaucht und ein mürrisches Gesicht zieht, bekommt sie nicht mit. Genauso wenig bemerkt sie, dass Joseph von einer Sozialarbeiterin weggebracht wird, die ihm versichern muss, dass er Sarah wiedersehen wird. Und auch nicht, dass ihr ein Sanitäter erfolglos eine Flasche Wasser in die Hand zu drücken versucht, die er schließlich neben ihre Beine stellt. Auch die vier schwarzen Leichensäcke, die hinter ihr auf einem Anhänger transportiert werden, sieht sie nicht mehr.

Nicht mal, dass Annemarie ihr immer noch sanft über den Rücken streicht, nimmt sie wahr.

»Wir wären nun bereit«, spricht eine Polizistin sie schließlich an und macht eine einladende Handbewegung in Richtung Pier, wo Autos geparkt sind. Neben dem Streifenwagen winkt ihr Kollege. Er wartet darauf, Sarah und Annemarie ins Krankenhaus zu bringen. Danach wird entschieden, ob ein ausführliches Verhör heute noch möglich sein wird.

Sarah hängt willenlos an Annemaries Arm. Erst als sich eine geduckte Gestalt von der Seite nähert, kehrt Leben in die Kommissarin zurück. Ihn hat sie sofort erkannt: Papa Friedrich. Sie hat geahnt, dass er da sein würde – nach allem, was mit seinen beiden Kommissaren passiert ist.

Sie bleibt stehen. Schweigend mustert sie den Mann, der

ihrem Blick nicht standhalten kann. Wie immer trägt er seinen grauen Mantel, und doch sieht der Sechzigjährige vollkommen verändert aus. Er ist ein Fremder. Seine Ruhe ist verschwunden, dafür zittern seine Hände, genauso wie seine Unterlippe. Er versucht ihre Hand zu greifen, die sie schnell wegzieht.

»Das hab ich nicht gewollt. Du musst mir glauben!«

Seine Stimme bricht. Im Hintergrund nähern sich die beiden Beamten, die ihn in Gewahrsam nehmen sollen.

»Wir werden die beiden schon finden«, sagt sie leise.

»Wie bitte?« Er versteht nicht.

Sie sehen einander ein letztes Mal in die Augen.

»Das hast du am Telefon gesagt: Wir werden *die beiden* schon finden. Ich hab nicht erzählt, dass Annemarie verschwunden ist, aber du wusstest es natürlich schon.«

Seine Schultern sacken nach vorne, nichts ist mehr übrig von dem stattlichen Mann, der er einmal war. Sarah packt ihn am Kragen und rüttelt ihn. »Warum hast du ihm nicht geholfen?« Ottmar Friedrich lässt es willenlos geschehen. Er hat keine Antworten für sie. Keine, die sie gelten lassen würde. Auch nicht, wenn sie wüsste, wie sehr er gedroht und gefleht hat. Und wie Giovanni lachte. Da war es schon zu spät, da hatte Papa Friedrich längst seinen Einfluss verloren. Er wird mit dem Hass leben müssen. Mit ihrem, aber noch schmerzlicher mit seinem eigenen. Denn auch er hat Michael sehr gemocht. Und trotzdem würde er es für seine Tildi wieder tun.

Die beiden Beamten bringen ihn weg. Ohne Widerstand zu leisten, lässt Sarah sich zum Auto schieben. Annemarie wartet schon auf der Rückbank, ihr Blick ist durch das Autofenster auf das Meer gerichtet. Sie lässt die Scheibe herunter. Unschuldig und glatt liegt das Wasser in der Bucht von Marseille.

Annemarie hat ihre Entscheidung getroffen: Sie wird nie wieder hinausfahren. Es ist vorbei. Sie wird mit Leni einen Neuanfang machen. Sie hat keine Angst mehr davor.

Sarah Peters hat ihren Kopf an das kühle Fenster gelehnt. Ihr ausdrucksloser Blick liegt ebenfalls auf dem Meer. Die ersten Sonnenstrahlen haben nun ihren Weg über die Bergkuppen gefunden.

Ein neuer Tag fängt an.

VIER WOCHEN SPÄTER

Konstanz
Bewölkt, 22 °C

»Bereit?«

»Jetzt mach schon.« Sarah brummt mürrisch in die schwarze Liege hinein, die mit Plastikfolie abgedeckt ist. Sie liegt auf dem Bauch, ohne T-Shirt, den Kopf zur Seite gedreht. Nicht die angenehmste Position für ihre Schulter.

»Zu Befehl, Madame!« Dann setzt das Surren der Nadel ein. Und der stechende Schmerz auf ihrem Schulterblatt. Es wird nicht lange dauern. Ist ja nur eine kleine Blüte und ein einziger Buchstabe in der Mitte: M.

Noch ein Name, noch eine traurige Geschichte, die sie für immer begleiten wird. Als die kleine Maschine verstummt, beschallt wieder nur noch Klaviermusik den Raum. Ein Spiegel wird ihr gereicht. Sie winkt ab.

»Noch nicht.«

Sie will es sich später in Ruhe ansehen. Allein. Uli, der Tätowierer ihres Vertrauens, kennt sie lange genug, um es nicht persönlich zu nehmen. Sie waren Schulkameraden, zuerst in der Grundschule, dann am Gymnasium, und gehörten derselben Clique an. Enge Freunde sind sie nie gewesen, aber er war immer da und ist einer der wenigen, die sie alle kannten. Alle fünf Menschen, die Sarah mit sich trägt.

Hannah. Ludwig. Sibylle. Oskar.

Und nun Michael.

Stumm zieht Sarah ihr Shirt über den Kopf. Sie nimmt Snickers an die Leine und verabschiedet sich. Seit sie wieder zu Hause ist, lässt ihre Hündin sie kaum noch aus den Augen. Auch während sie auf der Liege tätowiert wurde, ruhten die großen braunen Augen auf ihr. Bereit zum Sprung, um sie vor dem Surren und Knattern zu retten. Sie hält Wache, Sarahs Trauer verunsichert das sensible Tier. Es spürt, dass etwas passiert ist, und schläft zur Sicherheit wieder bei ihr im Bett am Fußende.

»Es ist alles gut, mein Mädchen.«

Sarah streicht ihr zärtlich über das weiche Fell, während sie hinaus auf den Bürgersteig treten.

Uli wäre beleidigt gewesen, wenn sie angeboten hätte, für seine Arbeit zu bezahlen. Freundschaftsdienst – in doppelter Hinsicht. Auch er hat einen Kumpel verloren, kann die vielen Abende nicht zählen, die er mit Michael zusammengesessen und über das Leben philosophiert hat. Zuletzt auch mal über Sarah. Aber das wird er ihr nie erzählen. Er hat es ihm versprochen.

Vier Tage sind es noch bis zum Monatsende. Bis dahin muss Sarah Peters sich entscheiden, ob sie Polizistin bleiben möchte. Sie hat diesen Gedanken vor sich hergeschoben, so lange es ging. Doch nun kommt sie nicht mehr an den Fragen vorbei: Kann sie noch weitermachen? Will sie es? Die Nachricht an die Personalabteilung liegt bereits als Entwurf in ihrer Mailbox. Betreff: »Kündigung«. Sie müsste nur noch auf »Senden« klicken.

Aber was dann?

An einem kleinen Kiosk holt sie sich einen Kaffee. Es ist bereits der fünfte heute Vormittag. Die Wärme des Bechers in der Hand beruhigt sie. Als sie am Fußweg, der am Ufer des Bodensees entlangführt, angekommen sind, lässt sie Snickers von der Leine. »Na, lauf schon«, sagt sie. Die schwarze Hündin stürmt davon und stürzt sich ins Wasser. Pures Hundeglück.

Der frische Wind tut Sarah gut, hilft ihr dabei, sich zu sammeln. Einfach nur den Kiesweg entlanglaufen und atmen, mehr muss gerade nicht passieren. Unter der alten Linde setzt sie sich auf eine Bank, von der aus man den See überblicken kann. Direkt hinüber Richtung Schweiz. Zu ihren Füßen wirft sich der Hund mit seinem triefenden Fell auf den Boden und nagt an einem Holzstock, den er gerade selbst erlegt hat. Angeschwemmtes Treibholz, leicht modrig. Es knirscht und schmatzt, als sich die Hundezähne hineinbohren. Wasser läuft in Sarahs Schuhe, trotzdem lässt sie es geschehen. Sie ist froh, dass auch Snickers sich für einen Moment entspannen kann.

Hartnäckig halten sich die Wolken am Himmel. Regen liegt in der Luft. Aber das ist Sarah egal. Sie mag es, wenn Sturm aufzieht. Die Kühle, die sich anbahnt und nach einem drückenden Tag endlich für Erlösung sorgt. Die Wolkentürme, die sich aufbauen, während vor der dunklen Wand noch die Sonne Stellung hält. Wie ein mutiger Türsteher. Sie liebt das Spiel von Wind und Wetter. Als Kinder haben sie und Sibylle sich in dicke Decken gehüllt und auf der überdachten Veranda die Blitze gezählt. So lange, bis es nicht mehr ging, weil es entweder zu kalt wurde oder sie der Großvater hereinrief.

Es ist unendlich lange her, scheint fast nicht zu ihrem Leben zu gehören.

Es rumpelt am Himmel. Diese unbezwingbare Kraft, die vor nichts und niemandem haltmacht, relativiert viele Kleinigkeiten, die die Sicht auf das große Ganze verstellen. Die Böen frischen auf. Gleich wird es richtig krachen. Es sind nur fünf Gehminuten bis zu ihrer Wohnung, einen Moment möchte sie noch sitzen bleiben. Hier draußen auf ihrer Bank, wo sie immer landet, wenn sie nachdenken muss. Mit Blick auf das weite Wasser – das Element, das sie so sehr liebt und zugleich so sehr hasst. Ein wildes Rauschen, die Melodie ihres Lebens.

Sarah Peters zieht die dünne Jacke enger um ihren knochigen Körper. Die Ereignisse haben ihre Spuren hinterlassen. Es fällt ihr schwer, etwas zu essen, an manchen Tagen erscheint es ihr sinnlos. Dann trinkt sie stattdessen lieber ein Bier mehr. Ein gefährlicher Pfad, das weiß sie. Das hätte ihr nicht erst die Polizeipsychologin erklären müssen, die vergangene Woche routinemäßig ihre Aufwartung machte, um ihr die Dienstfähigkeit zu attestieren. Eigentlich mag sie Margit gern und schätzt ihre Arbeit sehr, aber zuletzt ging sie ihr nur auf die Nerven. Sarah hat sich nicht einmal bemüht, es zu verstecken. Das tut ihr heute leid, aber sie baut darauf, dass Margit als Profi weiß, dass sie es nicht persönlich meinte, als sie sagte: »Bitte kümmere dich doch um deinen eigenen Scheiß, Gitti!«

Der erste große Regentropfen landet auf ihrem Knie. Es ist kühler geworden, aber das ist es nicht, was sie frösteln lässt. Die Kälte kommt von innen. Das leichte Brennen des Tattoos spürt sie schon fast nicht mehr. Aber sie weiß, dass es da ist.

Für immer. Genauso wie die Narbe, die der Durchschuss hinterlassen wird. Oder die dunklen, drückenden Gedanken, die ihr auch nachts keine Pause gönnen.

Michael.

Sie sieht sein Gesicht hinter dem Bildschirm auftauchen. Erwartungsvoll, mit einer hochgezogenen Braue. Wie oft haben sie sich so unterhalten, über ihre Schreibtische hinweg. Viele Fragen hatten sich im Gespräch klären lassen, weil ihre Gedanken ähnliche Wege nahmen.

Aber im Kommissariat wird ihr nun jemand anderes gegenübersitzen. Sie werden die Entscheidung bereits getroffen haben, wer ihm nachfolgen soll. Und natürlich auch darüber, wer die Dienststelle in Konstanz in Zukunft leiten wird. Nichts wird mehr so sein wie vorher, das wurde nicht nur der Presse versprochen. Nie mehr. Auch das kleine Bild von Noemi, das die beiden im Strandurlaub auf Sardinien zeigt, wird nicht mehr an Michaels ehemaligem Arbeitsplatz stehen. Warum auch?

Die erste Seite mit seinem Foto hat sie bei der Durchsicht der Akte schnell überblättert. Sie hatte darauf bestanden, Einsicht zu bekommen.

Ihre Hände werden schweißnass, wenn sie an die vielen Seiten mit Protokollen, Stellungnahmen und Beschreibungen denkt. Und an die vielen anderen Akten. Nach außen wurde die gesamte Operation als Riesenerfolg verkauft. Für Sarah fühlt es sich anders an. International wurde ihre Arbeit gelobt und gefeiert. Immerhin haben sie dreizehn Kinder aus den Fängen der Menschenhändler befreien können und die wichtigsten Drahtzieher dieses Netzwerks gefasst. Durch die

Informationen konnten außerdem zehn weitere Beteiligte in Neapel festgenommen werden, die Vermittlungsagentur wurde aufgelöst.

Aber Giovanni hat nicht gelogen, es war nicht das einzige Kreuzfahrtschiff, das als Schlepperboot missbraucht wurde. Das gesamte Ausmaß ist noch nicht klar. Sarah graut vor der Vorstellung, dass diese skrupellosen Menschen ihre Routen ändern und ein neues Netzwerk aufbauen. Sie versucht sich auf die Gesichter der Kinder zu konzentrieren, die sie gerettet hat.

Sarah hat sie besucht, bevor sie Marseille verließ. Sie musste sie sehen, musste einen positiven Eindruck mitnehmen, an den sie sich klammern konnte. Die Sozialarbeiterinnen, die sich um die Kinder kümmern, während sie sich in einem kleinen Krankenhaus am Stadtrand erholen, wirkten freundlich und sehr fürsorglich. Nicht alle sind schon über den Berg, aber es gibt Hoffnung. Manche haben noch kein einziges Wort gesprochen.

Joseph hat es vergleichsweise gut überstanden. Er lief ihr entgegen und umarmte sie stürmisch. Sie freute sich sehr, als sie hörte, dass seine Geschichte ein glückliches Ende nimmt: Seine Oma hat ihn mittlerweile zu sich in die Schweiz geholt. Seit dem Tod ihrer Tochter hat sie nach ihm gesucht, aber Josephs Vater hatte es ihr unmöglich gemacht, ihn zu finden.

Bis von allen anderen Kindern die Herkunft festgestellt ist, wird es noch dauern. Noch länger, bis Verwandtschaftsverhältnisse und Asylansprüche geklärt sind. Bei einigen wird es wohl nie gelingen. Andere werden in Europa heimisch werden, aber stets mit der Angst im Nacken, doch irgendwann zurückgehen zu müssen.

Mit Hilfe der Aufzeichnungen, die Sarah und Annemarie sichergestellt haben, ließ sich ein Bild des organisierten Verbrechens zeichnen. Die entscheidenden Beweise lieferte aber Michaels Tonmitschnitt, der Niklas, Dr. Dvorak, Ines, Mark und Ottmar Friedrich unwiderlegbar belastet. Sie erwarten lange Haftstrafen. Der Prozess wird in einigen Wochen beginnen.

Sarah wird sie alle wiedersehen müssen und fröstelt jetzt schon beim Gedanken daran. Immer noch fällt es ihr schwer, sich damit abzufinden, dass sie Ines so falsch eingeschätzt hat. Sie war ihr sympathisch, kein Gedanken daran, dass sie gerade mit einer Menschenhändlerin herumalbert. Hätte sie das alles verhindern können? Es wird keine Antwort geben, die dafür sorgen kann, dass sie sich besser fühlt. Keine Erlösung. Aber sie will Ines zumindest noch einmal in die Augen sehen.

Mayumi hat Sarah bei ihrer Aussage mit keinem Wort erwähnt. Das war das Mindeste, was ihr blieb, nach all dem, was Mayumi für sie und die Kinder getan hatte. Sie wird für immer die stille Heldin sein.

Auf eine Zeugin freut sich Sarah allerdings: Gabriele Blum. Nun kann sie ihr endlich alles erzählen, sie hat es verdient, die Wahrheit zu kennen.

Als die Einsatzkräfte in die Kabine Nummer 14002 gekommen waren, hatte Gabriele viele der Kinder bereits gesäubert und versorgt. Eng aneinandergekuschelt hatten sie im Queensize-Bett gesessen, aßen Kekse und sahen fern. Diejenigen, denen es besser ging. Die Kinder, die in kritischem Zustand waren, versuchte Gabriele so gut es ging nebenan im kleinen

Wohnzimmer zu versorgen, bis Hilfe eintraf. Mayumi half ihr dabei, irgendwann verschwand sie leise.

Annemaries Aussage hat Sarah nur überflogen. Sie kannte die Geschichte schon. Am Tag nach der Ankunft in Marseille hatte sie ihr alles erzählt.

»Das soll ich dir geben«, hatte sie gesagt, als sie mit ihrem Bericht am Ende angelangt war, und Sarah das Handy in den Schoß legte. Ihr Handy.

»Soll ich bei dir bleiben, wenn du es dir anhörst?«

»Nein.«

Sie wusste die Geste der Freundin zu schätzen, aber sie zog es vor, allein zu sein. Sie hatte Angst davor, seine Stimme zu hören. Gleichzeitig wünschte sie sich nichts sehnlicher.

Bis zum heutigen Tag hat sie das Handy nicht angetastet.

Als Annemarie sie vorgestern anrief, hat sie es bewusst vermieden, nach Michaels Nachricht zu fragen. Sie kennt Sarah mittlerweile gut genug, um zu wissen, dass sie darüber nicht sprechen kann. Stattdessen haben sie vereinbart, dass Annemarie mit Leni bald einmal nach Konstanz kommen wird. Eine schöne Auszeit für alle drei. Und vielleicht ein Neuanfang.

Während sie nun in der Jackentasche kramt, fällt ihr Blick auf ein Häufchen Holzspäne, das auf dem Boden vor ihren Füßen liegt. Snickers hat ganze Arbeit geleistet und nun ihren schweren, nassen Kopf auf Sarahs Fuß gelegt. Mittlerweile ist das Grollen am Himmel lauter geworden. Fragende Hundeaugen.

»Wir gehen gleich.«

Sarah krault ihr das nasse Fell hinter den Ohren. Dann zieht sie einen Gegenstand aus ihrer Tasche, den sie seit einigen Wochen mit sich trägt: einen glänzenden Füller mit Gravur. Annemarie hatte es sich nicht nehmen lassen, bei ihrem Einbruch im Schiffshospital ein Souvenir mitzunehmen. Eines, das sie nach all dem Horror nicht behalten wollte.

Mit all ihrer Kraft schleudert Sarah den feinen Füller aufs Wasser hinaus. Angewidert starrt sie dem glitzernden Gegenstand hinterher. Sie bleibt für einen Moment stehen, atmet die feuchte, kühle Luft ein. Ganz tief, bis sie vollkommen klar im Kopf wird. Dann setzt sie sich wieder. Mit zittrigen Fingern greift sie noch einmal in die Jackentasche. Sie dreht und wendet das Handy, streicht noch einmal über den Samtstern auf der Rückseite. Dann startet sie die zweite Tonaufnahme.

Noemi, mein Schatz!
Seine Stimme klingt, als würde ihn das Sprechen sehr anstrengen. Er versucht mit aller Kraft gefasst zu klingen, und doch ist nicht zu überhören, dass er weint, seine Stimme bricht immer wieder. Auch Sarah laufen die Tränen über das Gesicht. Es ist kaum zu ertragen, wie er sich von seiner Tochter verabschiedet, wie er sich entschuldigt, dass er es nicht nach Hause geschafft hat. Wie eindringlich er ihr versichert, dass er sie liebt, dass sie immer das Wichtigste für ihn sein wird.

Dann räuspert er sich. Hustet.
Sarah?
Nein, bitte nicht.
Bitte pass auf mein Mädchen auf. Sie braucht jemanden wie dich in ihrem Leben. Jemanden, der ehrlich ist und verlässlich. Und ...
Er weint. Seine Stimme ist kaum noch zu hören.
Es tut mir leid! Ich kann nicht mehr.

Inzwischen hat es zu regnen begonnen. Dicke Tropfen fallen vom Himmel. Snickers hat sich vorwurfsvoll unter die Bank verzogen. So hat sie sich diesen Spaziergang nicht vorgestellt. Aber sie harrt aus, während Sarah regungslos dasitzt, den Kopf in den Nacken gelegt, die Augen geschlossen. Wasser läuft über ihr Gesicht. Ihr Kopf ist vollkommen leer. Ein Zustand, den sie so lange herbeigesehnt hat. All die Tage, in denen sich alles im Kreis drehte, schneller und immer schneller. Grausamer und immer furchtbarer. Tagsüber und nachts. Endlich Stille.

Nur das Prasseln der Tropfen auf der Oberfläche des Sees.

Das Wasser wirkt auf einmal beruhigend, macht ihr keine Angst mehr.

Sie beginnt einen Liedtext zu murmeln, ein Lieblingslied ihrer Jugend. »*Let it rain, oh let it rain, let it rain on me ...*«

Dann steht sie auf.

Ihre Entscheidung ist gefallen.

DANK

Diese Geschichte ist Fiktion. Keinen der handelnden Charaktere wird man im richtigen Leben treffen – bei manchen ist das weniger schade als bei anderen. Einzig den treuen vierbeinigen Begleiter mit dem flauschigen schwarzen Fell gibt es tatsächlich. Ihr Name ist »Toni«, und sie hat keinen Einspruch erhoben, Teil meines Buches zu werden. Im Gegenteil. Sie hat mir während vieler nächtlicher Schreibstunden die Füße gewärmt.

Mein Dank gilt aber nicht nur ihr, sondern all meinen Lieben, die mich darin bestärkt haben, mein Vorhaben umzusetzen. Allen voran meinem Christoph, der keine Sekunde an mir gezweifelt, sondern stattdessen unsere Töchter (und den Hund) bei Laune gehalten hat. Mein Schatz, meine Stütze und ehrlichster Kritiker!

Danke auch an Juli, die mir dabei geholfen hat, manch einen Gedanken in meinem Kopf zu entwirren. Denn nicht nur Sarah Peters hat sich zwischenzeitlich auf diesem Kreuzfahrtschiff verlaufen. Und natürlich meinen Eltern, die mich, seitdem ich denken kann, bei allem unterstützen und nie überredet haben, etwas G'scheites zu lernen.

Ein besonderes Dankeschön geht an Angelika Künne von Hoffmann und Campe, die den Text mit ihrem feinfühligen Lektorat von unnötigem Ballast befreit hat. Ohne sie hätte Sarah Peters noch viel länger auf dem Kreuzfahrtschiff ausharren müssen.

Nicht zuletzt möchte ich mich bei Anja Keil, meiner Agentin, bedanken, die mir zu dieser Chance verholfen hat und schlicht meinte: »Das würde ich gerne lesen, schreiben Sie doch diese Geschichte.«